آخری پڑاؤ

(افسانے)

جتیندر بلّو

قلم پبلی کیشنز، ممبئی

نام کتاب	:	آخری پڑاؤ
مصنّف	:	جتیندر بیلّو
طبع اول	:	فروری ۲۰۱۳ء
سرِ ورق	:	شاداب رشید
ناشر	:	قلم پبلی کیشنز، ممبئی

AAKHRI PADAO
Urdu short stories by
Jatinder Biloo

مصنف کا پتہ :

6 Corfton Lodge, Corfton Road , EALING ,
LONDON   W5 2HU. U.K.

ISBN 978-81--924661-3-2

Qalam Publications, Mumbai.

انتساب

گنگا جمنی تہذیب کے نام

فہرست

عرضِ مصنف

اردو مخلوط زبان ہے ۔ اس کی بنیاد کھڑی بولی ہے ۔ وہ اسلامی اور ہند آریائی تہذیب سے وجود میں آئی ہے ۔ اس کا رسم الخط عربی فارسی سے ضرور اخذ کیا گیا ہے، لیکن اس کے ستّر (۷۰) فی صد الفاظ بقول مؤلف فرہنگِ آصفیہ مرحوم سید احمد دہلوی : ہند کی مقامی بولیوں، علاقائی بھاشاؤں اور برج سے اخذ کیے گئے ہیں ۔ اس زبان کو بنانے میں صدیوں تک ہندؤں، مسلمانوں اور سکھوں نے مل جل کر اپنے فکرو عمل سے نکھار کر سنوارا ہے ۔ بعد ازاں زبان نے جو شکل اختیار کی، وہ مشترکہ گنگا جمنی تہذیب کی آن بان شان کہلائی اور قوموں کے اتحاد سے عروج تک پہنچی، لیکن قدرت کا ہمیشہ سے اصول رہا ہے کہ ہر عروج کے بعد زوال بھی آیا کرتا ہے ۔ گنگا جمنی تہذیب بھی قدرت کے ہولناک کھیل سے بچ نہ پائی ۔ وہ بھیانک سیاست کا شکار ہو کر رہ گئی ۔ دیش کا بٹوارہ ہوا ۔ پاکستان معرضِ وجود میں آیا، قتل و غارت گری سے آکاش کا رنگ سُرخ ہو گیا۔ ملی جلی تہذیب میں دراڑیں پڑیں ۔ اردو زبان و ادب کو شدید نقصان پہنچا۔ مَیں اسی زبان اور ملی جلی تہذیب کا پروردہ ہوں، لیکن ہوا یہ کہ بٹوارے اور رسالِ رواں کے دوران تہذیب اور زبان میں کئی انقلاب آئے ۔ اُس نے کئی چولے بھی بدلے ۔ زبان نے پاکستان کی قومی زبان کا رتبہ بھی حاصل

کیا،لیکن بدقسمتی سے اُس ملک کا مکمل سرکاری کام آج بھی انگریزی زبان میں انجام پاتا ہے۔جب کہ ہندوستان میں بٹوارے کے بعد اردو زبان صدرِ ہند کے کاسٹنگ ووٹ سے سرکاری زبان کا رتبہ حاصل کرنے میں کامیاب نہ ہوپائی اور وہ سدا کے لیے علاقائی زبانوں کے زمرے میں شامل ہو کر رہ گئی۔ یہ اردو زبان کا المیہ بھی ہے اور تاریخی حقیقت بھی۔

آج پورے عالم کا نقشہ بدل کر رہ گیا ہے۔ کوئی زمانہ تھا، جب بھی برِصغیر کا کوئی بندہ یورپ میں آباد اپنے کسی رشتہ دار یا عزیز سے ملنے کو بے چین رہتا تو وہ آٹھ نو گھنٹوں کی پرواز سے یورپ سے چلا آتا اور اپنے عزیزوں سے مل ملا کر دل کی پیاس بجھا لیتا۔ یا پھر اپنے ملک سے ٹرنک کال بُک کر کے مطلوبہ شخص سے بات کرتا لیکن اب وہی شخص موبائل کے بٹن دبا کر اپنے عزیزوں سے گھنٹوں گفتگو کر کے روحانی تسکین پا لیتا ہے۔ دنیا کا چہرہ بدلنے میں نت نئی ٹیکنالوجیوں نے نمایاں رول ادا کیا ہے۔ لیکن ان تبدیلیوں سے دنیاوی ادب کو فائدہ کم، نقصان زیادہ پہنچا ہے۔ قاری دھیرے دھیرے ناپید ہوا جا رہا ہے۔ وہ صدیوں پُرانی مثبت رمنفی اقدار اور کتابوں میں موجود علم سے بھی محروم ہوا جا رہا ہے۔ برطانیہ بھی اس بحران سے بچ نہیں پایا۔ وجہ نہایت مختصر اور سیدھی سادی سی ہے۔ دنیا کے بیاسی (۸۲) فی صد عوام کے پیٹ خالی یا نیم خالی ہیں۔ روٹی اور پیٹ کے مسائل تو ازل سے ساتھ ساتھ چلے آ رہے ہیں۔ اُن سے نجات پانا ہی عوام کا اہم مسئلہ ہے۔ وہ اس کے لیے جدو جہد بھی کرتے ہیں اور بھاگ دوڑ بھی، لیکن تقسیمِ زر کا مکمل نظام تو چند زر پرست ہاتھوں میں رہا ہے۔ وہ ہاتھ روز بروز مضبوط ہوئے جا رہے ہیں۔ غریب غربا کی زندگی میں کوئی نمایاں تبدیلی نہیں آئی۔ دو تین فی صد لوگ اپنی غربت کی بیڑیاں کاٹنے میں ضرور کامیاب دکھائی دیتے ہیں۔ لیکن بقیہ غربت میں ہی آنکھ کھولتے ہیں اور غربت میں ہی آنکھیں بند کر لیتے ہیں۔ بلکہ یہ لکھنا زیادہ مناسب رہے گا کہ دنیا کی تمام خیال پرستیاں، فلسفے

اور ازم (ISM) غربت کو مٹانے یا اُسے دور کرنے میں ناکام رہی ہیں۔ان دنوں آسودہ طبقہ نئی ٹیکنالوجیوں کا سہارا لیے دنیاوی وسائل کو اس غرض سے کھنگال رہا ہے کہ مزید دولت کس طرح حاصل کی جائے۔کمپیوٹر،انٹرنیٹ،موبائل،آئی پاڈ،ٹیبلیٹ۔آج جدید آدمی کی نگاہ کتاب پر کم،ڈالر یا پونڈ پر زیادہ ٹِک کر رہ گئی ہے۔اس کی حریصی اشتہا بھی بڑھ چکی ہے۔اگر کبھی کبھار وہ اپنا دیرینہ شوق پورا کرنے کی خاطر کوئی کتاب خرید بھی لیتا ہے تو وہ ہفتوں شیلف میں رکھی رہتی ہے یا پلنگ کی بغلی میز پر دھری خریدار کی آنکھوں کا انتظار کرتی رہتی ہے۔تیز گام زندگی اس شخص کو مطالعے کے واسطے وقت فراہم نہیں کرتی۔ یہ جدید آدمی کا المیہ بھی ہے۔

میرے وطن عزیز بھارت کی کل آبادی ایک ہزار کروڑ (ONE BILLION) سے کب کی تجاوز کر چکی ہے۔لیکن طُرفہ تماشا یہ ہے کہ اردو زبان کی کوئی کتاب شائع ہو کر جب منظرِ عام پر آتی ہے تو اس کتاب کے کل نسخے ڈھائی تین سو یا حد پانچ سو کی تعداد میں شائع ہوتے ہیں۔ یہ عجیب و غریب کھیل میری دانست سے بالابالا ہے۔لیکن اتنا ضرور ہے کہ اس کے پیچھے چند قوتیں کار فرما ہیں جو اول تا آخر جعت پسند ہیں۔

میری نشوونما جیسا کہ مَیں نے پہلے تحریر کیا ہے،گنگا جمنی تہذیب کے سہارے ہوئی ہے۔مَیں تاحیات اُس کی تہذیبی اقدار کے سہارے سانس بھرتا رہا۔اُن ہی کے زیرِ اثر قلم کار بھی بنا۔البتہ یہ ضرور ہے کہ میرے تجربات،مشاہدات،جذبات،مطالعہ اور تخیل اپنا اپنا کام کرتے رہے اور میں مسلسل لکھتا رہا ہوں۔لیکن حال ہی میں مشترکہ تہذیب کا چہرہ پھر سے بدلا ہے۔ حالاں کہ یہ بدلاؤ تو بٹوارے کے دن سے ہی شروع ہو گیا تھا،لیکن اب؟؟؟؟

ایک مرتبہ مَیں لندن سے بمبئی لوٹنے پر، ایک روز بس کے سفر کے دوران

اردو کی کوئی کتاب پڑھ رہا تھا کہ میرے بائیں ہاتھ کی خالی نشست پر ایک شرعی حلیے کا مسلم شخص آ کر براجمان ہوگیا۔ وہ مجھے اردو کی کتاب پڑھتے ہوئے دیکھ کر بے انتہا خوش ہوا، لیکن جب اُس پر یہ حقیقت آشکارا ہوئی کہ مَیں ذات کا مسلمان نہیں ہندو ہوں تو اُس کے چہرے کی مسکراہٹ اور اُس کی شرعی داڑھی بھی مایوس ہوگئی۔ مجھے یہ تحریر کرنے میں ذرا بھی عار نہیں ہے کہ اب اسلامی اور ہندو تہذیبیں الگ الگ سمتوں میں اپنے اپنے سفر پر چل نکلی ہیں۔ اِن دنوں اردو زبان، ادب اور صحافت پر اسلامیت کا رنگ، اُس کا دباؤ اور اُس کا گہرا اثر اتنا بڑھ چکا ہے کہ مجھ جیسا اردو زبان کا پرستار اور قدر شناس سوچ کا دامن نہیں چھوڑ پاتا کہ یہ زبان تو کبھی ہندوؤں، مسلمانوں اور سکھوں کا مشترکہ ورثہ رہی تھی۔ مگر اب... ؟؟؟

''آخری پڑاؤ'' میرا ساتواں افسانوی مجموعہ ہے اور شاید آخری بھی۔ چوں کہ میری زندگی کا نومبر دسمبر شروع ہوچکا ہے، جانے کب اپنا وقت پورا کر کے چلا جاؤں۔ مَیں خضر تو ہوں نہیں جو صدیوں حیات رہے گا اور کائنات کو اپنی مرضی سے چھوڑے گا۔

زیرِ نظر کتاب میں دو طویل کہانیاں ''فرار'' اور ''ہم قدم'' نظرِ ثانی کے بعد اس غرض سے دوبارہ شامل کی گئی ہیں کہ معیاری ادب کی قدر و قیمت تو ہر عہد میں رہی ہے۔ مَیں خود پر نازاں بھی ہوں کہ مَیں نے یہ کہانیاں تخلیق کی ہیں۔ یہ مشرقی قارئین کے لیے چشم و اثابت ہوں گی یہ میرا پختہ یقین ہے۔

آخر میں یہ لکھنا بھی ضروری سمجھتا ہوں کہ جب تک اردو زبان و تہذیب نہیں مٹتی یا مَیں نہیں مٹتا، میرا تخلیقی سفر جاری رہے گا۔

جتیندر بلو

لندن،
۱۱ دسمبر ۲۰۱۲ء

آخری پڑاؤ

ڈھلتی عمر میں رام مورتی کے ساتھ نیند کا رشتہ ٹوٹ رہا تھا۔ اُسے نیند کبھی چار گھنٹوں کی ملا کرتی اور کبھی مشکل سے پانچ۔ یہ اُس کے ساتھ روز کا قصہ تھا۔ معاً اُس کی آنکھ کھل گئی تھی۔ ہر سو اندھیرا تھا اور گہرا سناٹا۔ شدید سردی کے کارن اندھیرا اپنے گاڑھے پن کا احساس دِلا رہا تھا۔ جانے وہ رات کا کون سا پہر تھا، کہنا مشکل ہے۔ گو کہ برقی لیمپ سرہانے دھرا تھا۔ اُسے جلا کر میز پر رکھی گھڑی کو دیکھا جا سکتا تھا۔ مگر لیمپ جلانے کو اُس کا من ہی نہ مانا۔ البتہ اُس کے باطن میں دُکھ جھیلتے ہوئے مریض نے اتنا ضرور کہا کہ کیا دن اور کیا رات؟ دونوں یکساں اُس کی نظر میں اپنی اہمیت کھو چکے ہیں۔ وہ گھنٹوں بستر پر پڑا کوئی کتاب یا اخبار اُٹھا کر پڑھتا رہتا یا پھر خالی خالی نظروں سے چھت کو تکتا سوچا کرتا کہ عمر کے آخری پڑاؤ میں انسانی زندگی میں بیماریاں کیوں دبے پاؤں چلی آتی ہیں؟ اور وہ تادمِ آخر مریض کے ساتھ ہی کیوں رہا کرتی ہیں؟ مگر کوئی معقول جواب نہ پا کر اُس کی سوچ سوالیہ نشان بن کر رہ جاتی۔

وہ جن دنوں برسرِ روزگار تھا اور لندن ٹرانسپورٹ میں ملازم تھا، فشارِ خون

(B.P.) نے اُسے آن گھیرا تھا۔ پھر خوش خوراک اور قدرے مے نوش ہونے کے کارن ذیابطیس (DIABETES) نے اپنا رنگ دِکھانا شروع کر دیا تھا۔ ابھی چند برس بھی نہ بیتتے تھے کہ نقرس (GOUT) نے اُسے تنگ کرنا شروع کر دیا تھا۔ پاؤں سوج کر سُرخ ہو جاتے اور درد دھیرے دھیرے بڑھنے لگتا۔ انجام کار گٹھیا (OSTEOARTHERITIS) نے اُس کے بدن میں اُتر کر اپنا گھر بنا لیا تھا۔ انھوں نے مل کر اُس کے شریر سے ماس بھی چرانا شروع کر دیا تھا۔ وہ اکیلے میں سوچا کرتا کہ اتنی ساری بیماریاں آدمی کو کیوں کر گھیر لیتی ہیں؟ اُن سے رہائی پانے کا کوئی وسیلہ تو ضرور رہا ہوگا؟ پھر کہیں سے اُڑتا ہوا ایک خیال اُسے دبوچ لیتا کہ سوئیزرلینڈ کے شہر زیورک میں یوتھانیزیا (EUTHANASIA) کا ایک ادارہ ڈگنی ٹس (DIGINTAS) کے نام سے قانونی طور پر قائم ہے۔ جہاں مریض کارکن بن جانے پر، ڈاکٹر کی تفصیلی میڈیکل رپورٹ اور کاغذی کاروائی مکمل ہونے پر اُسے ایک انجکشن دن رات کے کر بنا ک امراض سے نجات دلا دیتا ہے اور وہ شخص مسکراتا ہوا اپنے مالِک حقیقی سے جا ملتا ہے۔ پھر یہ خیال بھی اُسے تقویت دیا کرتا کہ وہ موت کتنی حسین ہوگی؟ محض ایک انجکشن اور معاملہ ختم اور مریض مکمل آزاد ... ورنہ وہ ایڑیاں رگڑ رگڑ کر اور دوسروں کو تکلیف پہنچا کر ہی دم توڑتا ہے۔

بار ہا وہ اپنے گھر کے لاؤنج میں بیٹھا سوچا کرتا کہ اُس نے بچپن، جوانی اور ادھیڑ عمر میں کسی بھی شخص کو دھوکا نہیں دیا، کوئی دُکھ نہیں پہنچایا، کسی کی حق تلفی نہیں کی، کسی کا پیسہ نہیں مارا، بے ایمانی نہیں کی، پھر اتنی ساری بیماریوں نے اُسے کیوں گھیر رکھا ہے؟ کیا یہ پچھلے جنم کے کرم ہیں یا سنسکار؟ ممکن ہے وہ ان کا پالن ٹھیک طرح سے نہ کر پایا ہو جن کی سزا اُسے اِس جنم میں مل رہی ہے۔ وہ جانتا تھا کہ اُس کی باڈی کیمسٹری بدل چکی ہے۔ قوتِ مدافعت بھی قریب قریب جواب دے چکی ہے۔ حالاں کہ اُس کی عمر اتنی

زیادہ نہیں ہے کہ وہ نیم مردہ بنادن رات سانس بھرتا پھرے۔ دو برس پہلے وہ ستّر کا ہوا تھا۔ اُسے اکثر خیال آتا کہ اُس سے بڑی عمر کے بے شمار لوگ پارکوں میں، ہائی اسٹریٹ میں اور شاپنگ مال میں گھومتے نظر آتے ہیں۔ اُن میں سے بعض تو چھڑی کا سہارا بھی نہیں لیتے۔ ہشاش بشاش چلتے پھرتے ہیں۔ مگر اُسے قدم بڑھانے میں دو دو چھڑیوں کا سہارا لینا پڑتا ہے... اچانک کہیں سے وہ سرد شام اُڑ کر اُس کے سامنے آن کھڑی ہوئی تھی، جب اُسے اگلے روز اپنی عمر عزیز کے ساٹھویں برس کو چھونا تھا۔ وہ دفتر سے لوٹا تھا۔ تھکا ماندہ، دن بھر کمپیوٹر پر اپنا سر کھپا کر دماغ کا گودا خشک کر چکا تھا۔ مگر گھر میں پاؤں رکھتے ہی اُس کی ذہنی کیفیت بدل کر رہ گئی تھی۔ گھر کی ہر شے سے اُسے اُنسیت تھی اور اپنا پن بھی تھا۔ کمرے میں داخل ہو کر اُس نے چرمی بیگ صوفے پر پھینکا، کوٹ اُتار کر بستر پر پھیلا یا، اتنے میں اُس کی بہو دیویانی کندھے پر اپنا دوسرا شیر خوار بچہ رکھے داخل ہوئی۔ پہلے تو اُس نے اپنے سسر کو آنے والی سالگرہ کی بدھائی دی، پھر بولی:

"پاپا کل آپ ساٹھے پاٹھے ہو جائیں گے۔"

وہ دیر تک ہنستے رہے۔ پھر رام مورتی نے ببلو کو پیار سے دیکھا اور اپنے ماضی میں جھانک کر کہا:

"اکتیس برس ہو گئے ہیں اس دیش میں آئے ہوئے ... تیرا گھر والا میرے کندھے پر تھا، جب ہم انڈیا سے لندن آئے تھے ... مگر جب سے تو اس گھر میں آئی ہے، تو نے اور سریش نے مل کر میری ہر سالگرہ دھوم دھام سے منائی ہے۔ اُس سے میرا سرا کاش کو چھو جاتا ہے۔"

دیویانی خوش ہوئی تھی۔ مگر اُس کا بسور تا بچہ اوں ہاں کرتا دودھ کا طلب گار تھا۔ اُس نے رونا بھی شروع کر دیا تھا۔ دیویانی اُسے اپنے سسر کے حوالے کر کے اُس کے واسطے دودھ اور سسر کے لیے چائے بنانے کچن میں چل دی تھی۔ گول مول ببلو کو دادا

کے ہاتھ زیادہ پسند نہیں آئے تھے۔ اُس نے اونچے سُروں میں رونا شروع کر دیا تھا۔ دادا نے اُسے چُپ کراتے ہوئے اپنے مکان پر ایک اُچٹتی سی نگاہ ڈالی۔ ایک پل بہلو کو دیکھا پھر سوچا کہ اُسے سرکاری ملازمت سے سبکدوش ہونے میں ابھی پانچ سال کا وقفہ ہے۔ کیوں نا اس مکان کو فروخت کر کے نیا بڑا مکان خرید لیا جائے؟ جہاں اُس کے پوتے پوتی کو کھیلنے کو دنے اور عقبی باغیچے میں دوڑنے کی مکمل آزادی ہو۔ منع کرنے پر بھی وہ کوئی کیاری روند ڈالیں، کوئی پھول توڑ ڈالیں۔ مگر وہ بذاتِ خود ذرا بھی بُرا نہ مانے۔ بلکہ خوش ہو کر بلّے بلّے کرتا۔ بہلو اور اُس کی بہن ڈالی کا بھی منہ چوم لے ایسا سوچتے سوچتے اُس نے بہلو کا منہ چوم لیا۔ مگر اُس کا رونا کسی بھی طور کم نہ ہوا۔

اِدھر رام مورتی نے بڑے چاؤ سے نیا مکان خریدا، اُدھر ایک کے بعد دوسرا مرض موڑ پر کھڑا اُس کے انتظار میں تھا۔ چند ہی برسوں میں انھوں نے اُسے کہیں کا نہیں چھوڑا تھا۔ جانتا تھا کہ انسان کے بدن کی مشین ایک بار بگڑ جائے تو وہ بگڑتی ہی چلی جاتی ہے۔ مگر وہ بھی سخت جان تھا۔ کھتری پُتر تھا ڈٹ کر مقابلہ کرنا اُس کا دھرم بھی تھا اور کرتویہ بھی۔ مگر شیر تو بوڑھا ہو جا رہا تھا۔ ذیابطیس اُسے دیمک کی طرح چاٹ رہی تھی۔ عمارت ڈھے جا رہی تھی۔ صبح شام کے انجکشن اپنا رنگ دِکھا کر عمارت کو گرنے سے ضرور بچا رہے تھے مگر آرتھرائٹس کے حملوں نے رہی سہی کسر پوری کر ڈالی تھی۔ درد بے پناہ ہوا کرتا۔ مگر اُس کی مضبوط قوتِ ارادی نے اُسے سنبھال رکھا تھا۔ مگر کب تلک؟ وہ اندر سے ٹوٹ رہا تھا، بکھر رہا تھا۔ گھر سے باہر قدم رکھنا اُس کے واسطے دُشوار ہو رہا تھا۔ چار دیواری ہی اُس کی کل کائنات بنی جا رہی تھی۔ یہ المیہ اُس کی آنکھوں کو نم کر دیا کرتا۔

ایک نصف شب کو اُس کے پاؤں کے بڑھتے ہوئے درد نے اُس کی نیند

اُچاٹ کر رکھی تھی۔ نقرس کا حملہ تھا۔ سوجن کے ساتھ درد بھی اتنا زیادہ تھا کہ خود پہ جبر کرتے ہوئے بھی وہ "اے ماں...اے بھگوان...اے رام جی" کو یاد کرتا ہوا دیر تک اس کا الاپ جاری رہا۔ کر بنا ک آواز کا اتار چڑھاؤ بھی اپنی جگہ قائم تھا۔ کچھ دیر میں اچانک کمرے کا دروازہ کھلا۔ بتی جلی۔ بیٹے کی آواز سنائی دی۔

"پاپا۔ درد بہت ہے؟... PAIN KILLER دے دوں؟"

"نہیں سریش...گولی کچھ دیر اپنا اثر ضرور کرتی ہے...پھر درد شروع ہو جاتا ہے...گاؤٹ، ڈائی بٹیز، بلڈ پریشر اور آرتھرائٹس نے میرے شریر میں اپنی جڑیں مضبوط کر لی ہیں...اب اُن سے نجات ممکن نہیں...صبح آرتھرائٹس نے بھی تنگ کیا تھا۔ اب انگلیاں اکڑ جاتی ہیں اور ہاتھ مڑنے لگتے ہیں۔"

"شام میں آپ نے بتایا کیوں نہیں؟"

"کیا بتاتا...تم تھکے ہوئے دفتر سے آتے ہو... بتا کر تم کو پریشان ہی کرتا۔"

"میں کل ہی ہارلے اسٹریٹ کے کسی چوٹی کے آسٹیو پیتھ سے وقت لیتا ہوں۔"

"نہیں بیٹے نہیں...تُو تو پگلا ہے...تیرے دادا کو بھی یہی مرض تھا...وہ تو چلنے پھرنے سے بھی رہ گئے تھے۔ مجھ کو ان سے کچھ تو ملنا ہی تھا...جینیز (Genes) چھ سات نسلوں تک اپنا رنگ دکھایا کرتی ہیں...اب گلا کیسا؟... یہ مرض تو اب بڑھتا ہی رہے گا۔ تو میرا ایک کام کر۔ مجھ کو زیورک لے چل۔ یہ میری آخری اِچھا ہے...اب اور دکھ درد برداشت نہیں ہوتا۔"

سریش خاموش رہا۔

"چپ مت رہ... کچھ تو بول... زیورک جاؤں گا تو سب کی پریشانیاں دور ہو جائیں گی۔"

"پاپا۔ یہ اتنا آسان نہیں، جتنا آپ سمجھ رہے ہو... قانون مجھ کو اپنی پکڑ میں لے سکتا ہے ۔ مجھے چودہ برس تک کی سزا بھی ہو سکتی ہے ۔ یہاں کا قانون اجازت نہیں دیتا کہ کوئی شخص مریض کو بیرون ملک لے جائے اور خودکشی کرنے میں اس کی مدد کرے۔"

"ہاں ہاں... جان... تا ہوں ...پھر کبھی بات کریں گے ۔ جا... تو سو جا...۔صبح تجھ کو کام پر بھی جانا ہے ۔"

مگر سریش بت بنا دیر تک وہیں کھڑا رہا۔ وہ باپ کو دیکھ کر اہتا دیکھ کر سخت پریشان تھا۔ اندر ہی اندر روئے بھی جا رہا تھا۔ اُس نے زبردستی باپ کو نیند آور گولی کھلائی ۔ پانی پلایا۔ بستر پر لٹا کر بتی گل کی لیکن کمرہ چھوڑنے سے پہلے گولیوں کی شیشی جیب میں ڈال لی اور دروازے کی طرف بڑھ گیا۔ پھر لینڈنگ سے ہوتا ہوا اپنے کمرے کو چل دیا۔مگر باپ کا کراہنا اس کے کانوں سے الگ نہ ہو پایا۔اُس کی آنکھیں باپ کی محبت اور احترام میں گیلی ہو گئی تھیں ۔

ویک اینڈ کا آغاز تھا۔گھر کے سبھی افراد دیر سے بیدار ہوا کرتے تھے ۔مکان کی پہلی منزل پر تین کمرے تھے ۔ دو کمرے بچوں کے پاس تھے ۔ڈالی چودہ برس کی ہو چکی تھی اور بیلو بارہ کا۔ تیسرا بڑا کمرہ بہو بیٹے کے پاس تھا۔ نیچے لاؤنج کے ساتھ ڈائننگ روم کے برابر باتھ/ٹائلیٹ سے جڑا ہوا کمرہ رام مورتی کھنہ کا تھا۔ اپنا نام لے کر اور خود کو یاد کرکے اس کا چہرہ فخر سے کھل اٹھا تھا۔اس کی پیدائش بٹوارے سے پہلے انگریزوں کے

زمانے کی تھی۔اُن دنوں جیمنی سرکس میں ایک نہایت طاقت ور شخص رام مورتی کے نام سے ہوا کرتا تھا۔وہ اپنے بدن کے گرد موٹے موٹے رسے باندھ کر بھاری ٹرک اور موٹریں کھینچا کرتا تھا۔انگریزوں نے اُسے انعام اور سند سے بھی نوازا تھا۔ذہن کو جھٹک کر اس نے اپنے بارے میں سوچا کہ اس کی ماں بتاتی تھی کہ جب وہ پیدا ہوا تھا تو اس کا وزن دس پاونڈ آٹھ اونس تھا۔اس گول مول بچے کے بارے میں اس کے والد ماجد کا خیال تھا کہ اس کا بیٹا بڑا ہو کر یقیناً رام مورتی پہلوان کی طرح طاقت ور بنے گا مگر اب اسے اپنے بے جان اور ہڈیالے بدن پر نظر ڈالے ہر بات جھوٹی لگا کرتی اور والد ماجد کا خیال بھی محض ایک بھیانک مذاق۔

کھانے کی میز پر پورا کنبہ بیٹھا ناشتہ کر رہا تھا۔دنوں بعد صاف آسمان دِکھنے میں آیا تھا۔ باہر لان پر میٹھی دھوپ بھی پھیلی ہوئی تھی۔اُس کے من نے چاہا کہ وہ دھوپ میں بیٹھ کر ناشتہ کرے۔مگر موسم گلابی جاڑے کا تھا اور ہوا بھی قدرے سرد تھی۔لہٰذا اُس کی خواہش دل میں ہی رہ گئی تھی۔اُس کا پوتا اور پوتی اس کے سامنے بیٹھے ناشتہ کر رہے تھے۔وہ عموماً ویک اینڈ پر ہی اُن کو آنکھ بھر کر دیکھا کرتا تھا اور اس کے چہرے پر رونق آ جایا کرتی تھی۔وہ اپنی پلیٹ کو کم پوتے/پوتی کو زیادہ دیکھ رہا تھا ورنہ بچے اس کے کمرے کے آگے سے چپکے سے گزر کر اپنے کمرے کی طرف بڑھ جایا کرتے تھے۔ایک بار ان کے باپ نے انھیں ڈانٹ بھی پلائی تھی کہ وہ گھر میں اسکول سے آتے جاتے گرینڈ پا سے بات کیوں نہیں کرتے؟ان کا حال احوال کیوں نہیں پوچھتے؟لیکن ڈالی نے اپنی صفائی میں جو جواب اپنے ڈیڈ کو دیا تھا اس نے رام مورتی کی سوچ کے زاویے ہی بدل ڈالے تھے۔اس سمے وہ اپنے کمرے کی دہلیز پر کھڑا تھا۔

''ڈیڈ۔میں چھوٹی تھی تو گرینڈ پا کتنے ہینڈسم تھے۔کتنے اسمارٹ تھے میں کبھی نہیں بھولتی...مگر اب ان کو دیکھ کر ڈر جاتی ہوں...بہلو تو ان کو

فرینکن اسٹائن بھی کہتا ہے ۔''

''شٹ اپ ۔ یو اسٹوپڈ ۔ وہ تمہارے گرینڈ پا ہیں ۔ان کا نام عزت سے لیا
کرو ۔''

ڈالی کا چہرہ اتر گیا تھا لیکن رام مورتی نے اس کی بات کا برا نہیں مانا تھا۔ بچے تو
حساس ہوا ہی کرتے ہیں ۔ بھیانک روپ کو دیکھ کر ڈر جاتے ہیں ۔ اپنوں سے بھی دور دور
رہتے ہیں ۔ اسے خیال آیا کہ جب تک بیماریوں نے اسے گھیرا نہیں تھا ڈالی اور ببلو اکثر
اس کے کمرے میں اودھم مچایا کرتے تھے ۔ اسکول کا ہوم ورک بھی وہاں بیٹھ کر کیا
کرتے تھے ۔ پارک میں اس کے ساتھ گھومنے بھی جایا کرتے تھے ۔ وہاں آئس کریم بھی
کھایا کرتے تھے ۔ مگر اب وہ دھیرے دھیرے بے گانے ہوئے ہوئے جا رہے تھے ۔
بیماریوں نے اس کا فطری حسن اور چہرے کی تازگی کیا چھینی، گہری لکیروں نے اس کے
چہرے پر مستقل ڈیرا ڈال لیا تھا۔ آنکھوں کے نیچے سیاہ حلقے بھی پھیل گئے تھے ۔
رخساروں کی ہڈیاں اُبھرتے ہی گال اندر کو دھنس گئے تھے ۔ ہونٹوں کے دونوں طرف اور
ٹھوڑی کے نیچے اُبھرے ہوئے ماس سے اس کی شکل اتنی بگڑ گئی تھی کہ کوئی بھی اسے
دیکھ کر محسوس کرتا کہ ایک بوڑھا بدصورت شخص اس کے سامنے کھڑا ہے اور وہ چراغِ سحر بجھا
جاتا ہے ۔ آئینے میں وہ اپنا بدلا ہوا چہرہ دیکھ کر خود بھی بعض دفعہ ڈر جایا کرتا تھا ۔ بار ہا اسے
خیال آتا کہ کیا وہ وہی شخص ہے جسے یونیورسٹی کے دنوں میں اور شادی کے بعد بھی جوان
لڑکیاں پلٹ پلٹ کر دیکھا کرتی تھیں ۔ مگر وہ خود میں مست اور جوانی کے نشے میں سرشار
انھیں نظر انداز کر دیا کرتا تھا کہیں ان کی بد دعا تو اسے لگ کر نہیں رہ گئی؟

''پاپا ۔ آپ کچھ کھا نہیں رہے؟''

بیٹے کی آواز نے اس کی سوچ کا تسلسل توڑ ڈالا تھا ۔ وہ ماضی سے نکل کر حال
میں آگیا تھا ۔ اس نے افسوس سے کہا:

"کیا کھاؤں بیٹے۔کھانے پینے کے مزے تو اب کھاتے جاتے رہے۔تیری ماں جیوت تھی تو اس کے ہاتھوں کا پکا ہوا ہر پکوان میں چٹ کر جایا کرتا تھا۔ویسے بہو بھی پکوان مزے کے بناتی ہے پر اب کھانے کو من ساتھ نہیں دیتا...گولیاں کھا کھا کر سب اندر سے مرتا جا رہا ہے۔بھوک کم لگتی ہے۔"

بیٹا سنجیدہ تھا۔باپ کی گرتی ہوئی صحت کو دیکھ کر وہ مدت سے فکر مند تھا۔لیکن باپ کی محبت میں وہ کوئی بھی ایسا قدم اٹھانا نہیں چاہتا تھا کہ اس کی اپنی فیملی کو کوئی نقصان پہنچے۔اسے اپنے بیوی بچے بہت عزیز تھے۔دیویانی نے اصرار کیا:

"پاپا۔آپ کچھ کھائیں گے نہیں تو اور کمزور پڑ جائیں گے؟"

رام مورتی نے بادلِ نخواستہ ڈبل روٹی کا ایک سلائس اٹھا کر آملیٹ کا ٹکڑا اس پر رکھا اور آہستہ آہستہ اسے چبانے لگا مگر وہ چبانے کے عمل کے دوران بھی بیٹے کو برابر دیکھے جا رہا تھا۔آخر بولا :

"سر جو بیٹے"

سریش اپنے بچپن کا گھریلو نام سن کر چونک اٹھا تھا۔سالوں بعد اس کے باپ نے اسے اس نام سے پکارا تھا۔اس نے نہایت چاؤ سے اپنے باپ کو دیکھا۔محبت اور احترام سے اس کا چہرہ بھر گیا تھا۔اس نے خود کو اپنے بچپن میں دوڑتا ہوا پایا۔جب اس کے ماتا پتا اسے سر جو سر جو پکارتے تھک نہیں کرتے تھے وہ ان کی اکلوتی اولاد تھا اور آنکھوں کا تارا بھی۔

"جب کبھی میں نے تجھ کو زیورک کے لے جانے کو کہا،تو خاموش رہا یا ٹال کر ادھر ادھر کی بات شروع کر دی...جانتا ہوں تو باپ کو مرتا نہیں دیکھ سکتا اور نہ ہی اس کی موت چاہتا ہے۔"

پھر وہ گہری سوچ میں ڈوبا بیٹے کو ٹکٹکی باندھے دیکھتا رہا، دیکھتا ہا جب اسے مکمل یقین ہوگیا کہ اس کا بیٹا اس کی موت کے سلسلے میں اس کی کوئی مدد نہیں کرے گا تو اس کی آنکھیں خود بخود بند ہوگئیں اور گردن سینے کی طرف ڈھلک گئی۔ میاں بیوی گھبرا گئے۔ سریش نے چھوتے ہی کہا:

’’پاپا پاپا۔ آپ ٹھیک تو ہیں ناں؟‘‘

رام مورتی نے آنکھیں کھول ڈالیں اور بیٹے کو سنجیدگی سے دیکھ کر کہا:

’’میں جانتا ہوں یہ کام تیرے واسطے بہت مشکل ہے ۔۔۔ مجھ کو ہی کچھ کرنا ہوگا۔‘‘

’’لیکن پاپا۔‘‘

دیویانی نے فوراً مداخلت کی:

’’جیون تو بھگوان دیتا ہے وہی واپس بھی لیتا ہے ۔۔۔ ہم اپنی مرضی سے اپنا جیون ختم کرنے والے کون ہوتے ہیں؟‘‘

’’تم ٹھیک کہتی ہو بہو ۔۔۔ میں ان باتوں کو خوب سمجھتا ہوں ۔۔۔ پر کیا کروں۔

جس تن لاگے، وہ تن جانے   کون جانے پیڑا (درد) پرائی۔‘‘

بچے ان کی گفتگو سے خوش نہ تھے حد درجہ بور ہو چکے تھے۔ اٹھ کر لاؤنج کی طرف بڑھ گئے۔ وہاں ٹیلی ویژن جاری تھا۔ دیویانی نے بات آگے بڑھائی۔

’’ہم آپ کے دکھ درد کو خوب سمجھتے ہیں ۔۔۔ مگر ہم مجبور ہیں۔ آپ کا دکھ درد بانٹ نہیں سکتے۔‘‘

’’مگر چھٹکارا تو دلا سکتے ہو؟‘‘

میاں بیوی نے چونک کر ایک دوسرے کو دیکھا۔ پھر ان کی گردن اپنی اپنی

پلیٹ پر جھک گئی ۔ مگر سریش اپنی پلیٹ کو آگے کھسکا کر کھڑا ہوگیا اور سنجیدگی سے "ایکسکیوزمی" کہہ کر لاؤنج کی طرف بڑھ گیا ۔ دیویانی اپنے شوہر کو جاتا دیکھ کر از حد پریشان تھی مگر اس نے اپنا نقطہ نظر برقرار رکھا :

"آپ پریوار میں سب سے بڑے ہیں ۔ اگر آپ چلے گئے تو گھر کی ساری ذمہ داریاں سارا بوجھ آپ کے بیٹے پر آجائے گا ۔"

یہ کہہ کر اس نے میز سے پلیٹیں اتنی تیزی سے سمیٹنا شروع کر دیں کہ رام مورتی حیران رہ گیا ۔ دیویانی بولی :

"اب تو میں بھی Job نہیں کرتی ۔ نہیں تو سریش کا ہاتھ بٹاتی اور ہم کو کوئی تکلیف نہ رہتی ۔"

وہ ناراض تھی ۔ چہرہ بھی غصے سے بھر گیا تھا ۔ لیکن رام مورتی سمجھ نہیں پا رہا تھا کہ دیویانی کو اس کے مرنے پر کیا اعتراض ہو سکتا ہے؟ زندگی تو اس کی ہے ، دیویانی کی نہیں؟ وہ خود اپنی مرضی سے مرنا چاہتا ہے ۔ گھر کا ہر فرد اس کے بڑھاپے اور بیماریوں سے پریشان ہے ۔ اس کے چلے جانے میں ہی سب کی بہتری پوشیدہ ہے ۔ وہ اس تناظر میں سوچ ہی رہا تھا کہ بہو کا موقف اور اس کے ادا کردہ جملے اس کے کانوں میں گونج کر خود کو دہرانے لگے ۔ ان میں پوشیدہ کئی معنی اس کی سمجھ میں آنے لگے ۔ مکان کی ماہانہ قسط (مورگیج) وہ ادا کر رہا تھا ۔ لندن ٹرانسپورٹ کی پینشن اور سرکاری پینشن ہر ماہ پابندی سے اس کے بینک میں جمع ہو رہی تھیں ۔ گھر کے کئی چھوٹے موٹے بل بھی وہ ادا کیا کرتا تھا ۔ ڈالی کی پبلک اسکول کی فیس بھی وہ ادا کر رہا تھا ۔ ظاہر ہے کہ اس کے چلے جانے سے گھر کے اخراجات کا توازن بگڑ کر رہ کرہ جائے گا؟ سریش مالی پریشانیوں کا شکار ہو جائے گا؟ یہی سوچتے سوچتے اسے اپنا بھی خیال آیا کہ اس کا مسلسل دکھ ، جان لیوا کرب ، بے خواب راتیں ؟ ان سب کا کیا ہوگا؟ وہ کس کھاتے میں درج ہوں گے؟ جب اسے کوئی جواب نہ ملا تو

اس نے ایک لمبا سانس بھر کر باہر کو چھوڑا اور اس نتیجے پر پہنچا کہ نہ تو وہ اپنی مرضی سے مر سکتا ہے اور نہ ہی جی سکتا ہے؟ آخر وہ کیا کرے؟ کس سے فریاد کرے؟ کہاں جائے؟

رام مورتی کا ڈاکٹر (جی پی) اسکاٹ تھا۔ تجربہ کار، روشن دماغ اور اپنے ہنر میں یکتا۔ علاقے میں اس کی ساکھ ایک ہمدرد انسان دوست کی تھی۔ وہ رام مورتی کی پوری داستان سن کر اور اس کی ASSISTED SUICIDE کی خواہش جان کر اپنی انگشتِ شہادت دانتوں میں داب بیٹھا اور اسے ششدر دیکھنے لگا گویا وہ کسی دوسرے سیارے کی مخلوق ہو۔ سنبھلا تو بولا:

”کمال ہے۔ تم پہلے مریض ہو جو اپنی موت خود مرنا چاہتا ہے ورنہ میرے پاس وہ مریض بھی آتے ہیں جو مرنے کے قریب قریب ہوتے ہیں مگر وہ دیر عمر تک زندہ رہنا چاہتے ہیں... واقعی وہ زندگی سے محبت کرتے ہیں۔“

”لیکن ڈاکٹر... مجھ میں زندہ رہنے کی تڑپ ختم ہو چکی ہے... میں دن رات دکھ درد کو سہتے سہتے تھک چکا ہوں... زندگی میرے واسطے اب مسلسل عذاب سے کم نہیں... جتنی جلدی چلا جاؤں اتنا اچھا ہے... اب میں صحت یاب ہونے سے تو رہا؟“

ڈاکٹر اسے گہری نظروں سے دیکھتا گہری سوچ میں گم تھا۔ آزاد ہوا تو بولا:

”مسٹر کھنہ... میں پیشہ ور ڈاکٹر ہوں... میرا کام مریضوں کا علاج کرنا ہے... ان کے مرض کو دور کرنا ہے۔ ان کو موت کے مونہہ میں دھکیلنا نہیں؟“

”مانتا ہوں اور اس بات کو سمجھتا بھی ہوں... لیکن ڈاکٹر تم ذرا یوں سوچو...

ایک شخص جس کا بدن دن رات درد سے دکھتا رہتا ہو۔اس کے پیروں کی سوجن ہر دوسرے تیسرے روز بڑھ جاتی ہو...اس کے ہاتھ اکثر مڑ جاتے ہوں۔اس کا بی پی (B.P) چھلانگیں لگا کر اس کے ذہنی تناؤ اور سر درد میں اضافہ کر دیتا ہو...اس کا شوگر لیول کبھی بڑھ جاتا ہو اور کبھی کم ہونے پر وہ شخص سیمی کوما(SEMI COMA) میں چلا جاتا ہو...پھر اس کی نیند بھی بمشکل چار پانچ گھنٹوں تک کی رہ گئی ہو۔اُس کے زندہ رہنے کا کیا جواز ہو سکتا ہے؟ اس سے بہتر ہے کہ وہ اپنے تمام دکھوں سے رہا ہو کر اپنے حقیقی لارڈ سے جا ملے اور کسی اور کو کوئی ملال نہ ہو۔"

ڈاکٹر مسکرا دیا۔اس کی مسکراہٹ میں اس کا نفسیاتی مشاہدہ بھی شامل تھا۔جانتا تھا کہ رام مورتی کسی دوسرے شخص کی آڑ میں اپنی بیماریوں کے ساتھ اپنی جسمانی اور ذہنی کیفیات بھی بیان کر رہا ہے۔سنجیدگی سے بولا :

"تم واقعی دکھی لگتے ہو...اولڈ ایج میں ہر کسی کو چھوٹی بڑی پرابلمز ضرور آیا کرتی ہیں۔یہ قدرت کا اصول ہے مگر کوئی بھی آدمی موت نہیں چاہتا۔مگر تم تو خود ہی مرنے کی ٹھان بیٹھے ہو؟"

"ہاں ڈاکٹر۔میں اپنی مرضی سے مرنا چاہتا ہوں...یہ زندگی اب میرے لیے کوئی معنی نہیں رکھتی...میرے مرنے میں ہی میری مکتی ہے۔اور عذاب سے نجات بھی۔"

"مجھے تم سے پوری پوری ہمدردی ہے...دن رات کا دکھ درد آدمی کو پریشان رکھتا ہے...لیکن میں تمھاری خودکشی کے سلسلے میں تمھاری کوئی مدد نہیں کر سکتا۔البتہ تمھارا علاج جاری رہے۔اور ہاں" پھر اس نے لہجہ بدل کر آہستہ آہستہ بولنا شروع کیا:"میری کوشش رہے گی کہ جب میں

تمہاری میڈیکل رپورٹ تیار کروں تو وہ اس قابل ہوکہ اسے پڑھنے والا

تمہاری ہر بیماری کا گہرا اثر لے۔''

ہیتھرو ایر پورٹ کے ٹرمینل نمبر دو سے زیورک جانے والے جہاز کی اڑان چالیس منٹ بعد تھی۔رام مورتی وہیل چیئر پر بیٹھا گود میں سفری بیگ کے ساتھ ایک فائل رکھے اپنی دونوں چھڑیاں بھی سنبھالے ہوئے تھا۔ قریب ہی سریش اپنا اترا ہوا چہرہ لیے کھڑا تھا۔ دونوں خاموش تھے لیکن جانتے تھے کہ وہ پل ان سے کچھ فاصلے پر کھڑا سدا ان کو ایک دوسرے سے الگ کر دے گا۔ یقینا وہ پل دونوں کی قسمت میں پہلے سے لکھ دیا گیا تھا اور آج وہ خود کو سچ ثابت کرنے والا تھا۔رام مورتی دکھوں سے مکت ہوگا اور سریش باپ کے سائے سے محروم۔

آخر وہ پل آگیا جب اعلان ہوا کہ زیورک جانے والے مسافر گیٹ نمبر سات سے جہاز کی طرف بڑھیں۔رام مورتی کے بدن میں زلزلہ سا آگیا۔ بدن کا سارا لہو دل میں آتے ہی اس کی نظریں سریش کی طرف اٹھ گئیں ۔ پھر وہ کرسی کا ہتھا پکڑ کر بمشکل اٹھا اور بے تحاشا اپنے بیٹے سے لپٹ گیا۔سریش کی گرفت بھی اتنی مضبوط تھی کہ رام مورتی کا دم گھٹنے لگا وہ اپنا سانس چھوڑتے پکڑتے بولا :

''بیٹے ذرا آہستہ''۔

''سوری پاپا۔معاف کرنا''

وہیل چیئر چلانے والا سیاہ فام شخص اس وجہ سے حیران تھا کہ باپ بیٹا گہری محبت میں گرفتار ایک دوسرے میں مدغم ہوئے جا رہے تھے ۔

''سرجو میرے بیٹے... میں اپنا کُل اثاثہ تمہارے نام چھوڑے جا رہا ہوں... بیٹی ڈالی پبلک اسکول میں ہی تعلیم پائے گی ۔ایک بات

اور... پرسوں صبح گیارہ بج کر دومنٹ پر میں اس جہاں میں نہیں رہوں
گا۔ تم دوپہر میں پہلا جہاز پکڑ کر زیورک چلے آنا‘‘
سریش حیران رہ گیا کہ ان باتوں کا ذکر گھر سے ایئر پورٹ چلتے وقت اس کے
باپ نے بالکل نہ کیا تھا۔ وہ کار میں بالکل خاموش بیٹھے ایئر پورٹ تک خاموش ہی رہے
تھے۔

’’میری ڈیڈ باڈی (DEAD BODY) لندن لا کر میرا انتم سنسکار
اپنی برادری میں شان دار طریقے سے کرنا اور سب کو کھانا بھی کسی مندر میں
کھلا دینا... ڈالی اور ببلو سے کہنا کہ گرینڈ پا ان سے بہت پیار کرتا تھا۔ وہ
فیونرل میں ایک دومنٹ میرے بارے میں ضرور بولیں۔ میری آتما کو
شانتی ملے گی ‘‘۔

وہ خود کو سنبھالتا واپس وہیل چیئر پر بیٹھا ہی تھا کہ اس میں فوراً حرکت پیدا ہوئی۔
کرسی لمحہ بہ لمحہ آگے بڑھتی رہی لیکن رام مورتی پلٹ پلٹ کر فضا میں دایاں ہاتھ لہراتا، مسکرا
کر سریش کو دیکھتا رہا۔ اس کا عمل تب تک جاری رہا جب تک وہ مسافروں کی بھیڑ میں کھو
نہیں گیا۔ سریش دیر تک بت بنا رہا۔ اس کی دنیا زیرو زبر ہوگئی تھی۔

☆☆

فرار

جانے میں نے اپنا گلاس کہاں کہاں رکھ چھوڑا تھا؟ یاد نہیں آ رہا تھا؟ اندر سے آواز آئی: ''آہستہ پیئو اور کم بھی ۔ تمہارے دل کی شریانیں برابر کام نہیں کر رہیں؟ کہیں اسٹیلا کو ایمبولینس نہ طلب کرنی پڑ جائے؟''

میں نے جھٹ سے اپنی نبض کو ٹٹولا ۔ اس کی رفتار اتنی سست نہ تھی کہ شب بھر کے لیے گلاس سے ناطہ توڑ لیا جاتا ۔ میرا اور اس کا سمبندھ تو اتنا پرانا اتنا گہرا تھا کہ میں نے اس کی بدولت نہ صرف اپنے باطن کو سمجھا تھا بلکہ خارجی زندگی کی حرکات کو بھی جانا تھا ۔ لاؤنج کشادہ تھا ۔ جدید اور وکٹورین فرنیچر سے آراستہ ۔ ایک کونے میں نیم دائرے میں پھیلی ہوئی مختصر سی بار (BAR) تھی، جہاں بہترین سے بہترین شراب موجود تھی ۔ کاؤنٹر کے قریب تین چار آشنا چہرے بھی بیٹھے ہوئے دکھائی دیے ۔ وہ آپسی بات چیت اور پینے پلانے میں اتنے ڈوبے ہوئے تھے کہ انھیں علم ہی نہ ہوا کہ میں کب ان کے قریب آن بیٹھا ہوں ۔ معاً مجھے خیال آیا کہ دو تین پیگ پی کر پیشاب کا دباؤ اس قدر بڑھ گیا تھا کہ فوراً

ہی میں نے گلاس خالی کرکے اسے کہیں رکھ چھوڑا تھا اور خود کو سنبھالتا ہوا اسی ہا ٹائلیٹ کی طرف بڑھ گیا تھا۔ بلیڈر خالی کرنے پر کتنا اطمینان، کتنا سکون ملا تھا مجھ کو۔ کتنا ہلکا محسوس کیا تھا میں نے، لیکن ٹائلیٹ کی دیوار پر جڑے ہوئے آئینے میں اپنا عکس دیکھ کر میرے پاؤں وہیں تھم گئے تھے، گویا فرش نے میرے پاؤں پکڑ لیے ہوں۔ میں نے خود کو نہایت قریب سے اور نہایت غور سے دیکھا تھا۔ ایک آنکھ تو مدت ہوئی اپنا سیاہی مائل رنگ بدل کر سبز رنگ اختیار کر چکی تھی۔ اب دوسری آنکھ بھی رنگ بدلنے کی فکر میں تھی؟ میں سخت پریشان تھا مگر یہ کسی نہ کسی دن تو ہونا ہی تھا۔ ماحول بدلتا ہے تو سوچ بدلتی ہے۔ سوچ بدلتی ہے تو شخصیت بھی بدلتی ہے اور انجام کار شناخت کا مسئلہ آن کھڑا ہوتا ہے، جو دماغ کی نسوں کو بھی خشک کر ڈالتا ہے۔ مارے غصے کے میرے بدن کا سارا لہو مٹھیوں میں آن جمع ہوا تھا۔ جی چاہا کہ آئینے کے ٹکڑے ٹکڑے کر ڈالوں، یا زندگی بھر اس میں اپنی صورت نہ دیکھوں؟ لیکن میرا اٹھا ہوا ہاتھ جہاں تھا، وہیں رک گیا اور میں کوئی فیصلہ کیے بغیر ٹائلیٹ سے چلا آیا۔

بار میں داخل ہو کر میں نے نیا گلاس تیار کیا۔ قریب بیٹھے ہوئے اشخاص کو میں اندر باہر سے جانتا ہوں میں نے بارہا بات چیت کے دوران ان لوگوں کو کرید کیا ہے۔ ان کے سماجی رتبہ کے ساتھ، ان کا پس منظر بھی جانا ہے۔ وہ صاحب ثروت ہیں اور صاحب حیثیت بھی۔ ان کو زندگی کی ہر نعمت حاصل ہے سوائے ایک کے۔ وہ کمی میری بھی ہے۔ بلکہ یہاں موجود ہر شخص کی وہ کمی مشترکہ رہی ہے۔

ہم تمام لوگ ہر ماہ کسی کے مکان پر اکٹھے ہوتے ہیں۔ یہ سلسلہ طویل عرصے سے جاری ہے۔ وہاں ہر مرد کے ساتھ اس کی بیوی کا ہونا لازمی قرار دیا گیا ہے۔ ورنہ صرف مرد کے لیے میزبان کا دروا نہیں ہوا کرتا، خواہ وہ کتنے بھی عذر کیوں نہ پیش کرے۔ پھر ہم خوشگوار شام کو رنگین بنانے میں کوئی کسر اٹھا نہیں رکھتے۔ خوب قہقہے لگاتے ہیں۔ دل

کھول کر ہنگامہ کرتے ہیں ۔ بے پناہ گھریلو، ذاتی اور دنیاوی باتیں کرتے ہیں ۔ پیٹ بھر کر کھانا کھاتے ہیں ۔ زور شور سے ناچتے ہیں اتنے گلاس خالی کرتے ہیں کہ ہر کسی کے ہونٹوں پر سچ کے علاوہ کوئی دوسرا حرف نہیں ابھرتا، گو کہ یہ عمل بڑا خطرناک ہے ۔ بعض دفعہ ناراضگیاں اس حد تک بڑھ جاتی ہیں کہ گریباں چاک ہو جاتے ہیں لیکن ہم سب کو صدمہ پہنچنے کی بجائے خوشی ہوتی ہے کہ ذہن کا مکمل برہنہ ہونا شاذ و نادر ہی دیکھنے میں آتا ہے ۔ اس وقت ہم ایسے آئینے بن جاتے ہیں کہ ان کے آر پار دیکھنے کی ضرورت نہیں رہتی ۔ ہر حقیقت اپنے آپ واضح ہونے لگتی ہے اور بعض کے کردار اغذار نظر آتے ہیں ۔

میَں نے لبوں سے گلاس ہٹایا ہی تھا کہ کاؤنٹر پر کھڑی مجھے ایک فربہ اندام عورت دکھائی دی ۔ وہ گنگنا کر اپنا گلاس تیار کر رہی تھی ۔ لگا کہ وہ میری پہلی اور آخری بیوی ہے مگر یہ کیوں کر ممکن تھا کہ وہ لاؤنج میں آئے میرے قریب سے گزرے اور مجھ سے بات کیے بغیر آگے بڑھ جائے؟ اُس فربہ عورت کو دوبارہ دیکھنے پر میری آنکھوں نے یقین دلایا کہ میری بیوی اتنی بے ہنگم ، بے ڈول اور بدزیب نہیں ہے اس کا بدن ضرور پھیل چکا ہے ۔ وہ اپنی عمر سے کہیں بڑی بھی دکھائی دینے لگی ہے لیکن اس کے بدن میں اب بھی بلا کی کشش اور جاذبیت ہے جبکہ اس بھاری بھرکم عورت کو دیکھ کر کسی چٹان کا گمان گزرتا تھا ۔ وہ گلاس تھامے گنگناتی ہوئی میرے پاس سے گزری تو اس کی فربہ ٹانگوں پر نیلی اور ہری رگوں کا الجھا ہوا جال دیکھ کر سخت کراہت ہوئی ۔ میں نے جھٹ سے منہ پھیر لیا ۔ مگر میری بیوی ہے کہاں؟ اس خیال کے ساتھ میں نے اطراف میں نگاہ دوڑائی ۔ لاؤنج میں مزید مہمان جمع ہو چکے تھے لیکن میری بیوی ان میں شامل نہیں تھی یقیناً وہ صاحبہ خانہ کے ساتھ گپ کرتے ہوئے دونوں ہاتھوں سے پلیٹیں صاف کر رہی ہو گی ۔ اسے کھانے پینے کا بے حد شوق ہے ۔ لذیذ کھانے اس کی کمزوری رہے ہیں ۔ وہ ان کی خاطر ہر طرح کا سمجھوتا کر سکتی ہے ۔ لیکن کوئی زمانہ تھا وہ اپنی غذا کے متعلق کس قدر پابند کس قدر محتاط رہا کرتی

تھی۔ ناپ تول کر خوراک کھانا اس کا شیوہ تھا۔ منہ اندھیرے طرح طرح کی کسرت کرنا اس کا روز کا معمول تھا۔ جم (GYM) کی رونق بڑھانا بھی اس کے روزمرہ میں شامل تھا۔ اسے دھڑکا لگا رہتا تھا کہ کہیں اس کا کسا ہوا بدن اپنی صورت نہ کھو بیٹھے۔ وہ میرا کم، اپنے بدن کا زیادہ خیال رکھا کرتی تھی۔ جسمانی مشقت کرنا اس کے واسطے لازم بھی تھا کہ اس کی روزی روٹی اور شہرت اس سے جڑی ہوئی تھی۔ ہوشربا بدن ہی اس کا ہتھیار تھا اور ہتھیار بھی ایسا کہ کسی ذی ہوش کا اس سے بچ نکلنا محال تھا، حتیٰ کہ میں بھی اسی کا شکار ہوا تھا۔ وہ فیشن کی دنیا کی مقبول ماڈل تھی۔ وہ ایک نشست کے منہ مانگے دام طلب کیا کرتی تھی اور تجارتی لوگ اسے ہنس ہنس کر ادا کیا کیا کرتے تھے۔ لیکن وقت کی مار سے کون سے بچ پایا ہے جو وہ بچ جاتی؟ وقت نے کروٹ لی اور اسے کیا سے کیا بنا ڈالا؟ گلاس کے گرد میری انگلیاں سخت ہوتی چلی گئیں۔ گلاس ٹوٹتے ٹوٹتے بچا اور میری گردن سینے کی طرف ڈھلک گئی۔ لیکن اس کا تراشا ہوا بدن میری آنکھوں میں اٹک کر رہ گیا۔ میں تڑپ اٹھا۔

مہمان چھوٹی چھوٹی ٹولیوں میں بٹ چکے تھے۔ پینا پلانا زوروں پر تھا۔ ہر طرف ہنسی مذاق، قہقہے اور لطیفے تھے لیکن میں ان سے دور کہیں اور ہی کھویا ہوا تھا۔ مجھے وہ شام یاد آ رہی تھی، جب بے موسم کی ہلکی ہلکی بارش ہو رہی تھی۔ مجھے اپنے فوٹو گرافر دوست جو کئی بار میرے وطن میں میرا مہمان بھی رہ چکا تھا، کے ہاں پہنچنا تھا۔ راستوں سے واقفیت نہ ہونے کے کارن میں اس کی رہائش گاہ پر اتنی دیر سے پہنچا تھا کہ وہ میرے آنے کی امید ہی کھو بیٹھا تھا۔ لیکن مجھے اپنی دہلیز پر کھڑا پا کر وہ بے حد خوش ہوا تھا۔ اس نے بڑی گرم جوشی سے اپنے دوستوں سے میرا تعارف کرایا تھا۔ ان میں اسٹیلا بھی شامل تھی۔ اس کے بدن کا ہر انگ میرے حواس پر گہرا اثر چھوڑتا جا رہا تھا۔ ایک تو کسا ہوا متناسب بدن، اس پر گورا چٹا رنگ جو بچپن سے میری کمزوری رہا تھا۔ بار ہا میری نظریں اس کے بدن کے ہر حصے پر پھیل رہی تھیں لیکن وہ میرے رویے سے ذرا بھی پریشان نہ

تھی بلکہ انتہائی دل جمعی سے میرے فوٹوگرافر دوست گریگری کے ساتھ ناچ رہی تھی۔ ماحول بڑا رومانی تھا۔ اسٹیلا کا سر گریگری کے کندھے پر تھا اور اس کے لب اسٹیلا کے بالوں کو چھو رہے تھے۔ جانے کیوں میرے دل میں طاقتور خواہش پیدا ہوئی کہ میں اسٹیلا کے بدن کو چھوؤں؟ اسے قریب سے محسوس کروں اور وقت آنے پر خود کو فراموش کر ڈالوں۔ کچھ دیر بعد میں نے اسے اپنے ساتھ رقص کرنے کی دعوت دی تو وہ چونک اٹھی۔ میں تڑپ اٹھا:

”کیا تم کسی اجنبی کے ساتھ ناچنا پسند نہیں کرتیں...؟“

”ایسا مت کہو۔“ اس کا لہجہ قدرے سخت تھا :”میں تو کبھی انکار نہیں کرتی۔“

”پھر...؟“

”اکثر میں نے دیکھا ہے۔ تمہارے دیش کے لوگ ناچنے سے شرماتے ہیں...میں بہت سوں کو ناچنے کی دعوت دے چکی ہوں۔ کوئی یہ کہہ کر الگ ہو جاتا ہے کہ اسے رقص نہیں آتا اور کوئی یہ کہتا ہے کہ اس کی ٹانگ میں درد ہے۔“

”لیکن مائی ڈیر...میری دونوں ٹانگیں برابر ہیں اور میں ناچنا بھی جانتا ہوں...میں تم کو مایوس نہیں کروں گا؟“

اس نے گردن اٹھائی تو وقت تھم گیا تھا۔ زمین کی گردش رک گئی تھی لیکن اگلے ہی پل وقت سرکا زمین نے پھر گردش کی اور اس کا نرم ہاتھ میرے گرم ہاتھ میں تھا۔ موسیقی کی لے پر ہم ناچ رہے تھے۔ موڑ کاٹتے ہوئے یا دائرہ مکمل کرتے وقت میں چور نظروں سے اپنے فوٹوگرافر دوست کو ضرور دیکھا کرتا۔ وہ بے فکری سے سگریٹ کا دھواں چھوڑتے ہوئے خوش نظر آ رہا تھا لیکن موقع ملنے پر تصویریں کلک کرتا ہوا ہمیں

کیمرے میں قید کر رہا تھا۔

"تم یہاں کیا کر رہے ہو؟"

"تمہارے ساتھ ناچ رہا ہوں۔"

"نہیں نہیں میرا مطلب کچھ اور ہے۔"

اس نے میری برجستگی کا لطف اٹھا کر کہا:

"تم میرے ملک میں کیا کر رہے ہو؟"

"میں جرنلسٹ ہوں۔"

"جانتی ہوں۔"

"نوکری کی تلاش ہے؟"

"تمہیں نوکری جلد مل جائے گی۔"

"یہ اندازہ تم نے کیسے لگا لیا؟"

"تم میری زبان بہت اچھی بولتے ہو۔"

"یہ زبان اب تمہاری نہیں رہی۔" میں نے پاؤں بدل کر کہا۔ "یہ زبان اب انٹرنیشنل بن چکی ہے۔"

"جانتی ہوں۔"

"لیکن جن جن ملکوں میں تم نے اپنے پاؤں جمائے تھے وہاں کئی لوگ تمہیں ایسے مل جائیں گے جو تم سے بہتر اب یہ زبان بولتے ہیں۔"

میرے انکشاف سے اس کی گردن اونچی ہوئی تھی۔ دوسرے لفظوں میں وہ احساس دلا رہی تھی کہ دنیا کے جس جس خطے پر اب وہ حکمراں نہیں رہے تو کیا؟ ان کی زبان تو وہاں حکومت کر رہی ہے۔ میں نے فوراً سرگوشی کی۔

"میں نے تمہارا ذہن پڑھ لیا ہے۔"

"اچھا کیا...ورنہ تم میں اور ایک عام آدمی میں کوئی فرق نہ تھا"

میں پھر سے چونک اٹھا تھا۔ایک تو ہو شربا بدن،اس پر تیز دماغ۔ایسا سنگم تو شاذ و نادر ہی دِکھنے میں آتا ہے۔ورنہ کہیں بدن پر کشش تو دماغ گھٹس۔اور کہیں دماغ سلجھا ہوا تو بدن غیر متناسب لیکن جو میرے ساتھ رقص کر رہی تھی سر سے پا تک مکمل تھی۔

ان دنوں میرے ستارے صحیح معنوں میں میرا ساتھ دے رہے تھے۔میں فلِیٹ اسٹریٹ کے ایک ممتاز ترین اخبار میں ملازمت حاصل کرنے میں کامیاب ہو گیا تھا اسٹیلا کے ساتھ میری دوستی،باہمی سمجھ بوجھ سے بڑھ کر پسندیدگی اور انجام کار اپنائیت کی حدود کو چھور ہی تھی۔ہم نے دنیا کو ایک دوسرے کی نظر سے دیکھنا شروع کر دیا تھا۔اب دنیا ہمیں حسین،رنگین اور اجلی اجلی دکھائی دیا کرتی۔میں اس کے پُر پیچ بدن کا دیوانہ تھا اور اسے پانے کی تڑپ مجھ میں زندہ تھی۔وہ میری مشرقی ذہانت سے اتنی مرعوب تھی کہ مجھ سے برملا کہا کرتی تھی:

"تم نہایت سلجھا ہوا اور متوازن ذہن رکھتے ہو...مخلص ہو...ریاکاری تمھاری قریب سے نہیں گزری بلکہ وہ گزرتے وقت شرم کھاتی ہے"

وہ ہمیشہ مجھ کو اپنے دوستانہ حلقے میں دانشور ثابت کرنے پر مصر رہا کرتی۔اس کے یار دوست بظاہر مجھ کو پسند بھی کرتے تھے میرے نظریات اور خیالات کی قدر بھی کیا کرتے لیکن پورے دل سے مجھے قبول کرنے سے پچکچایا کرتے۔وجہ میں جانتا تھا۔صدیوں پرانا دنیا کے ہر براعظم پر حکومت کرنے کا احساس ان کے رگ و پے میں شامل تھا۔اس سے جلد الگ ہونے پر وہ آمادہ نہ تھے۔میں بار ہا ان سے الجھتے الجھتے رہ جاتا کہ کہیں میں اسٹیلا اور ان کے دوستوں کی صحبت سے محروم نہ رہ جاوں؟اسٹیلا ان تمام حقائق کو سمجھتی تھی محسوس بھی کرتی تھی مگر خاموش رہا کرتی جس کا مجھے افسوس بھی رہتا۔

اور ایک سرد شام جو موسمی اعتبار سے دل کو اداس کر دینے والی شام تھی۔میں

حسبِ وعدہ اسٹیلا کے فلیٹ میں داخل ہوا تو وہ اپنے چیدہ چیدہ دوستوں میں گھری ہوئی کسی سنجیدہ موضوع پر بات کر رہی تھی۔ ان میں میرا دوست گریگری بھی شامل تھا۔ وہ معاملہ شناس شخص تھا۔ تیز آنکھ کے ساتھ تیز دماغ بھی رکھتا تھا۔ تب ہی کیمرے کا بٹن دبایا کرتا جب اسے یقین ہو جاتا کہ OBJECT کے پیچھے تھرکتی ہوئی زندگی بھی موجود ہے۔ وہ جان گیا تھا کہ میں اور اسٹیلا اس مقام پر پہنچ چکے ہیں جہاں سے لوٹنا اب ہمارے واسطے ممکن نہیں رہا۔ وہ اسٹیلا کو قدم قدم پر احساس دلانے لگا تھا کہ وہ کبھی اس کے عشق میں گرفتار تھا ہی نہیں۔ اگر ان کے درمیان کچھ تھا بھی تو وہ محض INFATUATION تھی۔

گفتگو برطانوی معاشرے کے متعلق چل رہی تھی۔ لُبِ لباب یہ تھا کہ موجودہ معاشرہ کس نوعیت کا ہے؟ چالیس پچاس برسوں میں وہ کون سی شکل اختیار کرے گا؟ ... سفید نسلیں اب اور تب کیا محسوس کریں گی؟

چائے کے خالی پیالے میز پر دھرے تھے۔ مجھے چائے کی سخت طلب ہو رہی تھی؟ جی چاہا کہ کچن میں جا کر خود ہی چائے بنا لوں لیکن اسٹیلا کے دوستوں کی موجودگی میں آزادی حاصل کرنے سے میں ہچکچایا، جانے کیوں؟ سب کی نظریں مجھ پر گڑھی ہوئی تھیں۔ میں نے سگریٹ سلگا کر دو تین جان دار کش لیے اور فضا کو مزید بوجھل بنا دیا۔ بحث فکر انگیز تھی اور معنی خیز بھی۔ گریگری ایک نظر مجھ کو دیکھ کر اسٹیلا سے مخاطب ہوا :

"میرا خیال ہے چالیس پچاس برسوں میں ہماری سوسائٹی ہر اعتبار سے ملٹی کلچرل ہوگی... لیکن اینگلو سیکسن قوم کو بہت زیادہ نقصان اٹھانا ہوگا۔ ممکن ہے ہماری قوم کی پاکیزگی ختم ہو کر رہ جائے؟"

سبھی چونک اٹھے تھے۔ اُس نے بات ہی کچھ ایسی کہی تھی کہ مَیں بھی چونک اٹھا تھا۔ سبھی حیرت زدہ ایک دوسرے کو دیکھ رہے تھے۔ عجب سا خوف ہمارے چہروں پر

اُمڈ آیا تھا۔ اُسی کیفیت کے تحت اسٹیلا نے دریافت کیا :

”یہ کیوں کر ممکن ہے کہ ہماری قوم کی پاکیزگی قریب قریب ختم ہو کر رہ جائے گی؟“

گریگری نے کہا:

”آج ہمارے ہاں ایمیگرانٹز (IMMIGRANTS) سات فی صد ہیں...گورے، کالے، رنگدار مگر چالیس پچاس برسوں میں اُن کی تعداد بیس فی صد ہوگی۔ ممکن ہے زیادہ بھی ہو... یہ اعداد و شمار ماہرین کے ہیں، میرے نہیں۔“

ہر کوئی ہمہ تن گوش تھا۔ گریگری نے اپنی بات جاری رکھی:

”جس رفتار سے باہر سے آنے والے لوگوں کے ہاں اولاد پیدا ہو رہی ہے، وہ تشویش ناک ہے۔ ہزاروں کی تعداد میں رنگدار بچے ہر ماہ پیدا ہو رہے ہیں۔“

ایڈی جو اسٹیلا کی قریبی دوست تھی۔ بول اٹھی:

”دوغلے بچے مجھ پر اچھا اثر نہیں چھوڑتے...وہ ہمارا کلچر قبول نہیں کرتے۔ وہ ہماری سوسائٹی میں مس فِٹ (MISFIT) ہیں۔“

”یہ پرابلم تمھاری ہے، میری نہیں۔“

گریگری نے نرمی سے کہا:

”لیکن میں جب رنگدار بچوں کو انگریز بچوں کے ساتھ دیکھتا ہوں تو یہ سوال مجھے پریشان کرتا ہے کہ میری قوم کا کیا بنے گا؟...اُس کی پاکیزگی اور عظمت برقرار رہے گی یا نہیں؟“

جملے کا آخری حصہ اس نے مجھے دیکھ کر ادا کیا تھا۔ جملہ مکمل کرنے پر بھی وہ

مسلسل مجھے دیکھتا رہا گویا میں ہی اس کی قوم کی پاکیزگی کو ختم کرنے والا شخص ہوں ۔ اسٹیلا اُس کی سخت نظروں کا مطلب کچھ کچھ بھانپ گئی تھی ۔

''گریگری، دل پر کس نے قابو پایا ہے ۔ ہر آدمی آزاد ہے ۔ وہ جس سے چاہے شادی کرے ۔۔۔ہم اُس پر پہرے تو بٹھا نہیں سکتے؟''

''میں مانتا ہوں ۔۔۔لیکن اپنی برادری سے باہر شادی کرکے وہ اپنی قوم کو جو نقصان پہنچاتا ہے ۔ اُس پر کبھی غور کیا ہے تم نے؟''

جملہ براہ راست اسٹیلا کی ذات پر تھا، جو اپنے ساتھ کئی معنی، کئی پرتیں لیے ہوئے تھا ۔ مگر وہ سخت مٹی کی بنی ہوئی تھی ۔ اس کا ٹوٹ کر بکھرنا تو درکنار اس پر آنچ تک نہ آئی تھی ۔ نہایت تحمل سے بولی:

''گریگری عشق تم نے بھی کیا ہے ۔ مگر عشق کے معنی نہیں سمجھے ۔۔۔جس روز سمجھ جاؤ گے، اس طرح کی باتیں نہیں کرو گے؟''

مگر گریگری کہاں خاموش ہونے والا تھا ۔ اس نے براہ راست مجھ سے جاننا چاہا کہ اس سلسلے میں مَیں کیا رائے رکھتا ہوں ۔

''کمار۔ اب تم یہاں سیٹل ہو چکے ہو ۔۔۔سوسائٹی کے ہر پہلو کو خوب سمجھتے ہو ۔ ایک ایمیگرانٹ ہو کر اس مسئلے کے بارے میں تمہاری سوچ کیا کہتی ہے؟''

مَیں نے ایک نظر اسٹیلا اور اس کے دوستوں کو دیکھا ۔ وہ سب مجھ کو یوں دیکھ رہے تھے گویا میرے بیان سے ہی اس مسئلے کا کوئی حل نکل پائے گا ۔ قدرے سوچ و چار کے بعد میں نے کہا:

''تم لوگ دنیا کے ہر خطے میں کئی دہوں تک حکمراں رہے ہو ۔۔۔میرے دیش میں دو سو برسوں تک رہے ہو ۔۔۔اب اگر وہاں سے اور دوسرے

ملکوں کے لوگ یہاں آ کر آباد ہو رہے ہیں تو تم کو برا نہیں لگنا چاہیے ...
رہا تمہاری قوم کی پاکیزگی کا سوال؟ ...تو اب دنیا کی کوئی بھی قوم پاک
نہیں رہی ... یہاں تک کہ یہودی اور پارسی قوم کے جوان لڑکے لڑکیاں
بھی اپنی برادری سے باہر شادی کر رہے ہیں ۔‘‘
اسٹیلا کی آنکھیں روشن ہو گئی تھیں لیکن گریگری پر اوس پڑ گئی تھی ۔
رات لپک آئی تھی ۔ اندھیرا گہرا ہونے سے پہلے مہمان رخصت ہو گئے تھے ۔
صرف مَیں وہاں اکیلا رہ گیا تھا ۔ خاموش، اداس، بجھا بجھا سا ۔ یہ سوچتے ہوئے کہ آدمی نفرت
کی آگ میں جل کر اپنی سوچ کا توازن کیوں کھو بیٹھتا ہے ؟ وہ تصویر کا دوسرا رخ دیکھنے کی
زحمت کیوں نہیں کرتا ؟ وہ اپنے کہے کو مستند ہے میرا فرمایا ہوا، کیوں گردانتا ہے ؟ اگر
گریگری نے کالونیل ازم (نو آبادیات) کی تاریخ پر غور کیا ہوتا تو اسے خود بخود جواب مل
جاتا کہ اُن کی سابق نو آبادیوں سے وہاں کے عوام یہاں آ کر کیوں آباد ہو رہے ہیں ؟
مَیں اپنی وچار دھارا میں کھویا ہوا تھا کہ لگا کہ مَیں کمرے میں اکیلا نہیں ہوں، کوئی دوسرا بھی
موجود ہے، جو نہایت غور سے مجھ کو دیکھے جا رہا ہے ۔ اسٹیلا شب خوابی کا لباس پہنے میرے
رو برو کھڑی تھی ۔ منزل دو ہاتھ کے فاصلے پر تھی صرف مجھ کو اٹھ کر اسے اپنی بانہوں میں بھرنا
تھا ۔ میری آنکھوں کی روشنی اتنی تیز ہو گئی تھی کہ پوری کائنات جگمگا اٹھی تھی ۔ اور اُس رات
مَیں نے اپنی منزل کو پا لیا تھا ۔
’’اوئے ... کہاں کھو گئے تم ؟‘‘
اسٹیلا کی آواز مجھے ماضی سے کھینچ کر حال میں لے آئی ۔ اُس کی آواز کتنی بدل
چکی تھی ۔ ڈھلتی عمر نے اُس کی مٹھاس اور سریلے پن کو ختم کر ڈالا تھا لیکن میرے کان تو
اس کی نیم مردانہ اور نیم کرخت آواز کے عادی ہو چکے تھے ۔ گلاس دیر سے میرا انتظار کر رہا
تھا ۔ گھونٹ بھر کر بولا :

"اسٹیلا... مجھے وہ شام یاد آ رہی تھی، جب پہلی بار ہم ملے تھے۔"

"اُس کے بعد بھی تو ہم ہزاروں بار مل چکے ہیں؟"

"ہاں۔ مگر اس شام کی بات ہی الگ تھی۔ اس کا نشہ آج بھی مجھ پر قائم ہے۔"

"تم ٹھیک کہہ رہے ہو۔" وہ قدرے دکھ کے ساتھ بولی: "وہ نشہ آہستہ آہستہ کم ہوتا چلا گیا... اور اب... محض بیتتے دنوں کی یاد بن کر رہ گیا ہے۔"

اُس کے چہرے پر کرب تھا اور بے چارگی کی جھلک بھی۔ اُس نے ہاتھ بڑھا کر میز سے سگریٹ کا پیکٹ اٹھایا۔ دو سگریٹ بیک وقت سلگائے اور ایک میری طرف بڑھا کر کہا:

"میں تمہارے دکھ کو خوب سمجھتی ہوں... میں بیوی ہو کر بھی تم کو وہ نہ دے سکی جس پر عورت ناز کرتی ہے۔"

"اِس میں تمہارا کوئی دوش نہیں... قدرت کے رنگ، اس کے اصول بڑے انوکھے ہیں۔ اُن کو سمجھنا اتنا آسان نہیں... اسی واسطے ہم آج بھی اکٹھے ہیں اور زندہ ہیں۔"

وہ سرد آہ بھر کر رہ گئی تھی۔ مَیں نے بھی چپ سادھ لی تھی۔ لیکن ہمارے خاموش دلِ محرومیت کو نہایت قریب سے محسوس کر رہے تھے۔ یقیناً یہی ہمارا مقدر تھا اور اسی کے سہارے ہمیں باقی ماندہ زندگی بسر کرنی تھی۔

"یہ کون سا گلاس ہے تمہارا؟"

"شاید چوتھا۔"

"سنبھل کر پینا... بعد میں مایوسی نہ ہو؟"

اس کا مختصر سا جملہ مجھ کو کاٹتا چلا گیا۔ میرے ہاں دبا ہوا احساسِ ندامت از سرِ نو

جاگ اٹھا تھا۔ پچھلی مرتبہ جانے کس کے گھر پر یہی ہنگامہ تھا۔ کم و بیش یہی لوگ جمع تھے۔ مَیں اپنے معمول سے زیادہ پی گیا تھا۔ اسٹیلا بھی ساتویں آسمان پر تھی لیکن تو سبھی آسمانوں کو عبور کیے شیطان اور فرشتوں کے ساتھ مکالمہ کرنے پر آمادہ تھا۔ میری ہر الٹی سیدھی دلیل، سوچ کا ہر زاویہ اور منطق اسٹیلا کے نزدیک ناقابل برداشت تھی۔ وہ سخت پریشان تھی۔ مجھے سنبھالنے کی ہر ممکن کوشش اس نے کی تھی لیکن بے سود۔ اسے جب یقین ہو گیا کہ مَیں پارٹی میں NUISANCE بن چکا ہوں اور تمام مہمان مجھ پر ہنس رہے ہیں تو اس نے مجھے موٹی موٹی گالیوں سے نوازا تھا اور میرے آگے رکھا ہوا گلاس اٹھا کر کسی دوسری میز پر رکھ چھوڑا تھا۔ قدرے توقف کے بعد میرا نشہ قدرے ہرن ہوا تو میرا سر ندامت سے جھک گیا تھا۔ مَیں دنوں تک اس سے آنکھ نہیں ملا پایا تھا۔

کمرہ تمام آشنا چہروں سے بھر گیا تھا۔ یوں تو کمرہ کشادہ تھا، لیکن سولہ اشخاص کی موجودگی میں اُس کے در و دیوار سکڑ کر رہ گئے تھے۔ آٹھ عورتیں تھیں اور اتنی ہی تعداد میں مرد بھی تھے۔ ہر کوئی گلاس تھامے چہک رہا تھا لیکن میں جانتا تھا کہ جوں جوں ”وقت“ کی سوئیاں اپنے مخصوص دائرے میں گھومیں گی توں توں یہ چہکنا یہ خوشی غائب ہو جائے گی۔ پھر پارٹی اس مقام پر پہنچ جائے گی جب ہر چہرے سے بے چارگی آنکھوں سے محرومی اور باتوں سے تلخی ٹپکے گی۔ ہر کوئی اسے چھپانے کی ہر ممکن کوشش کرے گا، لیکن اور باطن کا رشتہ تو اتنا پرانا ہے کہ ہزار پردوں میں چھپا ہوا آدمی بھی کہیں نہ کہیں سے بول اٹھتا ہے۔

شور دَرجہ بدرجہ بڑھ رہا تھا۔ اُس شور میں صرف مرد ہی نہیں، عورتیں بھی برابر کی شریک تھیں۔ میرے دائیں ہاتھ پر چند عورتیں نیم دائرہ بنائے ذاتی مسائل پر تبادلہ خیال کر رہی تھیں۔ اسٹیلا اُن کی پردھان بنی بیٹھی تھی۔ اُس کے ہر خیال کو اہمیت بھی دی

جا رہی تھی۔ عورتوں میں سے کسی ایک نے کہا:

"اس جھنجھٹ میں کون پڑے... پہلے اپنا پیٹ کاٹ کر بال بچوں کی پرورش کرو... اُن کی ہر الٹی سیدھی مانگ کو پوری کرو... پھر جب وہ بالغ ہو کر اپنے پیروں پر کھڑے ہو جاتے ہیں تو وہ ماں باپ کی ذرا پرواہ نہیں کرتے... بڑھاپے میں یوں آنکھیں پھیر لیتے ہیں گویا کبھی واسطہ ہی نہ تھا... پھر اُن کے لیے اپنا وقت، پیسہ اور جذبات کیوں ضائع کیے جائیں؟"

لیکن اسٹیلا مختلف تھی۔ اُس کا نقطۂ نظر بھی الگ تھا۔ وہ اُن سے الجھ گئی تھی۔

"آدمی کی زندگی کا حاصل اس کی اولاد ہی تو ہے... اگر وہ بے اولاد ہی مر جائے تو اُس کا دنیا میں آنے کا مقصد پورا نہیں ہوتا؟"

"یہ خیال تمہارا ہے ہمارا نہیں... ہم تو بس اتنا جانتے ہیں، آدمی دنیا میں اکیلا آتا ہے، اکیلا ہی جدوجہد کرتا ہے اور اکیلا ہی چلا جاتا ہے... پھر وہ اپنا جیون دوسروں کے واسطے برباد کیوں کرے؟"

اسٹیلا نے فوراً ہی جواب دیا:

"اولاد کے لیے قربانی دے کر ماں باپ کو روحانی تسکین بھی تو ملا کرتی ہے... وہ جب ان میں اپنی صورت دیکھتے ہیں تو ان کو زمین پر آنے کا مقصد سمجھ میں آتا ہے۔"

"یہ تم کیسے کہہ سکتی ہو؟" "تمہیں ابھی تک یہ تجربہ حاصل نہیں ہوا؟"

"ہاں۔ یہ میری بدنصیبی ہے... لیکن میں نے تمہاری طرح PILLS کھا کھا کر فطری دھارے کو روکا نہیں ہے؟"

"یہ ایک الگ بحث ہے... فی الحال بات اولاد کی ہو رہی ہے،

PILLS کی نہیں؟‘‘

اسٹیلا اکٹ کر رہ گئی تھی۔میرا ہاتھ گلاس کے گرد مضبوطی سے پھیل گیا تھا وہ ٹوٹتے
ٹوٹتے بچا۔میں نے اُسے اٹھا کر ہونٹوں کی طرف بڑھایا تو اُس کی تلچھٹ میں چند
بوندیں ہی رہ گئی تھیں ، جو میری زبان میں جذب ہو کر حلق تک بھی نہ پہنچ پائی تھیں لیکن
صاحب خانہ بڑا ہوشیار آدمی تھا، فوراً بھانپ گیا کہ میں کس کیفیت سے دو چار ہوں ۔نیا گلاس
بنا کر میرے سامنے لا کر رکھ دیا۔ چند گھونٹ بھر کر میرا ذہن ایک مرتبہ پھر پیچھے کی طرف
دوڑنے لگا۔میں نے اسے روکنے کی ہر ممکن کوشش کی ۔لیکن ذہن تو پھر ذہن ہے، آدمی
کی پکڑ میں کہاں آتا ہے؟ وہ تو بپھرے ہوئے گھوڑے کی طرح ہے ۔ چاروں سمت
دوڑنے پر آمادہ رہتا ہے ۔وہ کئی سالوں کو پھلانگ کر مجھے اس کمرے میں لے آیا جہاں
اسٹیلا اندھیرے میں بیٹھی ،گہری فکروں میں ڈوبی ،سگریٹ کے کش پہ کش لیے جا رہی تھی۔
میں نے داخل ہو کر روشنی کرنا ہی چاہا تو اُس کی آواز نے میرا ہاتھ روک لیا:

’’بتی مت جلانا...میں تم سے جو بات کہنا چاہتی ہوں وہ روشنی میں نہ کہہ
پاؤں گی؟‘‘

میرے ہاتھ میں شام کا اخبار تھا۔ چند کاغذات بھی تھے ۔ گرفت ڈھیلی پڑتے ہی
وہ سب غالیچے پر پھیل گئے ۔اندر سے آواز آئی کہ آج بعد دو پہر ڈاکٹر نے اسے جو فیصلہ سنایا
ہے وہ اس کے حق میں یکسر نہیں ہے اور وہ سر سے پیر تک چیخ کر رہ گئی ہے ۔کہیں سے
لرزتی ڈوبتی آواز از سر تاریکی میں اُبھری:

’’آج میرے پاس کیا نہیں ہے؟...سوچو تو؟ کامیابی ۔شہرت ۔سماجی
رتبہ ۔ بے پناہ دولت ۔ بے شمار چاہنے والے...لیکن صرف ایک ہی
شے کی کمی ہے؟‘‘

میں ایک عورت کی محرومیت کو شدت سے محسوس کر رہا تھا۔

”وہ ضرورت تمہاری بھی ہے... مگر میری کہیں زیادہ... بدقسمتی سے ہم زندگی بھر اس کا منہ نہ دیکھ پائیں گے؟“

ہم دیر تک بے حس و حرکت اپنے اپنے دماغ میں بند رہے۔ مجھے اپنی دنیا ویران ہوتی ہوئی دکھائی دی۔ غالباً یہی میرا مقدر تھا۔ میں نے جھٹ سے ہاتھ بڑھا کر بتی جلا دی۔ کمرہ روشن ہوتے ہی اُس نے آنکھوں کو ڈھانپ لیا۔ احتجاجاً تیزی سے بول اُٹھی:

”میرا صدمہ اتنا معمولی تھا کہ تم کو روشنی کی ضرورت پڑ گئی؟“

”نہیں یہ بات نہیں،“

”تو پھر...؟“

”مجھے اندھیرے سے ڈر لگتا ہے۔ میں نہیں چاہتا وہ تمہیں بھی کھا جائے؟“

اس کی آنکھیں تین گنا پھیل گئی تھیں۔ وہ اُٹھ کر میری طرف لپکی اور مجھ سے لپٹ کر بلک بلک کر رونے لگی تھی۔

وہ رات ہم پر بڑی بھاری گزری تھی۔

اسٹیلا ہر طرح کے فطری اور غیر فطری علاج معالجے سے گزری تھی۔ اُس نے ملک کے نامور ڈاکٹروں سے رجوع کیا تھا۔ پانی کی طرح پیسہ بہایا تھا۔ لیکن ڈاکٹری آخری رپورٹ نے ہمارا گھر ماتم کدے میں بدل ڈالا تھا۔ ہم دونوں منہ لٹکائے ماتم کر رہے تھے۔ فرق صرف اتنا تھا کہ ہم نے سیاہ لباس نہیں پہن رکھے تھے۔ اسٹیلا کو صدمہ اتنا گہرا ہوا تھا کہ وہ قریب قریب اپنے حواس کھو بیٹھی تھی۔ مجھ پر بھی اثر کم نہ ہوا تھا۔ یہ احساس ہی میرے لیے تکلیف دہ تھا کہ میرے کان ”پاپا پا ڈیڈ“ جیسا لفظ سننے سے ہمیشہ محروم رہیں گے؟ اور اتنے بھرے پرے گھر میں کبھی کوئی بچہ رینگتا ہوا یا کلکاریاں مارتا ہوا دکھائی نہیں دے گا؟ ہمیں ایک دوسرے کی شکل دیکھ دیکھ کر ہی زندگی بسر کرنی ہوگی۔ ہمارے ستاروں نے یقیناً ہمارے ساتھ بھیانک مذاق کیا تھا۔ برابر والے کمرے

سے اسٹیلا کی ہچکیاں صاف سنائی دے رہی تھیں ۔ وہاں قدم رکھنے پر مَیں واقعی ڈر گیا تھا ۔ اس کا اجاڑ ویران چہرہ ، سوجی ہوئی انگارہ آنکھیں ، سرخ ناک اور نتھنوں سے بہتا پانی دیکھ کر مَیں نے اُسے بانہوں میں سمیٹ کر دلاسا دینا چاہا :

’’اسٹیلا ۔ ہمیں ہر حال میں زندہ رہنا ہے ؟‘‘

’’ہاں ۔ مانتی ہوں ۔۔۔ پر میری ایک بات کا جواب دو گے ؟‘‘

’’کہو ۔‘‘

’’کیا اس دنیا میں خدا ہے ؟‘‘

یکبارگی میرے ہاتھ پاؤں ٹھنڈے پڑ گئے تھے اور مَیں برف بن گیا تھا ۔ میرے خواب و خیال میں بھی نہ تھا کہ اس کی سوچ یوں پلٹا کھائے گی کہ وہ خالقِ کائنات پر اپنا اعتبار کھو بیٹھے گی ۔ غیر شعوری طور پر میرے لبوں سے چند الفاظ اس نوعیت کے ادا ہوئے کہ مجھے خود پر سخت تعجب ہوا :

’’کل تک تمہارا میرا خدا ہمارے ساتھ تھا ۔۔۔ لیکن آج وہ ہم سے الگ ہو گیا ہے ۔۔۔ اور اب وہ الگ ہی رہے گا ۔‘‘

’’جب کہ ہمارا کوئی قصور نہ تھا ؟‘‘

میں نے بھاری دل کے ساتھ ہاں میں گردن ہلا کر اُسے بھینچ کر خود میں سمو لیا ۔

ہم ’’وقت‘‘ کی راکھ تلے دب چکے تھے ۔ اُس نے ہمارے جذبات پر ہی نہیں ، دلوں پر بھی گہرا اثر چھوڑا تھا اور جب ہم جھاڑ پونچھ کر اس سے مُکت ہوئے تو ہماری شکلیں کتنی بدل چکی تھیں ۔ ہم اپنی عمروں سے کتنا آگے نکل گئے تھے ۔ اسٹیلا کا بولتا بدن اپنی رعنائی کے ساتھ کشش بھی کھو رہا تھا ۔ اس کا صبح سویرے کسرت کرنا اب سرد پڑتا جا رہا تھا ۔ اس نے اتنی مقدار میں کھانا پینا شروع کر دیا تھا کہ آئے دِن اُس کا وزن بڑھ رہا تھا ۔

یقین سے باہر تھا کہ یہ وہی بدن ہے جس کی ایک جھلک پانے کو عوام ترسا کرتے تھے ۔ سڑکوں پر بھیڑ جمع ہو جایا کرتی تھی ۔ وہ جوان نسل کی رول ماڈل (ROLE MODEL) قرار پائی تھی ،لیکن اب اس کی زندگی کا زاویہ نظر ہی بدل چکا تھا ۔ منع کرنے پر بھی اس کے ہاتھ پلیٹ سے الگ نہیں ہوا کرتے تھے اور وہ بے دریغ کھایا کرتی تھی ۔ مَیں جانتا تھا کہ وہ ایسا کیوں کر رہی ہے؟ آدمی اندر سے خالی ہو، اُس کے تمام رنگ ماند پڑ جائیں اور اُس کی دِلی خواہش بھی پوری نہ ہو تو وہ اپنی پرواہ کرتا ہے اور نہ ہی دنیا کی؟ من مانی کرنے میں ہی اسے خوشی حاصل ہوتی ہے ۔ جہاں تک میرا تعلق تھا تو بڑھاپا میری سوچ میں ضرور شامل ہو چکا تھا مگر وہ میری صورت پر اثر انداز نہیں ہو پایا تھا ۔ مَیں زیادہ تر اپنے ذہن کی تنہائی میں زندہ رہا کرتا ۔ لیکن یہ خیال موقع بے موقع مجھے اکثر پریشان کیا کرتا کہ شاستروں میں لکھا کتنا سچ ہے کہ ''پُرش اگر اپنی سنتان میں اپنا روپ نہ دیکھ پائے تو اس کی ''جون'' پوری نہیں ہوا کرتی ۔ اس کے دھرتی پر آنے کا ارتھ بھی نہیں نکلتا ''۔

پانچ کمروں پر پھیلا ہوا مکان ہمیں اُجڑا ہوا مقبرہ دکھائی دیتا ،جس کی دیکھ بھال ہم دو مجاور کر رہے تھے ۔ ہم گھنٹوں اپنے اپنے کمرے میں خاموش بیٹھے رہتے ۔ سناٹا دِلوں کو چیرا کرتا ۔ میرے اندر جو خلا پیدا ہو چکا تھا، وہ کیوں کر دور ہو گا؟ لیکن وہ چپ تھی مَیں بھی خاموش رہا کرتا ۔ زندگی جوں تو گزر رہی تھی ۔ بظاہر کوئی گلہ، کوئی شکایت نہ تھی لیکن ہمیں شدید احساس تھا کہ جو کمی ہمارے ہاں پیدا ہو چکی ہے وہ دوری کا پیش خیمہ ہے اور ہم جلد ہی ایک دوسرے سے دور ہو جائیں گے ۔

اور ایک شب ہم لاؤنج میں بیٹھے ہوئے تھے ۔ جاڑا کڑاکے کا پڑ رہا تھا ۔ برف

باری بھی جاری تھی۔ تمام شہر سفید براق چادر میں لپٹا ہوا تھا۔ میں کھڑکی میں آکاش سے
اُترتی ہوئی برف کا نظارہ کر رہا تھا کہ مجھ میں اور موسم کے رنگوں میں فرق ہی کیا ہے؟ وہی
اتار چڑھاؤ، وہی گرمی سردی، وہی پت جھڑ اور بسنت، وہی اداسی اور شگفتگی۔ میں قدرت
کے سرمائے سے ہم آہنگ ہو رہا تھا کہ کہیں سے اسٹیلا کی آواز میرے کانوں سے ٹکرائی:

”کمار... ذرا یہاں تو آؤ؟“

پلٹ کر مجھے مدھم روشنی میں اُس کا پھیلتا ہوا بدن ہی دکھائی دیا۔ چہرہ جانے
کہاں غائب ہو گیا تھا، جسے دیکھنے کو میں ترس گیا تھا۔ اس کے نزدیک پہنچ کر میں نے میز
سے گلاس اٹھا کر ایک دو مختصر گھونٹ لیے مگر اتنا سنجیدہ مَیں نے اسے کبھی نہیں پایا تھا۔
مَیں از حد محتاط ہو گیا تھا۔

”میں تم سے کچھ کہنا چاہتی ہس؟“

”ج... جانتا ہوں۔“

”کیا...؟“

”یہی کہ مَیں... تم کو چھوڑ دوں... اور خود کو آزاد کر لوں۔“

”ہاں... ہم یوں... اس طرح زندگی نہیں جی سکتے؟“

اس نے سچ کو بہت قریب سے محسوس کر لیا تھا اور اب وہ میرے حق میں بات
کر رہی تھی۔

”مَیں اندر سے بالکل خالی ہو چکی ہوں... تمہیں کچھ نہیں دے سکتی؟
تمہاری بہتری اسی میں ہے کہ تم مجھ کو چھوڑ دو... اور آگے کی سوچو۔“

”یہ سوال میں خود سے کئی بار پوچھ چکا ہوں۔“

”کیا جواب ملا ہے تم کو؟“

میں اس کے بالکل قریب لگ کر بیٹھ گیا۔ اس یادگار لمحے میں ہماری زندگیاں،

42

ہمارا مستقبل اور ہماری دنیائیں اٹکی ہوئی تھیں۔ سوچ کر مَیں نے بے ربطی سے کہا:

’’اسٹیلا میں...میں...میں تم کو نہیں چھوڑ سکتا۔‘‘

وہ پتھرائی ہوئی ایک مورت بنی مجھ کو تکتی رہی۔

’’شروع شروع میں مَیں تمھارے بدن کا دیوانہ تھا...اُسے پانے کو میں نے کیا کیا جتن نہیں کیے تھے۔ کیا کیا خواب نہیں دیکھے تھے مگر وہ خود بخود مجھ کو نصیب ہو گیا تھا...پھر مَیں اس عورت کو چاہنے لگا جو تمھارے اندر زندہ ہے...اور اب مَیں...‘‘

یکبارگی میری زبان رُک گئی تھی۔

’’رُک کیوں گئے؟ آگے کہو؟‘‘

’’اور اب مَیں اُس عورت کو اپنی ذات سے بڑھ کر چاہتا ہوں۔‘‘

’’مگر وہ عورت تم کو کچھ نہیں دے سکتی؟‘‘

’’جانتا ہوں...لیکن اسے چھوڑنے میں میری شکست ہے اور شکست کھانا مجھے منظور نہیں۔‘‘

اُس کے چہرے کا رنگ بدلا تو وہ کہیں دور نکل گئی تھی۔ مجھے مکمل یقین ہو چکا تھا کہ وہ میری سوچ میرے جذبات اور میرے رویے سے مطمئن نہیں ہے لیکن جلد ہی اُس کے ہاں سب کچھ بدل کر رہ گیا تھا۔ دلکش مسکراہٹ احساس دلانے لگی تھی کہ راکھ مٹ چکی ہے اور ہم پھر سے جوان ہو گئے ہیں۔ اُس نے میرے کان میں سرگوشی کی:

’’تم میرے ہو۔ مگر بیوقوف ہو۔‘‘

مَیں کیا جواب دیتا۔ سرشار ہو کر اپنا سر اُس کی گود میں ڈال کر اپنا ماضی، حال اور مستقبل بھلا بیٹھا۔

برسوں بعد ہم نے ایک ہی چھت کے نیچے دوسرا جنم لیا تھا۔ وہ میری ہر چھوٹی

بڑی بات کو اپنی ذات سے زیادہ اہمیت دینے لگی تھی۔ مَیں بھی اس کی ہر مانگ کا احترام کرنے لگا تھا حتیٰ کہ مَیں ان پارٹیوں میں بھی شرکت کرنے لگا تھا جن کا مجھ سے، میری ذات سے کوئی گہرا تعلق نہ تھا۔ البتہ وہاں جا کر مَیں وہاں کے ہنگاموں میں اکثر کھو جایا کرتا۔ وہ ہنگامے میرے من کو بھایا بھی کرتے، میری تیسری آنکھ بھی وا ہو جایا کرتی۔

پہلی مرتبہ وہاں قدم رکھنے پر مَیں نے نوٹس کیا تھا کہ مجھ جیسے اُدھیڑ عمر لوگ چھوٹے چھوٹے گروپ بنائے بیٹھے ہیں۔ تعداد میں اتنے ہی مرد تھے، جتنی کہ عورتیں تھیں۔ کسی نے اپنا سر کسی کے کندھے پر ٹکا رکھا تھا تو کسی کی بانھیں کسی کے گلے میں جھول رہی تھیں۔ اُن کو اس پاس کا کوئی ہوش نہ تھا۔ کوئی شخص سر تھامے خود میں کھویا ہوا تھا تو کوئی گلاس میں ڈوبا ہوا تھا۔ مَیں ابھی مکمل طور پر سنبھل بھی نہ پایا تھا کہ ایک دبلا پتلا دراز قد شخص میری طرف گلاس بڑھا کر بولا :

”WELCOME TO THE CLUB...تم بھی ہماری طرح ہو؟“

اُس کا طنز میں لپٹا ہوا جملہ ایک معمے سے کم نہ تھا۔ مَیں حیران اسے دیکھتا ہی رہ گیا۔ لیکن اُس نے ہمدردی جتا کر کہا:

”حیران ہونے کی ضرورت نہیں...ہم ایک ہی کشتی کے مسافر ہیں۔“

میری حیرانگی کم ہونے کے بجائے مزید بڑھ گئی تھی۔ اُس نے اپنا گلاس میرے گلاس سے ٹکرایا۔ پھر بامعنی مسکراہٹ لیے میری آنکھوں میں اتر گیا۔ بولا :

”یہاں جتنے بھی لوگ موجود ہیں، وہ سب ایک ہی کشتی کے مسافر ہیں...ہمارا نا خدا ہمارا مقدر ہے۔“

اُس کے اشارے کناؤں سے واضح تھا کہ وہ کیا کہنا چاہ رہا ہے؟ اتنے میں وہ پھر سے بول اٹھا:

"عجیب اتفاق ہے کہ ہم ایک ساتھ ھی زمین پرمل رہے ہیں...ورنہ کبھی نہ
مل پاتے؟"
"اور اگر ملتے بھی تو ہاتھ ملا کر نام جانے بغیر ہی آگے بڑھ جاتے۔"
"واہ کیا بات کہی تم نے...اکثر ایسا ہوتا ہے۔"
وہ چونک اٹھا تھا۔ پھر مجھ کو اوپر سے نیچے تک دیکھ کر مخاطب ہوا:
"تمھاری شادی ہوئے تو عرصہ بیت چکا ہے؟"
"ہاں۔ مگر تم کو کیسے پتا؟"
"اسٹیلا کو کون نہیں جانتا...وہ اپنے وقت کی بیوٹی تھی۔ کریزی تھی...کیا فگر
(FIGURE) پائی تھی اُس نے؟"
اور اب وہ صرف یاد بن کر رہ گئی ہے۔ میں نے اپنے دماغ میں سوچا۔
"پھر ایک روز دیش کے تمام اخباروں میں یہ خبر شائع ہوئی کہ مشہور
ماڈل اسٹیلا ہارو لے نے کسی رنگ دار شخص سے شادی کر لی ہے...یقین
جانو بہت سے دِل ٹوٹ گئے تھے۔ میں بھی ان میں شامل تھا لیکن آج
میں تم سے مل کر بے حد خوش ہوا ہوں...میرا نام ڈیرک بش ہے...
پارٹی میں آنے کا شکریہ...اب ملاقاتیں ہوتی رہیں گی؟"
گلاس خالی ہو رہے تھے۔ ماحول گرم ہوا جا رہا تھا۔ موسیقی کبھی تیز، کبھی دھیمے
سروں میں اپنا جادو جگا رہی تھی۔ کہیں جان دار قہقہے پھوٹ رہے تھے تو کہیں سے کھلی ہنسی
سنائی دے رہی تھی۔ دو تین جوڑے وقت کی قید سے آزاد سے ناچ رہے تھے۔ مہمان تالیاں
پیٹ رہے تھے۔ کمرے کی روشنی گل کر دی گئی تھی۔ صرف رنگ دار ڈسکو لائٹ گھوم رہی تھی۔ وہ
چہروں پر پھیل کر الگ ہو جایا کرتی۔ عجب منظر تھا۔ آنکھ میں کھب جانے والا اور دل کو
اداس کر دینے والا۔ میں وہاں موجود تمام لوگوں سے مل چکا تھا۔ اُن ہی کے اصرار پر

مَیں پیے بھی جار ہا تھا۔ اُن کے متعلق مَیں نے ایک ہی اَثر قائم کیا تھا کہ کوئی بھی خود سے خوش نہیں ہے اور نہ ہی مطمئن۔ اسٹیلا کچھ زیادہ ہی خوش نظر آر ہی تھی۔ چہرے پر رونق، آنکھوں میں چمک اور لبوں پہ دلآویز مسکراہٹ لیے ہر کسی سے چہک چہک کر ہم کلام تھی بعد مَیں نے اسے اس کیفیت میں پایا تھا۔ وہ بازو پھیلائے میری طرف بڑھی۔

"آج مَیں تم کو کھلے بندوں آزاد کرتی ہوں...اس پل کے بعد تم پر کوئی پابندی عائد نہ ہوگی۔ چاہے تم کیسا بھی قدم کیوں نہ اُٹھاؤ؟"

میں ہکا بکا رہ گیا تھا۔

"جانتے ہو۔ مَیں تم کو یہاں کیوں لائی ہوں؟"

"اس کا جواب بعد میں دوں گا۔"

میں نے ترکی بہ ترکی جواب دیا۔

"تم نے مجھے کھلے بندوں آزاد کیوں کر ڈالا ہے؟ کیوں...؟ کس لیے...؟"

وہ سنجیدگی سے میری آنکھوں میں اتر گئی۔ بولی:

"ہم عمر کے اس موڑ پر کھڑے ہیں، جہاں ایک ہی خیال دن رات ہم کو تنگ کیا کرتا ہے کہ ہم خود کو کس طرح فراموش کریں؟...کیا تم ایسا محسوس نہیں کرتے؟"

میرا گلاس میز پر دھرا تھا۔ دو تین گھونٹ بھر کر کہا:

"تمہارا پیغام مجھ تک پہنچ گیا ہے...تمہارا سوال یہ تھا کہ تم مجھ کو یہاں کیوں لائی ہو؟"

اس نے کھل کر مردانہ قہقہہ لگایا۔ سبھی مہمان ہونٹوں پر سوال لیے ہمیں تکنے لگے۔ اسٹیلا نے خوشنودی سے میرے سینے پر گھونسا مارا اور قہقہے کا گلا گھونٹ کر کہا:

"تم شیطان ہو اور حرامی بھی... کچھ نہیں بھولتے۔"

"تمہارے سوال کا جواب یہ ہے کہ تم زندگی کی بوریت سے فرار پانے کی خاطر یہاں آئی ہو... اور مجھ کو بھی ساتھ لائی ہو؟"

"ہاں ۔ میں خوش ہوں کہ تم یہاں لوگوں سے جلد گھل مل گئے ہو ۔ کیسے ہیں یہ لوگ؟"

"بالکل ہماری طرح... اندر سے خالی ۔ ٹوٹے ہوئے ادھورے اور بکھرے ہوئے۔"

"ہاں، وہ تو ہے ...مگر جب یہ لوگ مل بیٹھتے ہیں تو ہر فکر سے آزاد ہو جاتے ہیں ۔۔۔اس لیے ہم یہاں آئے ہیں کہ..."

"رہی سہی زندگی کا لطف اٹھا پائیں؟"

"ہاں ۔ خوب کھائیں پئیں ۔ ناچیں، دل کھول کر باتیں کریں ۔ مذاق کریں اور اتنے قہقہے لگائیں کہ خود کو بھول جائیں ...اور اگلی صبح اٹھیں تو زندگی سے کوئی شکایت نہ ہو۔"

اُس نے میرا گلاس اٹھا کر لمبا سا گھونٹ بھرا اور پھر سے روال ہوگئی :

"دیکھ لینا... یہ برادری ہمارے جینے کا سہارا بنے گی ...ہم زندگی میں کوئی کمی محسوس نہیں کریں گے؟"

اُس شب کئی جام میرے حلق سے اترے تھے ۔ مَیں نے جذب کے عالم میں رقص بھی کیا تھا...بے شمار باتیں بھی کی تھیں ۔ ڈھکے چھپے مذاق بھی کیے تھے ...ننگے قہقہے بھی لگائے تھے اور مَیں واقعی وقتی طور پر خود کو بھول گیا تھا۔

صبح اٹھا تو دنیا مجھ کو بدلی بدلی سی لگی، اپنے ساتھ کئی معنی لیے ہوئے ۔

چند پارٹیوں کے بعد اگلی پارٹی ڈیرک بش کے عالیشان وِلا (VILLA) پر
قرار پائی تھی۔وہ مکان کم تھا، بھول بھلیاں زیادہ۔کوئی شخص وہاں گم ہو جائے تو پتہ ہی نہ
چلے کہ وہ کس جہاں میں کھو گیا ہے۔میزبان کے ساتھ مہمان بھی اُسے کھوجتے پھریں اور وہ
مشکل سے ہاتھ آئے۔اُس رات بھی میَں نے کئی جام خالی کیے تھے۔قریب قریب ہر
عورت کے ساتھ رقص بھی کیا تھااور کافی تھک بھی چکا تھا۔لیکن میں ہمیشہ کی طرح خوش تھا کہ
میَں نے نسلی امتیاز کا عنصر نہ پایا تھااور نہ ہی کسی آنکھ میں میرا سانولا رنگ کھٹکا تھا۔ماحول
میرے دل کے مطابق تھااور دِل کے ساتھ تھا۔میَں مستی میں برابر جھوم رہا تھا کہ اچانک
صاحبہ خانہ مسز بش نے مجھے اپنے ساتھ ناچنے کی دعوت پیش کی۔میں انکار نہ کر پایا کہ وہ
بھرے بھرے بدن کی پروقار عورت تھی۔ڈھلتی عمر میں بھی اس نے اپنا حسن سنبھال کر رکھا
تھا۔ہم ناچنے لگے۔اس کی چمکدار آنکھوں میں احساسِ برتری کا غرور تھا۔ویسا ہی غرور
میرے ہاں بھی اُبھر آیا تھا۔گانا مائیکل جیکسن کا چل رہا تھا۔

"THE WAY YOU MAKE ME FEEL"

اس کے لیَے اور سُر آہستہ آہستہ تیز ہو رہے تھے۔ہم پلکیں جھپکائے بِنا ناچ
جا رہے تھے۔خطرناک حد تک ہم ایک دوسرے کی آنکھوں میں اتر گئے تھے۔اُس نے
تیزی سے ناچنا شروع کیا تو میَں نے بھی رفتار بڑھا دی تھی۔میرا پورا جسم حرکت میں تھا۔
ہر طرف سے تالیوں کا شور اٹھ رہا تھا۔مہمان جملوں کا سہارا لیے ہمیں مزید تیز ناچنے پر اُکسا
رہے تھے۔ہمارے بدنوں کا انگ انگ پھڑک رہا تھا،تھرک رہا تھا۔مقابلہ زوروں پر تھا
اور ہم ایک دوسرے پر سبقت لے جانے میں کوشاں تھے کہ اچانک موسیقی رک گئی۔ہم بھی
رک گئے۔ہم پسینے میں تر بتر تھے۔میَں نے اُس سے الگ ہو کر اپنی نشست کی طرف بڑھنا
چاہا تو اُس نے میرا ہاتھ مضبوطی سے تھام لیا۔میں حیران رہ گیا۔اُس نے بڑے چاؤ سے

کہا:

”آؤ میں تم کو اپنا گھر دکھاؤں۔ تم خوش ہو جاؤ گے۔“

میں انکار نہ کر پایا اور اُس کے ساتھ ہو لیا۔ اُس کے پاؤں راہداریوں اور دو تین کمروں سے ہو کر اپنی خواب گاہ میں آ کر رک گئے اور وہ وہیں کے ہو کر رہ گئے۔

اگلی صبح میں نے خود کو آئینے میں دیکھا تو خود کو پہچان نہ پایا۔ میری دائیں آنکھ اپنا رنگ بدل چکی تھی۔ میرے ارد گرد پھیلی ہوئی کائنات بھی بدل گئی تھی۔ مَیں، وہ شخص نہیں رہا تھا جو پچھلی رات ہنستا کھیلتا، پیتا پلاتا بڑھ چڑھ کر پارٹی کے ہنگاموں میں شریک تھا۔ میرے اندر بہت کچھ مر چکا تھا اور مجھے خود سے نفرت ہوئی جا رہی تھی۔

میں شرمسار، ایک گنہگار کی طرح گردن جھکائے اسٹیلا کے برابر کار میں بیٹھا ہوا تھا۔ وہ نہایت اطمینان سے گاڑی چلا رہی تھی اور کار گھر کی طرف بڑھ رہی تھی۔ اُس کے چہرے پر کوئی ردِعمل نہ تھا۔ البتہ آنکھیں سے مجھے ضرور دیکھ لیتی کہ میں کہاں ہوں، کس حالت میں ہوں، لیکن مجھے چپ سی لگ گئی تھی۔ حالاں کہ میرے اندر طوفان برپا تھا۔ ایک ہی خیال گھوم پھر کر مجھ کو پریشان کر رہا تھا کہ مجھ میں اور ایک جگولو (GIGOLO) یا ایک سٹڈ (STUD) میں فرق ہی کیا ہے؟ جو پیسوں کی خاطر خود کو بیچ ڈالتے ہیں لیکن ہمارے درمیان فرق صرف اتنا ہے کہ مَیں نے پیسوں کی خاطر شب باشی نہیں کی تھی۔ جنسی تجربے کے لالچ میں اپنی راہ سے گمراہ ہو گیا تھا۔ کوشش کے باوجود میں خود سے چھٹکارا نہیں پار ہا تھا۔ اسٹیلا نے مجھے بے حد سنجیدہ پایا تو بول اُٹھی:

”اتنا پریشان ہونے کی ضرورت نہیں... مَیں تو کب سے تم کو آزاد کر چکی ہوں؟“

لیکن میں یکبارگی چلا اُٹھا:

”میں آزاد ہونا نہیں چاہتا۔ مَیں تم سے جڑا رہنا چاہتا ہوں۔“

اس نے ایکسی لیٹر زور سے دبایا تو گاڑی ہوا سے باتیں کرنے لگی لیکن میں نہ تو ہوا کے ساتھ تھا، نہ اپنے ساتھ اور نہ ہی اسٹیلا کے ساتھ ۔ میں تو بس ایک بے جان سی شے کرہ بن کر رہ گیا تھا جس کی کوئی قیمت، کوئی اوقات نہیں ہوتی ۔ میری گردن آپ اپنے اسٹیلا کی طرف اٹھ گئی لیکن اس کی آنکھوں میں سچ تھا اور سچ بھی اتنا سنگین کہ مزید پوچھنے کی گنجائش ہی نہ رہی ہو ۔ لیکن باز نہ آیا، پچھتاوے کے ساتھ کہا:

"ہم کتنے خود غرض ہیں اور موقع پرست بھی...خود ہی اصول بناتے ہیں اور خود ہی توڑ ڈالتے ہیں...کل رات جو بھی ہوا...بہت برا ہوا ۔"

یہ سننا تھا کہ اس نے کار کی رفتار اور بڑھا دی ۔ منہ اندھیرے شہر کی سنسان سڑکوں پر گاڑی بے تحاشا دوڑنے لگی ایک خطرناک موڑ کاٹ کر اور گاڑی کو سنبھال کر وہ بول اٹھی:

"اچھا کیا ہے اور برا کیا ہے؟ اس کا جواب کس کے پاس ہے؟ تمہارے پاس...؟ میرے پاس یا وقت کے پاس؟"

"مگر زمانہ اسے ٹھیک نہیں سمجھتا ۔ اُس کے نزدیک یہ گناہ ہے؟"

"مت بھولو کہ زمانہ ہم سے ہے، ہم زمانے سے نہیں...ہم نہ ہوں تو زمانے کی کوئی اہمیت نہیں ۔"

"تمہاری بات میں کچھ کچھ سمجھ رہا ہوں...مگر ضمیر پر جو بوجھ رہ جاتا ہے وہ قبر تک ساتھ رہتا ہے ۔"

اُس نے فوراً بریک لگائی ۔ گاڑی سڑک کا سینہ چیرتی ہوئی ایک خطرناک جھٹکے کے ساتھ رک گئی ۔ پیڑوں کی شاخوں پر نیم خوابیدہ پرندے اپنا رہن بسیرا چھوڑ کر فضا میں اڑنے لگے اور "چیں چیں" کی آواز میں سارے میں گونج اٹھی ۔ اسٹیلا نے انتہائی پیار سے مجھ کو دیکھ کر احساس دلایا کہ میں ہی اس کی زندگی کا محور ہوں اور اس کی دنیا مجھ سے شروع ہو کر

مجھ پر ہی ختم ہوتی ہے ۔ پھر دیکھتے ہی دیکھتے وہ سنجیدہ ہو بیٹھی ۔ بولی :

”مت بھولو کہ ضمیر اقدار سے روایات سے اور اصولوں سے بنتا ہے ... لیکن زمانے میں قدریں بدلتی رہتی ہیں ۔ روایتیں مٹ جاتی ہیں اور اصول بدلتے رہتے ہیں ... پھر کون سا اصول غلط ہے یا صحیح ... اس کا فیصلہ کون کرے گا ؟“

”لیکن میں آزاد ہونا نہیں چاہتا ... تم سے جڑا رہنا چاہتا ہوں ... صرف تم سے ... ہاں صرف تم سے ۔“

وہ نہایت گہری اور بامعنی نظروں سے مجھ کو دیکھتی رہی ۔ پھر آہستہ سے بولی :

”میں خوش ہوں تمہارے فیصلے سے ... کل رات جو تجربہ میں نے کیا، اچھا نہیں تھا ... لگا کہ میں اپنی انفرادیت ، پاکیزگی اور عزتِ نفس کھو بیٹھی ہوں ... میں نے اپنے ساتھ تم کو بھی گمراہ کیا ہے ۔ یہ میری بھول تھی ۔“

اچانک منظر فریز ہو گیا تھا لیکن ہمارے دماغ روشن ہو چکے تھے اور وہ اپنی اپنی جگہ خوش بھی تھے کہ وہ اب بھی اکٹھے ہیں ۔

گاڑی چھلانگیں لگا کر گھر کی طرف بڑھ رہی تھی ۔

☆☆

پورٹریٹ

وہ میرے ساتھ کھیل کود کر بڑا ہوا تھا۔ لڑکپن کی دوستی یاری بے غرض اور بے
لوث ہوا کرتی ہے ۔ نہ کچھ لینا نہ کچھ دینا۔ نہ ہی کوئی آزمائش ۔ بس یار دوست چاہت میں
ڈوبے جذبات سے جڑے جوانی کی حدود میں داخل ہو جاتے ہیں ۔ کالج تک میرا اس کا
ساتھ رہا تھا۔ اس کا نام کشن بنسل تھا۔ خوبرو جوان تھا۔ ہر حسینہ اُسے پلٹ کر ضرور دیکھا کرتی
۔ وہ ذہانت کے معاملے میں مجھ سے کہیں آگے تھا۔ بات کی گہرائی میں اترنا اُس کا خاص
وصف تھا۔ مخاطب کا ذہن پڑھ کر اس کی خوبی خامی گنوانا اُس کا ہنر تھا۔ کالج کے یار دوست
اس سے بدکتے کہ کشن تو ذہن کے خلیے تک گن لیتا ہے ۔ نفاست پسند اتنا کہ سدا بے داغ
اور اجلے لباس میں دکھائی دیتا ۔ پھر ہم دونوں کے واسطے وہ وقت بھی آ گیا جب ہمیں اپنی
معاشی زندگی کا آغاز کرنا تھا۔ اُس نے ایک اشاعتی ادارے میں بطور کمرشل آرٹسٹ
ملازمت اختیار کر لی تھی جبکہ میں نے قلم اور کاغذ کا رشتہ اپنا لیا تھا۔

کشن ایک روز برطانوی سفارت خانے میں ایک ضروری کام سے کیا گیا، اس

کی زندگی کا دھارا ہی بدل کر رہ گیا۔ وہ وہاں کی ایک نہایت خوبصورت لڑکی کو پہلی ہی نظر میں اپنا دل دے بیٹھا، اس حسین عورت کا نام جیکی والا کر تھا اور وہ سفارت خانے میں ایک ذمہ دار عہدے پر مامور تھی۔ وہ کشن کی دلآویز شخصیت سے اتنی متأثر نہ ہوئی تھی جتنی کہ اس کی ذہانت سے۔ اُسے ہندوستان پسند تھا۔ خاص طور پر وہ دیش کے رنگا رنگ کلچر، صدیوں پرانی تہذیب اور علاقائی زبانوں میں دلچسپی رکھتی تھی۔ ہندو دیومالا کی کئی ماورائی کہانیاں اپنے آبا و اجداد کی بدولت اس تک پہنچی تھیں۔ وہ ماتا درگا، کالی، شیو اور پاروتی کے متعلق زیادہ سے زیادہ جاننے کی خواہشمند رہتی۔ کشن کی ذہانت نے اُس پر ایسا جادو کیا تھا کہ وہ اس کی محبت میں گرفتار اپنی باقی ماندہ زندگی اس کے ساتھ بسر کرنے کا فیصلہ کر چکی تھی۔ اچانک اسے لندن کے ہوم آفس سے چند دنوں کے لیے بلاوا آگیا۔ اس نے کشن کے گلے میں بازو ڈال کر کہا تھا:

”ڈارلنگ ۔ میں نہیں جانتی، ہوم آفس نے مجھے لندن کیوں بلایا ہے ...

مگر تم بے فکر رہو۔ میں جلد لوٹ آؤں گی۔“

”اور اگر تم نہ آئیں تو میں جیتے جی مر جاؤں گا۔“

”جانتی ہوں۔ تم مجھے بہت چاہتے ہو۔“

”ہاں۔ تم میری آتما میں اپنا گھر بنا چکی ہو۔“

جیکی نے اٹھ کر کشن کو خود سے چپکا لیا۔ پھر کان میں سرگوشی کی :

”میرا نام جیکی والا کر ہے ۔ میں پوری زندگی تمہارے ساتھ واک

(WALK) کروں گی... یہ اب تم بھی جاننے لگے ہو۔“

لیکن برطانیہ کے ہوم آفس نے جیکی کو ہندوستان واپس بھیجنے کی بجائے اسے اونچا رتبہ دے کر ایک برس کے لیے عراق منتقل کر دیا۔ وہاں شیعہ، سنی، طالبان، امریکی اور برطانوی طاقتوں کے درمیان جنگ جاری تھی۔ جیکی نے اپنا عہدہ بخیر و خوبی سنبھال لیا، لیکن

ایک دو پہر کو وہ اپنے سفارتی عملے کے ساتھ عراقی وزارتِ خارجہ میں ایک اہم میٹنگ میں شرکت کرنے کو جا رہی تھی کہ ایک وزنی بم پھوٹا۔ ویں میں موجود تمام لوگوں کے جسمانی ٹکڑے فضا میں اُچھل گئے۔ ان میں جیکی کے بدنی حصے بھی شامل تھے۔ اطلاع ملتے ہی کشن کی زندگی ویران ہوگئی۔ گھاؤ اتنا گہرا تھا کہ وہ ہر دم کھویا کھویا سہما سہما سا رہتا۔ جیکی اس کے روم روم میں سما چکی تھی۔ وہ گھنٹوں خاموش بیٹھا آکاش کو گھورتا رہتا۔ کبھی غصے میں آ کر جھلا اٹھتا۔

"نیچے آ... تجھے دکھاؤں، تو دِلوں کو کیسے توڑتا ہے؟ ...میں اب تیرا ہر اعتبار کھو بیٹھا ہوں۔"

جیکی کا جان لیوا صدمہ اُس کے واسطے اتنا گہرا تھا کہ اس نے دنیا کو چھوڑ دینے کی ٹھان لی تھی۔ دیوانگی، اکیلا پن، تنہائی اور آوارگی کو گلے لگا کر اُس نے ایک نئے آرٹسٹ کو جنم دیا تھا۔ جیکی + کشن = جیکشن۔ لیکن عوام اسے آرٹسٹ و آرٹسٹ تسلیم کرنے کو تیار نہ تھے۔ اس لیے کہ اس نے کبھی کوئی پورٹریٹ نہیں بنایا تھا۔ اگر بنایا بھی تھا تو اسے نامکمل سمجھ کر پھاڑ ڈالا تھا۔ اس نے دانستہ ایک بوہیمین (BOHEMIAN) آرٹسٹ کا حلیہ بنا رکھا تھا۔ لمبے لمبے بال، الجھی ہوئی داڑھی، پھٹے پرانے جوتے، جن کے تسمے سدا کھلے رہتے۔ کندھے پر تھیلا۔ اس میں بورڈ، کاغذات اور چند پنسلیں ہمہ وقت موجود رہتیں۔ وہ بے کار دیوانوں کی طرح بھٹک کر لوگوں کی ہمدردی جیتنا چاہتا ہے۔ تا کہ ان کے بل بوتے پر زندہ رہ پائے۔ لیکن جیکشن کا دعویٰ تھا کہ وہ دنیا کا سب سے بڑا آرٹسٹ ہے۔ اس نے جیکی کی بے وقت موت کے بعد دنیا کو جس نظر سے دیکھا ہے اور آدمی کی ذات کو پرکھا ہے۔ وہ اپنے پورٹریٹ میں ضرور پیش کرے گا۔ مجھے بھی اس کی اہلیت پر یقین تھا۔ اس کے خیالات اور مشاہدات نے اکثر مجھ پر گہرا اثر چھوڑا تھا۔ اس کے نزدیک یہ ایک مادہ پرست دنیا بڑی ذلیل تھی۔ جہاں دل دماغ اور ضمیر کھڑے کھڑے بکا کرتے ہیں۔ انسانوں کی

خرید و فروخت عام ہوا کرتی ہے ۔ سفید قوم میں اپنے مفاد کی خاطر تیسری دنیا کے ملکوں کو سدا گمراہ کرتی ہیں اور انھیں اپنے انگوٹھے تلے رکھنا پسند کرتی ہیں ۔ لالچی امریکہ اور عیار برطانوی تیل ہتھیانے کو زبردستی عراق میں گھس گئے ہیں اور اس کی معصوم جیکی ان کی گھناونی خارجی پالیسیوں کا شکار ہوگئی ہے ۔ ملاقات کے دوران اس پر عجیب سی دیوانگی رہا کرتی اس کی بڑی بڑی گول آنکھیں ہر پل کسی کی تلاش میں رہتیں ۔ میرے ادبی اور صحافی دوست اُسے دماغی مریض تصور کیا کرتے تھے ۔ اس لیے کہ اس کے بعض انکشافات اس نوعیت کے ہوا کرتے کہ میرے دوست انھیں بے بنیاد اور مضحکہ خیز سمجھ کر اس کا مذاق اُڑایا کرتے ۔ ایک بار جیکسن نے رسوائے زمانہ آسکروائلڈ کے متعلق بتایا تھا کہ اس کی موت پیرس میں سوزاک سے نہیں بلکہ کان کی بیماری سے ہوئی تھی ۔ اس نے اپنا شہرہ آفاق ناول (THE PICTURE OF DORIAN GRAY) دو مرتبہ تحریر کیا تھا ۔ سن ۱۸۹۱ء میں لکھا گیا دوسرا ورژن ہاتھوں ہاتھ لیا گیا تھا جبکہ اس کے پہلے ورژن کی پذیرائی نہیں ہوئی تھی ۔ میرے یار دوست جیکسن کے خلاف اس وجہ سے بھی تھے کہ وہ چارلس ڈارون کے نظریۂ ارتقا کا حامی تھا کہ آدمی حیوانِ ناطق ہے ۔ اگر اسے جیون میں پیار محبت اور ہمدردی نصیب نہ ہو تو وہ شخص دوسروں کو موقع ملنے پر کاٹتا ہے، کھاتا ہے، نقصان پہنچاتا ہے ۔

ایک گرم دوپہر کو مَیں فورٹ ایریا میں فیروز شاہ مہتہ روڈ سے گزر رہا تھا ۔ جیکسن مجھے دور سے دکھائی دیا ۔ وہ کسی بھکاری سے بات کر رہا تھا ۔ لیکن مجھے وہ دونوں ہی بھکاری لگے ۔ مَیں جب اُن کے قریب پہنچا تو جیکسن نے بھکاری کی ہتھیلی پر ایک سکّہ رکھا اور میرے ساتھ ساتھ چلنے لگا ۔

"ہیلو جیکسن کیا حال ہے؟ ... مدت سے تم نظر نہیں آئے؟ ... اب تو تم نے

اپنا رہن بسیرا بھی بدل لیا ہے؟''

لیکن اس کا کوئی جواب میرے کانوں تک نہ پہنچا۔ وہ یکسر خاموش میرے برابر چلتا یہ احساس دلاتا رہا کہ وہ میرے ساتھ نہیں چل رہا بلکہ تنہا ہی اپنی منزل کی طرف رواں ہے۔ میں نے اس کے رویے میں غیر معمولی تبدیلی پائی تھی۔ وہ آنکھیں پھیلائے ہر آتے جاتے شخص کو اتنے قریب سے دیکھ رہا تھا کہ راہ گیر اس کی بے ہودہ حرکت پر ناخوش تھے۔ بعض دفعہ وہ کسی چہرے کو دیکھ کر ٹھٹھک سا جاتا۔ مگر جلد ہی مایوس ہو کر ''نا'' میں گردن ہلا دیتا۔ مجھے اپنے دوستوں کا کہا یاد آ گیا کہ جیکسن ذہنی مریض ہے۔ اُسے علاج کی فوری ضرورت ہے۔ مجھے اُس کی صحبت سے دور رہنا چاہیے؟ لیکن میرے واسطے یہ ممکن نہیں تھا کہ اُسے دیکھتے ہی میرے اندر کئی جذبے ابھر آتے تھے۔ بچپن آنکھوں میں گھوم کر رہ جاتا تھا۔

''جیکسن، کیا کھو گیا ہے تمہارا؟...تم لوگوں کے چہروں میں کیا تلاش کر رہے ہو؟''

''مجھے اس چہرے کی تلاش ہے، جس کی صورت میں مجھے ہر انسان کی صورت دکھائی دے۔''

میرے متحرک پاؤں وہیں رک گئے۔ میں حیرت کا مارا سوچتا ہی رہ گیا کہ عقل بھی انسان کو کیسے کیسے دھوکے دیتی ہے۔ اُس کا خیال کتنا خطرناک ہے؟ تصور کتنا بھیانک ہے؟ یہ تصور تو اسے شمشان گھاٹ تک بھی پہنچا سکتا ہے؟

''میں جانتا ہوں۔ تم کیا سوچ رہے ہو؟''

اس کا چہرہ سرخ ہو چکا تھا۔ شریر کا پورا لہو اس کے چہرے پر آن جمع ہوا تھا۔ آنکھوں سے شعلے اٹھ رہے تھے۔ اُن کی تاب نہ لا کر میں نے منہ پھیر لیا۔ اس نے میرے سینے پر جان دار ہاتھ مار کر حتمی انداز میں کہا:

”پربھو دیال ۔ تم جانتے ہو ۔ میری ڈکشنری میں ناممکن کا لفظ موجود نہیں
ہے ۔ “

یہ کہہ کر اس نے دو تین ہی قدم اٹھائے تھے کہ پلٹ کر بولا :
”اگر وہ مخصوص چہرہ مجھے نہ ملا تو میں خدا کی تصویر بناؤں گا ۔ اس نے خود کو
دنیا کی ہر شے اور ہر اکائی میں بانٹ رکھا ہے ۔ “
میں نے اس کا نام پکار کر اُسے روکنا چاہا ۔ مگر وہ بھیڑ کا حصہ بن چکا تھا ۔

جیکسن کو علم تھا کہ مَیں کافی ہاؤس کا مارا ہوا شخص ہوں اور وہ میرا ٹھکانا بھی
ہے ۔ ایک دو پہر کو وہ مجھ سے ملنے وہاں چلا آیا ۔ وہ قدرے کمزور ہوگیا تھا ۔ تنومند بدن سے
گوشت ساتھ چھوڑ رہا تھا مگر چہرے پر ویسی ہی چمک دمک تھی ۔ آنکھوں سے ویسی ہی
چنگاریاں برس رہی تھیں ۔ اس نے میرے روبرو بیٹھ کر اس پاس کے لوگوں کا جائزہ لینا
شروع کر دیا ۔ اس کی نظریں تین سو ساٹھ ڈگری کا دائرہ مکمل کر رہی تھیں ۔ یہ عادت اس کی
زندگی کا اہم جز بن چکی تھی ۔ خیال آیا کہ اُسے اپنے خاندانی ڈاکٹر کے پاس لے جاؤں یا
ذہنی امراض کے ہسپتال میں داخل کرادوں؟
”جیکسن، مَیں نے پچھلی بار بھی تم سے جاننا چاہا تھا کہ اِن دنوں تمھارا گھر
کہاں ہے؟ “
اس نے دائیں ہاتھ سے فضا میں ایک دائرہ بنایا اور بناتا ہی چلا گیا ۔ پھر مجھے
سمجھانے کی غرض سے بول اٹھا:
”یہ ساری دنیا میری ہے اور میں ساری دنیا کا ہوں ... دنیا کا ہر گھر میرا
ہے ... اور ہر در میرے لیے کھلا ہوا ہے ۔ “
میں سر پکڑ کر رہ گیا ۔ جیکی کی بے وقت موت نے اس کی سوچ کو کتنا ماورائی اور

کتنا بے بنیاد بنا ڈالا تھا۔اس نے اطمینان سے کافی پی اور میرا کندھا تھپتھپا کر کچھ کہے بغیر چل دیا۔

اس رات میں دیر تک ایک افسانہ لکھتا رہا۔ کرداروں نے مجھے الجھا رکھا تھا اور مَیں ان کو سلجھانے میں مصروف تھا کہ اچانک میرے فلیٹ کے دروازے پر دستک ہوئی۔ مَیں حیران پریشان اور قدرے خوف زدہ بھی کہ یا خدا رات کے اس وقت دروازے پر کون ہو سکتا ہے؟ دروازہ کھولا تو جیکسن ہونٹوں میں سگریٹ دابے سامنے کھڑا تھا۔ اس نے چھوٹتے ہی میرا ہاتھ پکڑ لیا اور کہا:

"چلو۔"

"کہاں؟"

"قبرستان۔"

میں نے جھٹکے سے ہاتھ چھڑا لیا۔

"پاگل ہو گئے ہو کیا؟...قبرستان اور اس وقت؟"

"ہاں۔ وہاں خدا میرا انتظار کر رہا ہے۔ وہ ایک قبر پر لیٹا سو رہا ہے...

میں اس کی تصویر بناؤں گا؟ چلو میرے ساتھ؟"

مجھے ایک کے بعد دوسرا برقی جھٹکا لگ رہا تھا۔ سمجھ میں نہیں آ رہا تھا کہ اس کی ذہنی حالت کے پیش نظر کیا قدم اٹھاؤں؟ وہ دیوانگی کی تمام حدوں کو پھلانگ چکا تھا۔ مناسب یہی سمجھا کہ اسے کسی بہانے روک لوں۔ صبح اُسے کھلا پلا کر اور باتوں میں لگا کر سیدھا ہسپتال لے جاؤں۔ علاج معالجے پر جو بھی خرچہ ہوگا، اپنا پیٹ کاٹ کر برداشت کرتا رہوں گا۔

"جیکسن رات کافی بیت چکی ہے...صبح موڑ پر کھڑی ہے۔ تم میرے ہاں

کچھ آرام کرلو...صبح قبرستان چلیں گے؟''

''شٹ اپ'' وہ تقریباً چیخ اٹھا :''تم واقعی تھرڈ ریٹ کہانی کار ہو۔ اتنا بھی نہیں جانتے کہ خدا رات کے اندھیرے میں وہاں آتا ہے اور سورج کی پہلی کرن کے ساتھ چلا جاتا ہے۔''

''ہاں ہاں...تم بالکل ٹھیک کہتے ہو۔لیکن...''

''تم میری روح کا کرب نہیں سمجھو گے پر بھو دیال...شاید تم بھی میرے دوست نہیں ہو؟''

یہ کہہ کر وہ زینے سے اتنی تیزی سے اترا کہ میرا دل اُچھل کر حلق میں آگیا کہ کہیں وہ لڑھک کر خود کو زخمی نہ کرلے؟ میں نے اسے روکنا چاہا۔ مگر وہ اندھیرے میں گم ہو چکا تھا۔رات بھر میں پریشان رہا اور اس کے الفاظ''شاید تم بھی میرے دوست نہیں ہو'' نے میری نیند اُڑا ڈالی تھی۔

صبح مَیں اِس اُمید کے ساتھ قبرستان گیا کہ جیکسن کسی قبر پر سویا ہوا ملے گا مگر قبرستان سنسان تھا۔ویران تھا۔قبروں پر پیڑوں کے سوکھے پتے بکھرے ہوئے تھے۔ہر قبر خاموش تھی۔جیکسن کا دور دور تک پتہ نہ تھا مگر ایک قبر کے قریب پہنچ کر میں ٹھٹک کر رہ گیا۔قبر تازہ تھی۔اُس پر ایک پورٹریٹ کے بے شمار چھوٹے بڑے ٹکڑے بکھرے ہوئے تھے۔یقیناً وہ مرنے والے کی تصویر تھی۔ایک ٹکڑا اٹھا کر مَیں سمجھ گیا کہ مرنے والے نے جیکسن کو مایوس کیا ہے۔

شام کو اکثر میرے یار دوست مجھ سے ملنے جہانگیر آرٹ گیلری میں چلے آیا کرتے۔ہمارے درمیان دنیا بھر کے موضوعات زیرِ بحث رہتے۔اُس شام بھی ہم کسی سیاسی موضوع میں الجھے ہوئے تھے۔باہر پانی جم کر برس رہا تھا۔سارا شہر برسات کی زد میں تھا۔اتنے میں جیکسن مجھے ریسٹورنٹ میں داخل ہوتا دکھائی دیا۔وہ سر سے پا تک پانی

میں بھیگا ہوا تھا۔ سردی سے کانپ بھی رہا تھا۔ میرے قریب پہنچ کر اُس نے میرے تمام دوستوں کو یکسر نظر انداز کر ڈالا گویا وہ اس کے نزدیک کوئی وقعت ہی نہ رکھتے ہوں۔ اُس نے میری آنکھوں میں اُتر کر براہِ راست پوچھا۔

"تم نے بھی زہر چکھا ہے؟"

میں جانتا تھا کہ وہ جس زہر کی بات کر رہا ہے، وہ اُسے جیکی کی ناگہانی موت کے بعد روزِ اول سے چکھ رہا ہے۔ وہ اس کے دل دماغ اور سوچ میں اس حد تک سرایت کر چکا ہے کہ اس کی ذات پاگل پن کی حدوں کو چھو چکی ہے۔ میں نے جواب دینے کو گردن اٹھائی ہی تھی کہ وہ ریسٹورنٹ سے باہر جاتا ہوا دکھائی دیا۔ دوستوں نے ہمیشہ کی طرح اس کا مذاق اڑایا۔ لیکن وہ خوش نہیں تھا کہ وہ ایک آرٹسٹ کی ذہنی حالت کو سمجھ نہیں پاتے؟ اُس کی چھید زدہ روح کا کرب محسوس نہیں کر پاتے؟ میں اٹھ کر باہری طرف بھاگا مگر جیکسن بارش میں بھیگتا ہوا سٹرک کو پار کر رہا تھا۔ میں لاچار اُسے جاتے ہوئے دیکھتا رہا۔ لگا کہ شاید میں اُسے آخری بار دیکھ رہا ہوں۔

وقت کی سوئیاں اپنی چال چلتی رہیں۔ پانچ چھ ماہ بیت گئے لیکن جیکسن اس دوران کہیں نہ دکھائی دیا۔ جانے وہ کس جہاں میں کھو گیا تھا؟ مجھے اس کے متعلق تشویش بھی رہنے لگی تھی۔ میں نے اسے بہت تلاش کیا، مگر بے سود۔ ایک روز کسی نے مجھے بتایا کہ وہ ہندوستان کو چھوڑ کہیں مغرب کی طرف نکل گیا ہے اور شاید ہی لوٹ کر آئے۔ میں سمجھ گیا کہ اُس کی بے چین روح نے اسے پکھ کے لگائے ہوں گے اور وہ اس سفر پر چل دیا ہوگا۔ جس کا کوئی انت نہیں ہوتا سوائے اس کے کہ وہ ذلیل و خوار ہو کر موت کے غار میں پہنچ جائے گا اور اس کی لاش پر آنسو بہانے والا کوئی شخص بھی موجود نہ ہوگا۔

ایک صبح میں اپنے لاؤنج میں بیٹھا چائے پی رہا تھا کہ اخبار پڑھتے وقت پورا

فلیٹ میری نظروں میں گھوم کر رہ گیا۔ سرحد پر ایک آرٹسٹ کو گرفتار کر لیا گیا تھا۔ آرٹسٹ کا نام جیکسن بتایا گیا تھا۔ وہ بنا پاسپورٹ سرحد کو پار کرنا چاہتا تھا۔ بارڈر سیکیورٹی فورس کے عملے نے جب اُس سے پاسپورٹ طلب کیا تو وہ چلا اُٹھا:

"مجھے پاسپورٹ کی کوئی ضرورت نہیں ... میں آزاد پنچھی ہوں ۔ یہ ساری دنیا میری ہے ... اور میں اس کا باسی ہوں ۔"

سپاہیوں نے اُسے دیوانہ سمجھ کر گرفتار نہ کیا۔ بلکہ اُسے واپس بھیجنا چاہا۔ مگر وہ پھر سے چیخ اُٹھا:

"تم سرکاری کتّے مجھے روک نہیں سکتے ... تم نے دھرتی کے ٹکڑے کیے ہیں ... دِلوں کے ٹکڑے کیے ہیں ... انسانیت کو کینسر کا مریض بنایا ہے ... یاد رکھو تیسری بڑی جنگ میں دنیا تباہ ہو جائے گی اور تمہارا وجود بھی نہ رہے گا۔"

سپاہی ہنستے ہوئے اس کا مذاق اُڑاتے رہے مگر اُن کا افسر سنجیدہ قسم کا آدمی جان پڑتا تھا۔ پوچھ بیٹھا:

"تم نے اپنا نام جیکسن بتایا ہے ... مگر یہ بتاؤ سرحد پار کرکے تم کو جانا کہاں ہے؟"

"میں میں میں ... پاکستان سے افغانستان ... اُدھر سے ایران ... پھر آگے عراق کے شہر بغداد میں ۔"

"مگر بغداد کیوں؟ ... وہاں کوئی خاص کام ہے؟"

جیکسن نے تھیلے میں سے جیکی کی تصویر نکال کر فخریہ اسے دکھائی ۔

"یہ جیکی ہے ۔ میرا پہلا پیار ... میرے شریر کا آدھا حصہ ۔ وہ ہر پل مجھ میں سانس لیتی ہے ... وہ وین میں بیٹھی عراقی افسروں سے ملنے جا رہی

تھی کہ اُسے بم سے اُڑا دیا گیا۔''

افسر سمجھ گیا کہ وہ اپنی پریمکا کو کھو کر اپنا ذہنی توازن کھو بیٹھا ہے ۔ اُس نے ہمدردی جتائی :

''مجھے افسوس ہے ... مگر جانے والی تو چلی گئی ... اب وہاں جا کر کیا کرو گے؟''

''میں العمرہ میں وہ جگہ دیکھنا چاہتا ہوں، جہاں میرے آدھے شریر کو بم دھماکے سے اُڑا دیا گیا تھا ... میں وہاں جیکی کا بُت نصب کرانا چاہتا ہوں''۔

''بُت؟''

''ہاں ۔ اُس پر جلی حروف میں یہ تحریر کندہ کرانا چاہتا ہوں ۔
''یہاں جیکی وا کر امریکہ اور برطانیہ کی غیر انسانی اور گھناونی پالیسیوں کا شکار ہوئی تھی ۔

''لیکن مسٹر جیکسن ... بغداد تک پہنچنے کے واسطے تم کو پاسپورٹ اور ویزے درکار ہیں ... واپس جا کر ان کا بندوبست کرو ۔ پھر آنا ... ہم تم کو جانے دیں گے ۔''

لیکن جیکسن امریکہ اور برطانیہ کو گالیاں دیتا ہوا اگابار ڈر سے چلا آیا۔

میں قصے کی تفصیل پڑھ کر دنگ رہ گیا تھا ۔ اخبار میرے ہاتھوں میں کانپ کر رہ گیا۔

ایک ڈھلتی شام میں جیکسن مجھے چرچ گیٹ اسٹیشن کے قریب اچانک دکھائی دے گیا ۔ وہ فٹ پاتھ کے کنارے کھڑا آسمان کو گھور رہا تھا ۔ وہ نہایت کمزور ہو چکا تھا ۔ اس

کی کمر میں ہلکا سا خم بھی پڑ گیا تھا۔ چہرے سے چمک بھی غائب تھی۔ لمبے بال مزید لمبے ہو کر کمر کو چھو رہے تھے۔ داڑھی بھی سفید ہو چلی تھی۔ پیروں میں جوتے بھی نہیں تھے۔ مَیں نے اُس کے قریب جا کر سرگوشی کی : "جیکسن۔"

وہ چونک اٹھا اور دیوانہ وار مجھ سے لپٹ گیا۔ اُس کی آنکھوں کی مایوسی مجھ سے برداشت نہ ہوئی۔ وہ وقت سے پہلے ہی بوڑھا ہوا جا رہا تھا۔

"کب تک بھٹکتے رہو گے؟"

"جب تک سنبھلوں گا نہیں؟"

"کب سنبھلو گے؟"

"جب بھٹکنا چھوڑ دوں گا۔"

"تم بھٹکنا چھوڑ کیوں نہیں دیتے؟... ایک نظر خود پر ڈال کر دیکھو، تمہارے تصور نے تم کو کہیں کا نہیں چھوڑا؟... تم ایک جگہ ٹِک کر کام کیوں نہیں کرتے؟"

"تم واقعی تیسرے درجے کے کہانی کار ہو... اتنا بھی نہیں سمجھتے کہ جمود موت ہے اور حرکت زندگی... آؤ میرے ساتھ؟"

"کہاں؟"

"مجھے بھوک لگی ہے۔ گے لاڈ ریں میں کھانا کھلاؤ۔"

یہ سننا تھا کہ میرے سر سے آسمان غائب ہو گیا اور پیروں تلے سے زمین۔ گے لاڈ ممبئی شہر کا نہایت مہنگا ریسٹورنٹ ہے۔ وہاں امیر کبیر لوگ ہی جایا کرتے ہیں اور میری حیثیت روز کنواں کھودنے والوں میں سے تھی۔

"جانتا ہوں تم کیا سوچ رہے ہو؟"

مَیں فنا ہو گیا۔ وہ دوسرے کے دل کو جاننے میں مہارت رکھتا تھا۔ مَیں نے

فوراً معذرت چاہی۔

"سمجھ گیا تم مجھ کو وہاں کیوں نہیں لے جانا چاہتے؟ میری حالت دیکھ کر وہاں لوگ تمہارا بھی مذاق اڑائیں گے۔"

پھر وہ خود سے ہم کلام ہوا۔ اُس کی آواز میں بلا کا درد تھا اور افسوس بھی :

"ایک بار میں وہاں گیا تھا۔ امیر زادوں نے میرا خوب مذاق اڑایا تھا۔۔۔ وہ آدمی کو اُس کے لباس سے جانتے ہیں۔ سگریٹ کے برانڈ سے پہچانتے ہیں۔ اس کی سوچ اور خیالات سے نہیں؟"

ہم خاموش ساتھ ساتھ چلتے اپنی اپنی دنیا میں کھو گئے۔ معاً وہ میرا ہاتھ پکڑ کر مجھے ایک نہایت ستے سے ڈھابے میں لے گیا۔ وہاں گندگی اور غلاظت کا درد دورہ تھا۔ غریب غربا جس ڈھنگ کا کھانا کھا رہے تھے۔ وہ جیل کے کھانے سے بھی بدتر تھا لیکن پھر بھی ہر شخص حلق سے نوالہ اُتار کر خدا کا شکر ادا کر رہا تھا۔ جیکسن بھی سوکھی سڑی روٹیاں مزے سے کھا رہا تھا۔ لیکن میں گہری سوچ میں ڈوب گیا تھا کہ یہ وہ ان روٹیوں کو کھا رہا ہے یا وہ روٹیاں اسے ہر روز کی طرح کھائے جا رہی ہیں؟؟

آخرش برسوں بھٹکنے کے بعد دیوانے کا خواب اچانک رنگ لایا تھا۔ یقیناً قدرت نے اُس کی اہمیت کو جان لیا تھا۔ وہ ایک سہ پہر کو راجہ بائی ٹاور کے قریب سے گزرتا ہر چہرے کو غور سے دیکھتا ریگل سینما کی طرف بڑھ رہا تھا۔ دنیا بھر کے چہرے اُس کے حافظے میں موجود تھے۔ مگر وہ چہرہ نہیں تھا جس کی شدت اور مدت سے اُس کو تلاش تھی۔ بھیڑ اس کے آگے پیچھے سے دائیں بائیں سے گزر رہی تھی۔ معاً وہ ایک چہرے کو دیکھ کر پہلے تو حواس باختہ ہوا پھر خوشی سے اُچھل پڑا اور اُچھلتا ہی رہا۔ وہ اجنبی جب اس کے قریب سے گزرا تو اس نے لپک کر اس کا بازو مضبوطی سے تھام لیا۔

"مَیں برسوں سے تمھاری تلاش میں ہوں... تم میری سوچ کے خدا ہو؟"

اجنبی نے جیکسن کو اوپر سے نیچے تک دیکھ کر اسے کوئی بھکاری یا دیوانہ جانا؟ اس نے جیب میں سے ریز گاری نکال کر چند سکّے اس کی طرف بڑھا دیے۔

"نہیں نہیں ۔ مجھے پیسے نہیں چاہیے... میں تمھارا پورٹریٹ، تمھاری تصویر بنانا چاہتا ہوں... میں دنیا کا سب سے بڑا آرٹسٹ ہوں۔"

"لیکن مجھ کو..."

"جانتا ہوں ۔ تمہیں آدھے گھنٹے میں کسی اہم شخص سے ملنا ہے لیکن مَیں صرف پندرہ منٹ لوں گا؟"

اجنبی حیرت بد نداں سمجھ نہیں پا رہا تھا کہ یہ پاگل شخص اُس کی ہونے والی ملاقات کے متعلق کیوں کر علم رکھتا ہے؟ کہیں وہ کوئی درویش یا فرشتہ تو نہیں؟

"تمھاری صورت میں مجھے دنیا کے ہر آدمی کی صورت دکھائی دے رہی ہے... تم اپنی تصویر کو دیکھ کر مجھے وہ انعام دو گے جو دنیا کے کسی آرٹسٹ کو آج تک نہیں ملا۔"

اجنبی، جیکسن کی باتوں سے قدرے مطمئن ضرور تھا مگر ذاتی طور پر اُسے پورٹریٹ بنوانے کا کوئی شوق نہ تھا۔ پھر اُس کی ہونے والی ملاقات بھی نہایت اہم تھی ۔ مقررہ وقت پر پہنچنا اس کے لیے لازم بھی تھا ۔ مگر جیکسن اپنی جگہ بضد تھا ۔ انکار سننے پر آمادہ نہ تھا ۔ اُس نے منت سماجت کی، ہاتھ پاؤں جوڑے ۔ اجنبی کی ٹھوڑی کو چھو کر اسے یقین دلایا کہ وہ پندرہ منٹوں سے زیادہ ہرگز نہ لے گا ۔ تب کہیں اجنبی پس و پیش کے بعد رضامند ہو گیا تھا۔

سامنے پارک تھا سنسان ۔ دور دور تک وہاں نہ آدم نہ آدم کی ذات تھی ۔ جیکسن نے اجنبی کو بینچ کے وسط میں بٹھا دیا اور تھیلے میں سے بورڈ نکال کر گنگنانا شروع کر دیا ۔ اس کا انگ انگ خوشی سے جھوم رہا تھا ۔ اُس کی پنسلیں ایک کے بعد دوسری مشین کی طرح چل

رہی تھیں ۔ اُنگلیاں پھرتی سے اُلٹی سیدھی ، آڑی ترچھی لکیریں کھینچنے لگیں ۔ اجنبی اس کی انگلیوں کی رفتار کو دیکھ کر حیران تھا ۔ اُس کے چہرے کا ہر حصّہ جیکسن کی پکڑ میں تھا اور وہ زاویے بدل بدل کر اس کا جائزہ بھی لیے جا رہا تھا ۔ بورڈ پر سرخ ، زرد ، ہرے اور نیلے رنگ کی پنسلیں تھرک رہی تھیں ، ناچ رہی تھیں ۔ لکیریں رفتہ رفتہ گہری ہو چلی تھیں ۔ دائرے پھیلتے جا رہے تھے ۔ نقش اُبھر رہے تھے ۔ وہ اپنی زبان خود ہی بول رہے تھے ۔ پورٹریٹ تیار تھا ۔ جیکسن نے پہلے تو آکاش کو دیکھ کر اس کا شکریہ ادا کیا ، پھر فخریہ بورڈ اجنبی کی طرف بڑھا دیا ۔ وہ شخص اپنا پورٹریٹ دیکھ کر بوکھلا اٹھا ۔ دو قدم پیچھے ہٹ کر پریشان ہو گیا ۔ اُسے اپنی صورت میں ایک مکار شخص دکھائی دیا ۔ اس نے زاویہ بدل کر پورٹریٹ کو پھر سے دیکھا ۔ اس مرتبہ اُسے وہاں خود غرض اور لالچی اشخاص کے چہرے بیک وقت دکھائی دیے ۔ اجنبی کی آنکھوں میں خون اُتر آیا ۔ اُس نے رخ بدل کر تصویر کو پھر سے دیکھا ۔ اِس بار اُسے فریبی ، جھوٹا ، اور دغلا شخص اپنی ہی صورت میں نظر آئے ۔ جوں جوں وہ اپنی تصویر کو الگ الگ زاویے سے دیکھتا رہا ، توں توں اُسے اپنا ہی کوئی نیا روپ دکھائی دیا ۔ کبھی موقع شناس ، کبھی مطلب پرست ۔ کبھی مجرم ۔ کبھی ری ایکٹر وہ چیخ پڑا ۔ تصویر اُس سے براہ راست کہہ رہی تھی "تم مکار ہو ۔ خود غرض ہو ۔ لالچی ہو ۔ مادہ پرست ہو ۔ جھوٹے ہو ۔ کمینے ہو ۔ دغا باز ہو ۔ آمر ہو اور فاشسٹ بھی ۔ اپنے مفاد کی خاطر کوئی بھی غیر انسانی قدم اٹھا کر پوری دنیا کو تباہ کر سکتے ہو؟"

اجنبی اپنے اتنے سارے چہرے دیکھ کر آپے سے باہر ہوا جا رہا تھا ۔ اُس کی آنکھوں میں خون ہی خون تھا ۔ اُس نے جیکسن کو گلے سے پکڑ کر زمین پر پٹک دیا اور اپنی آواز کی انتہا پر چیخ اٹھا:

"یہ چہرے میرے نہیں تمہارے ہیں ... تم میرے ہاتھوں سے بچ نہیں سکتے؟"
یہ کہہ کر وہ جیکسن کے ناتواں بدن پر چڑھ گیا اور اُسے اپنے مضبوط ہاتھوں سے

پیٹتا چلا گیا۔ مگر جیکسن نے کوئی مدافعت نہیں کی بلکہ کھلے دل سے ہنسے جا رہا تھا۔ اجنبی کے نزدیک جیکسن کا رویہ ناقابل برداشت تھا۔ اُس نے کھڑے ہو کر جیکسن کے بدن میں لاتیں رسید کرنا شروع کر دیں۔ مگر جیکسن تو روک تھام کو جیسے بھول ہی بیٹھا تھا۔ وہ دھرتی پر کروٹیں بدلتا مسلسل ہنسے جا رہا تھا اور اس کا قہقہہ برملا اجنبی کا مذاق اڑا رہا تھا۔ ایک لات اُس کی پسلی میں اتنی شدت سے پڑی کہ اس کی آنکھوں کی پتلیاں گھوم کر رہ گئیں۔ پھر وہ اپنی جگہ پلٹ کر نہ آئیں۔

سراب

"سنو"

میں اپنے کمرے میں اہم کاغذات کا ایک ایک صفحہ الٹ پلٹ کر دیکھ رہا تھا کہ مجھے اپنے ایک دیرینہ دوست کے رہائشی پتے کی سخت ضرورت تھی۔ وہ ایک طویل مدت سے پردیس میں سکونت پذیر تھا۔ ساوتری کی آواز پر میرے بدن کے سبھی انگ وہیں رک گئے۔

"کہو... میں سن رہا ہوں۔"

لیکن وہ برآمدے سے ہو کر کمرے میں چلی آئی اور مجھے کُچھ اِس انداز سے دیکھا گویا میں بیرون ملک جس مقصد سے جا رہا ہوں، لوٹنے پر یقیناً میرا سماجی رتبہ اونچا ہو جائے گا اور لوگ باگ میرے آگے پیچھے ہوا کریں گے۔ بولی:

"یہ سب میری پوجا کا پھل ہے... اب تم یورپ جا رہے ہو تو وہاں اپنا ٹھکانہ بنانے کی کوشش کرنا؟"

وہ مخصوص پتہ ، جس کی مجھے گھنٹوں سے تلاش تھی اور جسے پانے کے لیے مَیں نے دنیا بھر کے کاغذات اور فائلیں کھنگال ڈالی تھیں ، اچانک ایک کاغذ پر لکھا ہوا مجھے مل گیا تھا اُسے چوم کر مَیں نے محسوس کیا کہ میرا انگلینڈ کا دورہ مکمل ہوگیا ہے اور مَیں سرخ رو ہو کر لوٹ بھی آیا ہوں ۔ وہ میرے قریب آ کر بولی:

’’باہر جانے کا موقع ہر کسی کو نہیں ملتا ... اب جا رہے ہو تو اپنی بنیاد بنا کر لوٹنا ۔‘‘

مَیں اپنی بیوی کی معصومیت پر ہنس دیا ۔ اُس کاغذ کو دیگر کاغذات کے ساتھ دفتری فائل میں رکھ کر کہا:

’’شاید تم اس خیال میں ہو کہ ویسٹ (WEST) میں سیٹل ہونا بہت آسان ہے ... مگر تم کیا جانو وہاں کتنی پریشانیوں کا سامنا کرنا پڑتا ہے ۔ کتنی مصیبتیں جھیلنی پڑتی ہیں؟‘‘

’’اچھا؟ ... پر وہاں لوگ تو دھڑا دھڑ جاتے رہتے ہیں ۔ پھر وہاں جا کر بس بھی جاتے ہیں ... کوئی راستہ تو ہوگا؟‘‘

’’ساوتری ، تم اِس طرح کیوں سوچتی ہو؟‘‘

میں نے اُسے سمجھانا چاہا:

’’ہمارا جیون یہاں ٹھیک ٹھاک چل رہا ہے ۔ بنیادی ضروریات ہنس کر پوری ہو جاتی ہیں ... نوکری ہے ۔ سر پر چھت ہے ۔ کالونی میں ساکھ بنی ہوئی ہے ۔ چار لوگ جانتے ہیں اور سب سے بڑی بات بھگوان نے دیر سے ہماری سنی ہے ، تم ماں بننے جا رہی ہو ... اور کیا چاہیے تمہیں؟‘‘

مگر وہ قدم بڑھا کر میرے انتہائی قریب چلی آئی ۔ میرا گال چھو کر اور اپنا اُلٹا ہاتھ میرے بالوں میں پھیر کر بولی:

’’مَیں اتنی پڑھی لکھی تو نہیں ، جتنے تم ہو اور نہ ہی تمہاری طرح ہوشیار ہوں

...مگر وہاں بندوبست ہو جائے تو اس میں برائی بھی کیا ہے؟...آخر تمھاری ڈگری کس دن کام آئے گی؟...میری فکر مت کرنا میں بعد میں چلی آؤں گی۔''

مجھے پھر ہنسی آگئی۔

''ساوتری،تم واقعی ماڈرن ساوتری ہو...پر اچین کال میں ایک ساوتری وہ بھی تھی جس کا پتی ستیہ وان جنگل میں لکڑیاں کاٹتے کاٹتے اچانک چل بسا تھا اور جب یم دوت اُسے لے جانے کے لیے جنگل میں آیا اور اسے بانہوں میں سمیٹ کر آکاش کی طرف لے جانا چاہتا تھا تو ساوتری پہاڑ بن کر اُس کے آگے کھڑی ہوگئی تھی۔ حتیٰ کہ وہ جنگلوں، اندھیروں اور خطرناک راستوں پر دنوں پیاسی، گرتی پڑتی یم دوت کا پیچھا کرتی رہی ...یم دوت اُس کی سادھنا،شردھا،لگن، پریم اور وابستگی کو دیکھ کر پگھل گیا تھا اور وہ ساوتری کی کوئی بھی ایک مانگ مانگنے پر اور اسے پورا کرنے پر تیار ہو گیا تھا۔۔۔جانتی ہو اس سے ساوتری نے کیا مانگا تھا؟''

''ہاں...اس نے یم دوت سے کہا تھا۔ پہلے مجھے بارہ بچوں کی ماں بن لینے دو۔ پھر آ کر میری پتی دیو کو لے جانا''

''...اور ایک تم ہو کہ مجھے خود سے الگ کر کے پردیس میں دھکیلنا چاہتی ہو؟''

''ایسا کبھی مت بولنا...میں تمھارے بنا جینے کی کلپنا بھی نہیں کر سکتی۔''

میں جانتا تھا کہ اُس کا پاؤں بھاری ہوتے ہی ہم اِس قدر قریب آچکے ہیں کہ ایک اکائی ہونے کا گمان گزرتا ہے۔

''پر کیلاش جی سننے میں آیا ہے،لوگ وہاں جا کر تین چار برسوں میں دھن

دولت والے بن جاتے ہیں؟''

مَیں اُس کی خواہشات اور جذبات سے خوب خوب واقف تھا۔ وہ گاہے گاہے مجھے پردیس میں اپنا ٹھکانہ نہ بنانے پر اِدھر اُدھر کا راگ الاپا کرتی تھی لیکن مَیں اکثر ایک کان سے سُن کر دوسرے سے خارج کر دیا کرتا تھا۔ جانتا تھا کہ اِس تناظر میں اُس کے سوچنے کی وجہ کیا ہو سکتی ہے؟ ہوا یہ تھا کہ چند برسوں پہلے ہمارے بلاک کے سات نمبر فلیٹ سے دو جوان بھائی اپنے ماموں کے پاس امریکہ میں جا کر بس گئے تھے۔ مہینوں میں ہی اُس خاندان کی آن بان شان میں فرق نمایاں ہو چلا تھا۔ قیمتی ٹیلی ویژن، ویڈیو، واشنگ مشین، فرِج، فریزر، مہنگا فرنیچر، قالین اور مکان کے آگے موٹر کار۔ اُس خاندان کی کایا پلٹ دیکھ کر ایک ہی خیال آیا کرتا کہ سات نمبر والوں کا واقعی کوئی جیک پاٹ نکل آیا ہے۔ مَیں اپنی سوچ میں گُم تھا کہ ساوتری کی آواز پر چونک پڑا۔

''یہ سوچنے کی گھڑی نہیں ہے کیلاش جی...آج شام آپ جا رہے ہو۔ میرا کہا اپنے ساتھ رکھنا؟ اُس پر غور کرنا؟''

آکاش رنگ بدل چکا تھا۔ وہ گھڑی بھی آن پہنچی، جب مجھے سامان اُٹھا کر ایئر پورٹ کی طرف روانہ ہونا تھا۔ فلیٹ کے صدر داخلے پر ساوتری دہلیز کے اندر چاندی کا چھوٹا سا کٹورا تھامے، پاس پڑوس کی عورتوں اور قریبی سہیلیوں کے ساتھ کھڑی تھی۔ مَیں دروازے پر پہنچا تو ساوتری نے اپنی ساڑی کا پلّو سر پر رکھا، آنکھیں بند کیں اور کچھ اِس انداز میں بولنا شروع کیا گویا وہ آواز براہِ راست اُس کی آتما سے آ رہی ہو:

''اے پربھو۔ مَیں اپنا سہاگ تمہارے شرن کرتی ہوں۔ پردیس میں اِن کی رکشا کرنا... یہ ہنستے ہوئے جائیں اور ہنستے ہوئے لوٹیں۔ یہ جس کام سے جا رہے ہیں، اس میں سپھل ہوں...بس یہی میری مانگ ہے اور یہی میری پرارتھنا''

مَیں اس روایت کو کیوں کر بھولا تھا۔ جب کبھی مجھے کمپنی کے کام سے کسی دوسرے شہر میں جانا ہوتا تو وہ تیل سے نیم بھرا چاندی کا کٹورا لیے دہلیز پر کھڑی دکھائی دیتی اور مَیں دہلیز کو پار کرنے سے پہلے اُس میں حکومت کا جاری کردہ کوئی سکّہ ڈال دیتا، لیکن اس بار سکّہ ڈالنے سے پہلے مَیں نے اُسے بھرپور نظروں سے دیکھا۔ اُس کی آنکھیں اشکبار تھیں، آنسوگالوں سے لڑھک کر منگل سوتر کو چھور ہے تھے اور اسے سُبکی بھی لگ آئی تھی۔ مَیں نے نظر جھکا کر اُس کے شریر کا وہ حصہ دیکھا جہاں ایک ہم ایک بالک کی صورت میں پھل پھول رہے تھے اور وہ بالک سنسار میں آنے کے لیے دِن گن رہا تھا۔ مَیں نے جھٹ سے سکّہ ڈالا اور سامان اُٹھا کر آگے بڑھ گیا۔ عقب سے عورتوں کی ملی جُلی آوازیں بدستور آتی رہیں:

’’کیلاش بھائی دھیرج رکھنا...آرام سے جانا...چنتا مت کرنا...ساوتری کو کوئی تکلیف نہ ہوگی۔ ہم یہاں ہیں۔‘‘

شیطان کی آنت کی طرح پھیلا ہوا نوے لاکھ باسیوں کا لندن شہر میرے روبرو تھا۔ مَیں تین سو ساٹھ ڈگری میں گردن گُھما کر اور دائرہ مکمل کرنے پر سوچا کرتا کہ مَیں کون سی دنیا میں چلا آیا ہوں ۔ جہاں ٹیوڈر اور وکٹورین عہد کے تعمیر شدہ ایک ہی طرز کے مکانات، شیشے کی بلند و بالا جدید عمارتیں۔ صاف ستھری سڑکیں، نیم برہنہ سفید، سیاہ سانولے اور پیلے رنگ کے اجسام، پرکشش لباس، سپر مارکٹیں، جہازی اسٹورز، زمین دوز گاڑیاں، باغات، تھیٹر، سنیما، نائٹ کلب، ریستوران، قہوہ خانے، شراب خانے، آرٹ گیلریاں اور مختلف شہریت کے بندے آزادانہ گھوم پھر رہے تھے ۔ عجب تجربہ تھا مجھے ڈاکٹر جانسن کا معروف مقولہ شدت سے یاد آ کر رہ گیا۔

"IF YOU ARE TIRED OF LONDON YOU ARE

TIRED OF LIFE"

شہر کا ماحول کچھ کچھ جان کر اور اُس کی نبض کو قدرے محسوس کرنے پر مَیں نے اپنے دوست شنکر دت کو فون کیا۔ اُس کی قیام گاہ لندن کے مضافات ایکٹن ٹاؤن میں واقع تھی۔ ہفتے بھر کا دفتری کام اور اُس کی مغز پچی سے فارغ ہونے پر ہی ملاقات ممکن تھی۔ لہٰذا ویک اینڈ کے ابتدائی روز ہم نے اطمینان سے ملنے کا فیصلہ کر لیا۔

ابھی صبح کا پہلا پہر ٹھیک طرح سے گزرا بھی نہ تھا کہ مَیں شنکر دت کے فلیٹ پر موجود، اُسے بہت قریب سے دیکھ رہا تھا۔ "وقت" نے اُس کے ساتھ جائز سلوک نہیں کیا تھا۔ اُس کی شخصیت میں کئی تبدیلیاں رونما ہو چکی تھیں۔ مَیں حیران تھا اور مجھے قلق بھی ہو رہا تھا کہ سات آٹھ برس کا وقفہ آدمی کے بدن اور اس کے نقش و نگار پر اپنی چھاپ ضرور چھوڑا کرتا ہے اور اور اُس کی خارجی شخصیت کیا سے کیا بن جاتی ہے؟ پچھلی بار جب مَیں نے شنکر کو دہلی کے ایک معقول ریستوران میں رات کے کھانے پر مدعو کیا تھا تو اُس کی صورت کا ہر نقش، بدن کا ہر انگ، جوانی کا ہر تیور اور لباس کا ہر کپڑا اپنی زبان خود بول رہا تھا۔ ریستوران میں موجود ہر شخص اُس کی دلکش شخصیت سے مرعوب بھی ہوا تھا۔ اُس وقت میں خود کو اُس کی صحبت میں قد آور پار ہا تھا۔ لیکن تب اور اب میں کئی انقلاب آ چکے تھے۔ آنکھوں میں موٹے شیشوں کا چشمہ، چہرہ کا ہر نقش بجھتا ہوا، گھنے بال ساتھ چھوڑتے ہوئے اور بدن پر چربی کی کئی تہیں اُبھر آئی تھیں۔ وہ کتنی شدت سے مجھ سے لپٹ گیا تھا اور اُسی انداز میں دیر تک بے حس و حرکت کھڑا رہا تھا۔ لگا کہ وہ یہاں آباد ہونے پر بہت ہی اکیلا ہو گیا ہے یا پھر مجھ میں اپنے چھوڑے ہوئے دیش کو تلاش کر رہا ہے؟ اُس سے نظریں چُرا لینا ہی مَیں نے مناسب جانا۔ لاؤنج تمام جدید ترین لوازمات سے بھرا ہوا تھا۔ پلازما ٹیلی ویژن، ہائی فائی، ویڈیو اور ڈی وی ڈی کے باکس، لیمپ اسٹینڈ، قالین، تصویریں اور ٹیبل لیمپ، فرنیچر۔ اِس معیار کا کہ وہ جیسے انتباہ کر رہا ہو کہ مجھے سوچ سمجھ کر ہاتھ لگانا، ورنہ

تمہارا ہاتھ جھٹک ڈالوں گا۔ مجھے یقین ہو چکا تھا کہ میں واقعی کسی امیر کبیر شخص کے دولت کدے پر چلا آیا ہوں۔ جس نے پردیس میں اپنی بنیاد کو ٹھوس بنا کر اپنی کلاس بھی بدل ڈالی ہے لیکن بیک وقت مجھے تعجب بھی ہو رہا تھا کہ مجرد ہوتے ہوئے بھی اُس نے فلیٹ کو کتنا صاف، کتنا جاذبِ نظر اور کتنا دلکش بنا رکھا ہے۔ میں نے اُس کے جمالیاتی ذوق اور اُس کی پسند کو ملحوظِ خاطر رکھ کر بے ساختہ اُس کے انتخاب کی داد دی۔ لیکن اس نے ان سنی کر کے پوچھا:

"ناشتہ کرو گے؟"

بھلا میں کیا جواب دیتا جو صبح ہوٹل چھوڑتے وقت کانٹی نینٹل بریک فاسٹ ضرور کیا تھا۔ لیکن نئے ماحول میں آب و ہوا بدلنے پر جگر تیزی سے اپنا کام کرتا ہے اور اشتہا کا بڑھ جانا یا گھٹ جانا فطری امر قرار دیا گیا ہے۔ میں واقعی اپنا معدہ خالی پا رہا تھا۔ لیکن مارے شرم کے لب وا نہ ہوئے۔ شکر دانا تھا جو میری خاموشی کا بھید پا گیا تھا۔

مہاگنی لکڑی کی سرخ میز پر ہم مقابل بیٹھے بریک فاسٹ کر رہے تھے۔ میز پر لیموں کا اچار بھی دھرا تھا۔ اُسے دیکھتے ہی مجھے ساوتری کی یاد آ گئی۔ اُس کا اِن دنوں ہر کھانا اچار کے بنا ادھورا رہ جاتا تھا۔ کل شام میں نے فون پر اُس کی اور نووارد کی خیریت دریافت کی تھی۔ اُس نے بتایا تھا کہ سب کشل منگل ہے، ابھی چند روز باقی ہیں۔ میرے لوٹنے پر ہی آنے والا اِس سنسار میں پرویش کرے گا۔ پلیٹ میں لیموں کا ایک چھوٹا سا ٹکڑا رکھ کر میں گویا ہوا:

"یار شکریہ بتاؤ، یہاں جاب سچویشن کیا ہے؟...کام آسانی سے مل جاتا ہے کیا؟"

وہ مسکرا دیا۔ پھر میری آنکھوں میں اُتر گیا۔ بولا:

"کیوں یہاں آنے کا ارادہ ہے؟"

"میرا نہیں... مگر تمھاری بھابھی کا بھی خیال یہی ہے؟"

"اچھا... تو پھر ایک کام کرو... بھائی کو یہاں بھیج دو اور خود وہیں رہو۔"

جملے کی نزاکت اور اُس کے لطیف مزاح سے محظوظ ہو کر ہم اپنی اپنی پلیٹ پر جھک گئے۔ آملیٹ کا ایک ٹکڑا کاٹ کر میں نے فیصلہ کیا کہ آئندہ ملاقات میں اِس موضوع پر اُس سے یقیناً بات کروں گا، لیکن وہ ٹوسٹ پر مکھن لگاتے ہوئے مجھے غور طلب نظروں سے دیکھتا رہا۔ پھر جانے کیا ہوا کہ یک لخت ٹوسٹ اور چھری اُس کے ہاتھوں میں فریز ہو کر رہ گئے۔ میری آنکھوں میں اُتر کر اُسف کے ساتھ بولا :

"بیک ہوم (BACK HOME) آج بھی ہمارے لوگ یہی سمجھتے ہیں کہ لندن، برلن، پیرس، ٹورنٹو اور نیویارک کی سڑکیں نوٹوں سے بھری پڑی ہیں... ایک بار وہاں پہنچ جاؤ تو زندگی کا نقشہ بدل جاتا ہے۔"

جوس کا گھونٹ بھرتے ہوئے مجھے خوشی بھی ہوئی کہ جو بات میں اگلی ملاقات میں اُٹھانے کی سوچ رہا تھا، وہ یقیناً ناشتے کی میز پر مکمل ہو جائے گی۔ موقع کا فائدہ اٹھا کر میں نے فوراً اپنے تجربات کا اظہار کیا:

"مجھے یہاں آئے ہوئے سات آٹھ روز ہوئے ہیں۔ مضافات کی بابت مجھے کوئی علم نہیں۔ آج پہلی بار اِس طرف آنا ہوا ہے۔ لیکن سینٹرل لندن کے ہر علاقے میں میں نے اپنے لوگوں کی دکانیں، آف لائنس، ریستوران، ہوٹل، سپر مارکیٹیں، کارنر شاپز، گراسری شاپز پائی ہیں۔"

"تم بالکل ٹھیک کہہ رہے ہو... ہم لوگوں نے اتنی ترقی کی ہے کہ انگریز قوم حیران ہے اور پریشان بھی۔ وہ سمجھ نہیں پا رہی کہ پچھلے بیس پچیس برسوں میں ایشیائی لوگ کہاں سے کہاں پہنچ گئے ہیں... مگر یہ سب حاصل کرنے کے لیے ہم نے بہت بڑی قیمت چکائی ہے۔"

"اپنے لوگوں نے یہاں آ کر بارہ بارہ، چودہ چودہ گھنٹے بلاناغہ کام کیا ہے۔ کیا دن کیا رات، ساتوں دن کام پر جٹے رہے تھے۔ خیر چھوڑو، اِن باتوں کو۔ یہ قصے اب پرانے ہو چکے ہیں۔ دنیا بہت آگے نکل گئی ہے۔ مگر ایک بات جو اکثر مجھے پریشان کرتی ہے۔ وہ بہت الگ ہے۔"

میری کیفیت وہی سننے والی تھی۔ مگر شنکر کے ہاں قدرے گہرائی پیدا ہو چلی تھی۔

بولا :

"آج ہم لوگوں کے پاس کیا نہیں ہے، مکانات سے لے کر بڑے بڑے کاروبار تک۔ روز بروز ہماری جڑیں اِس سوسائٹی کے ہر شعبے میں مضبوط ہوتی جا رہی ہیں ... اب تو فنانس کے میدان میں بھی ہمارے کئی بینکرز (BANKERS) پیدا ہو چلے ہیں ... مگر افسوس، اِس سوسائٹی میں ہمارا کوئی وقار کوئی رتبہ، کوئی مقام نہیں ہے۔ ہم آج بھی دوسرے، تیسرے درجے کے شہری قرار دیے جاتے ہیں ... آنے والی نسلوں کے ساتھ بھی یہی سلوک ہوگا"

یہ سننا تھا کہ میرا ذہن الگ ہی خطوط پر چل نکلا تھا۔ مَیں اِس خیال میں تھا کہ یہ سوسائٹی بڑی مہذب ہے۔ یہاں کے لوگ تہذیب یافتہ، درد مند اور روشن خیال ہیں۔ سابق آقا ہونے کے ناطے اپنی سابق نو آبادیوں کے باشندوں کے واسطے نرم گوشہ رکھتے ہیں مگر یہاں تو معاملہ ہی بر عکس ہے۔ مَیں محتاط ہو گیا اور وہ قدرتی بھی تھا۔

"کیلاش پربت (وہ کالج میں مجھے اسی نام سے پکارا کرتا تھا اور مَیں اُسے نیل کنٹھ کہا کرتا تھا۔ حالانکہ دونوں القاب بھگوان شیو سے منسوب رہے ہیں) یقین جانو مَیں نہیں جانتا میرے پڑوس میں کون رہتا ہے؟ اُس کا نام کیا ہے؟ ... پر اتنا ضرور جانتا ہوں کہ وہ شخص سفید فام ہے۔ کبھی

برآمدے میں یا لفٹ میں آمنا سامنا ہو جائے تو ہم محض "ہیلو" کہہ کر آگے بڑھ جاتے ہیں اور یہاں پہنچ کر پڑوسیوں کا تعلق ختم ہو جاتا ہے۔"

وہ یقیناً میرا ردِعمل جاننے کا خواہش مند تھا۔ لیکن میرا چہرہ ہر تاثر سے عاری رہا۔ کیوں؟ وجہ میں خود بھی نہیں جان پا رہا تھا؟

"صبح گھر سے نکلتا ہوں تو سفید لوگوں کی نظریں یہ کہتی محسوس ہوتی ہیں کہ تم تعلیم یافتہ ڈگری یافتہ ضرور ہو، مگر یہ ملک تمہارا نہیں... اِس ملک کے ساتھ تمہارا رشتہ کبھی جذباتی نہیں رہا۔ پھر یہ ملک تمہارا کیسے ہو سکتا ہے؟ ...تمہاری بہتری اِسی میں ہے کہ واپس لوٹ جاؤ۔"

"اُس وقت تم کیا محسوس کرتے ہو؟"

"میری گردن جھکتے ہی میَں محسوس کرتا ہوں کہ اُن کا کہنا بالکل صحیح ہے۔ میرا اِس زمین سے کبھی واسطہ نہیں رہا اور نہ ہی مرتے دم تک ہو گا...میں اگر یہاں رہ بھی رہا ہوں تو محض پیسوں کی خاطر۔ ورنہ میری نسل اور یہ ملک آپس میں ایک آنکھ نہیں بھاتے؟"

اُس کے فکر انگیز خیالات مجھے سنجیدگی سے سوچنے پر مجبور کر رہے تھے۔ جاننا چاہا کہ اُس کے بعد کی نسل تو یہاں پیدا ہوئی ہے اور وہ پرورش پا کر جوان بھی یہیں ہوئی ہے۔ کیا وہ بھی اُس کی طرح محسوس کرتی ہے؟

"نہیں، بالکل نہیں۔ وہ خود کو اِس ملک کا اٹوٹ حصہ سمجھتی ہے...اُس کا اپنے والدین کے چھوڑے ہوئے ملکوں کے ساتھ رشتہ برائے نام ہی رہ گیا ہے۔"

"سچ؟"

"ہاں۔ اب وہ صرف نام کے ایشیائی ہیں...اُن میں اور انگریز نسل میں

کوئی فرق نہیں رہا...بلکہ وہ میری اور مجھ سے پہلے والی نسلوں کو بھی اچھی نظروں سے نہیں دیکھتے۔‘‘

نئی نئی سچائیاں میرے سامنے آرہی تھیں، جنہیں برداشت کرنا میرے لیے مشکل ہو رہا تھا۔ اپنی پوری ہمت کو یک جا کیا اور اُسے دوستانہ مشورہ دینا چاہا:

’’یار شنکر، اگر یہاں ایسا ہے تو تم اپنی معصوم ذات پر ظلم کیوں ڈھار ہے ہو؟...اپنا وقت کیوں ضائع کر رہے ہو؟...واپس کیوں نہیں لوٹ جاتے؟...کس نے روکا ہے تمہیں؟‘‘

اُس کے وہم و گمان میں بھی نہ تھا کہ اُس کا دیرینہ دوست جو ایک لمبی مدت کے بعد اُس سے ملا ہے، بالمشافہ اِس ڈھنگ کے سوال پوچھ بیٹھے گا؟ میرے رویے پر اُسے تعجب بھی ہو رہا تھا۔ اُس کے چہرے کا رنگ ماند پڑ گیا تھا لیکن میں نے اپنا دِل رواں رکھا:

’’تم پروفیشنل ہو...نوکری حاصل کرنا تمہارے لیے کوئی سمسیا نہیں...اب تم انگلینڈ کا تجربہ بھی رکھتے ہو...سند یافتہ ہونے کے کارن چاہو تو اپنی کمپنی وہاں بنا کر کام شروع کر سکتے ہو۔ وہاں کئی نو دولتیے پیسہ لگانے کو تیار بیٹھے ہیں۔‘‘

’’جانتا ہوں۔‘‘

چھری کانٹا پلیٹ میں پھینک کر بولا :

’’میں کئی بار اِن خطوط پر سوچ چکا ہوں۔ مگر میری ٹریجڈی بہت الگ ہے؟‘‘

میں خاموش حیران کن نظروں سے اُسے دیکھتا جا رہا تھا۔

’’اِس میں کوئی شک نہیں، بیک ہوم اپنے لوگ مجھے دِل و جان سے

قبول کرتے ہیں ۔میرا احترام بھی کرتے ہیں ۔میں اُن کے درمیان گردن اُونچی کرکے چلتا ہوں ۔۔۔اورکوئی مجھے غیر نظروں سے نہیں دیکھتا ۔مگر ۔۔مگر ۔۔۔؟‘‘

’’رُک کیوں گئے؟ آگے کہو ۔‘‘

ہندوستان کے سماجی ، سیاسی اور معاشی نظام اتنے کرپٹ (CORRUPT) ہو چکے ہیں کہ مجھے قدم قدم پہ ذہنی جھٹکے لگتے ہیں ۔ میں اندر سے ٹوٹنے لگتا ہوں ۔ ہر کام کروانے کے واسطے مجھ کو اپنی جیب ڈھیلی کرنی پڑتی ہے ۔۔۔ ایک بار میں ماں جی کا پاسپورٹ رینیو (RENEW) کروانے ممبئی کے پاسپورٹ آفس میں گیا تھا ۔کاؤنٹر پر بیٹھا شخص پاسپورٹ اور کاغذات کو اُلٹ پلٹ کر دیکھتا رہا ۔آخر بولا ۔ ’’سب ٹھیک ہے ۔ایک دم برو بر ۔تین چار مہینہ لگ جائیں گے ۔ پانچ بھی ہو سکتا ہے ۔ اِدھر پاسپورٹ کی بہت بھیڑ ہے ، بہت ماراماری ہے ۔‘‘

میں نے اُسے بتایا کہ میں اپنی ماں کو ساتھ لندن لے جانا چاہتا ہوں ۔ مجھے پاسپورٹ ایک ہفتے میں چاہیے ۔۔۔ بولا یہ کیس تو ارجنٹ ہے ۔ایسا پہلے بولنے کا تھانا ؟ ۔۔۔ساتھ ہی اس نے پانچ انگلیوں کا کھلا پنجہ میری طرف بڑھا دیا ۔ پھر بولا ۔کیس ارجنٹ ہے ۔ بڑے صاحب کے پاس جائیں گا ۔ایک بار تو من میں آیا کہ اِس سالے کی گردن مروڑ دوں یا پھر کسی بڑے افسر سے ملوں ۔ پھر خیال آیا کہ وہ سالا کون سا گوتم بدھ ہو گا؟ ۔۔۔مجبور ہو کر سو سو روپوں کے پانچ نوٹ اُس کی طرف بڑھا دیے ۔ اُن کو گِن کر وہ بولا ۔ پاسپورٹ چار روز میں تیار ہو جائے گا ۔آ کر لے

جانا...مَیں ہفاقباسوچتارہ گیا کہ مَیں کہاں چلا آیا ہوں؟ کون سی دنیا میں رہتا ہوں مَیں؟ میرے دیش کی حالت کیا ہوگئی ہے؟‘‘

یہ سب کہہ کر وہ گہری سوچ میں ڈوب گیا تھا۔ اُس کے خاموش ہونے پر مَیں بھی خاموش ہوگیا تھا۔ پھر جانے کیا ہوا کہ وہ یکبارگی تیزی سے اُٹھا اور جب کچن کی طرف چل دیا۔ لوٹا تو اُس کے دائیں ہاتھ کی انگلیوں میں وائن کے دو گلاس اوندھے لٹک رہے تھے اور بائیں ہاتھ میں وائٹ وائن کی بج بوتل تھی۔ مَیں حیران کہ پہلے پہر کے جوان ہوتے ہی اسے دو آتشہ مشروب کی طلب کیوں کر ہوئی ہے؟ گلاس پُر کر کے بولا :

’’تم کیا جانو مجھے اپنے دیش سے کتنی محبت ہے۔ مَیں آج بھی انڈین پاسپورٹ رکھتا ہوں۔ اپنی جڑیں وہیں پاتا ہوں...ہر دو ڈھائی برس کے بعد گھر لوٹتا ہوں۔‘‘

’’کیا...؟‘‘

’’ہاں۔ تُم سے اِس لیے نہیں مِل پاتا کہ میری اُلجھنیں اتنی بڑھ جاتی ہیں کہ اُن میں گھِر کر وہ گھر جاتا ہوں اور تمہیں پریشان کرنا مناسب نہیں سمجھتا۔‘‘

اُس کے گلاس اُٹھانے پر مجھ کو بھی گلاس اخلاقاً اُٹھانا پڑا۔

’’مَیں وہاں چھ آٹھ ہفتے ضرور رکتا ہوں...ہر واقعے کا جائزہ قریب سے لیتا ہوں...بدلتے ہوئے حالات کو سمجھتا ہوں، پھر اُن کا تجزیہ اپنی سوچ کے مطابق کرتا ہوں۔ صرف اس غرض سے کہ مَیں اُس سوسائٹی میں خود کو کہاں تک ایڈجسٹ کر سکتا ہوں۔‘‘

’’اُس وقت تمہارا ذہن کوئی مشورہ تو دیتا ہوگا؟‘‘

’’ہاں۔ بس ایک ہی بات کہ یہ سوسائٹی جیسی بھی ہے اُسے دِل سے قبول کر لو...اگر اس کا حصہ بن سکتے ہو تو رک جاؤ، ورنہ واپس لوٹ جاؤ۔‘‘

”اور تم ہمیشہ واپس لوٹ آتے ہو؟“

”ہاں۔اِس کے علاوہ میرے پاس کوئی چارہ نہیں رہ جاتا۔“

اُس کا المیہ میری سمجھ میں آچکا تھا۔ وہ میرا کالج کے دِنوں کا دوست تھا۔ اُس زمانے میں بھی وہ مادہ پرستی کا رجحان رکھتا تھا۔ دولت پانے کے اُونچے اُونچے خواب دیکھا کرتا تھا۔ اُسے علم تھا کہ مغربی دنیا کے کئی ملک بہت امیر ہیں۔ وہاں کثرت سے دولت پائی جاتی ہے۔ تیسری دنیا کے ملک تو محض کاسۂ گدائی لیے ہوئے ہیں۔

”نیل کنٹھ، تم یورپ میں ضرور رہتے ہو... مگر تمہارا ذہن مشرقی روایات سے الگ نہیں ہو پایا... مت بھولو کہ تیسری دنیا بے حد کرپٹ (CORRUPT) ہو چکی ہے۔ بلکہ اُسے دانستہ کرپٹ کیا گیا ہے... بعض بیرونی طاقتیں اپنا کلچر اور طرزِ زندگی تیسری دنیا کے ہر ملک میں پھیلا رہی ہیں اور وہ اپنے مقصد میں کامیاب بھی ہو رہی ہیں۔“

اُس نے خاموشی کو اپنی سنگین ڈھال بنا لیا تھا۔ مجھ سے رہا نہ گیا تو مَیں بول اُٹھا:

”مت بھولو کہ جب تمہارے سامنے کئی رنگ بکھرے ہوں، پھیلے ہوں اور تم خود کو اُن رنگوں میں شامل نہ کرو تو انجام کیا ہوگا؟... بے رنگ ہو کر رہ جاؤ گے؟... ایک معروف مقولہ ہے۔ DO AS THE ROMANS DO...اگر تم لوٹنا چاہتے ہو تو کچھ قربانیاں دینی ہوں گی... بڑا سیدھا سا فارمولا ہے۔ رقم ادا کرو، کام کراؤ اور چین کی نیند سو جاؤ... کوئی قانونی چارہ جوئی نہ ہوگی... اور اگر ہو بھی گئی تو اس کے توڑ بھی موجود ہیں۔“

”مَیں نے ہر بار یہی محسوس کیا ہے۔“

”تو پھر کیا تکلیف ہے تمہیں؟... کیوں بھولتے ہو کہ ہر سرکاری کارندہ اپنی

حیثیت کے مطابق اور کام کی نوعیت کے مطابق دام وصول کرتا ہے۔ اُس کی رقم بندھی ٹکی ہوئی ہے۔۔۔اب یہ روایت ہماری طرزِ زندگی، طرزِ نظام اور طرزِ حکومت کا حصہ بن چکی ہے۔۔۔اب کوئی بھی شخص دیتے دلاتے وقت برا نہیں سمجھتا کہ وہ کوئی غیر اخلاقی، غیر قانونی حرکت کر رہا ہے۔‘‘

’’مگر مجھ سے یہ سب نہیں ہوگا۔‘‘ اُس نے دوٹوک لہجے میں کہا۔

’’میرا ذہن بدل چکا ہے۔۔۔میری سوچ بدل چکی ہے۔ میرا اندرونی نظام بدل چکا ہے۔‘‘

اُس کا دِل الگنا میری سمجھ میں آ چکا تھا۔ یہ بات بھی میری سمجھ میں آ چکی تھی کہ مختلف تہذیبوں کا ٹکرانا، اُن کے تمدنی فاصلے، اخلاقی تقاضے، اقدار کا تیزی سے بدلنا، دو عظیم جنگیں، تباہی، بربادی، ذاتی تحفظ کا گہرا احساس، مادی اور پچ پیچ، افراطِ زری کی ہوس اور بدلتے ہوئے دنیاوی حالات نے گزری صدی میں اتنی کروٹیں بدلی ہیں کہ کوئی بھی باشعور، حساس، دانشمند شخص اُن سے بچ نہیں پایا۔ کہیں وہ نیکی اور بدی کے دائرے میں الجھ کر اپنی ذات میں گُم ہو گیا ہے تو کہیں وہ ضمیر کا قیدی بن کر رہ گیا ہے۔ کہیں اُس نے اپنا ضمیر سرِ عام فروخت کر ڈالا ہے اور کہیں سمجھوتہ کرنا ہی اُس کا ایمان بن کر رہ گیا ہے۔ میرا دوست شکر دت بھی اِن دائروں میں کہیں نہ کہیں الجھ کر رہ گیا ہے۔ وہ گردن اونچی کر کے بولا :

’’یقین کرو یہاں کا ماحول بالکل الگ ہے۔ سیاسی، سماجی اور اقتصادی نظام کی بنیادیں نہایت گہری اور نہایت پرانی ہیں۔ اُن کے تمام ادارے دستور کے مطابق کام کرتے ہیں۔ کہیں کوئی دینا دلانا نہیں پڑتا۔ مجھ جیسا ایک عام شہری کبھی پریشانی سے دو چار نہیں ہوتا۔۔۔لیکن اِن تمام

باتوں کے باوجود مَیں خود کو اِس سرزمین پر اجنبی سمجھتا ہوں...اِس لیے
کہ یہاں کے لوگ مجھے دِل سے قبول نہیں کرتے؟''

اُس نے کم و بیش وہی کہا تھا جو اُس سے بغلگیر ہوتے وقت مَیں نے محسوس کیا
تھا بلاشبہ اُس نے مجھے قریبی دوست سمجھ کر اپنا شفاف دِل کھول کر رکھ چھوڑا تھا۔لیکن
میرے محسوسات یہ تھے کہ وہ دونوں براعظم کھو بیٹھا ہے اور وہ اس کے واسطے گئی گزری
کہانیاں بن چکے ہیں؟ وہ گھر کا رہا ہے نہ گھاٹ کا اور وہ اُس کا اہم مسئلہ بن چکا ہے؟ اُس
کا جسم یورپ میں ہے تو روح اپنے وطن عزیز میں...جانے کیوں غیر متوقع طور پر اچانک
مجھے ایک ہندو دیومالائی کردار تر شنکھو یاد آ گیا جو دھرتی اور آکاش کے بیچ رِشی وشوامتر اور
وششٹ کی ذاتی لڑائی کے کارن یوگوں پہلے لٹک کر رہ گیا تھا۔گو شنکر کے حالات تر شنکھو
سے بہت مختلف تھے۔لیکن بنیادی مسئلہ یکساں تھا۔کون سا مقام اُس کا اپنا ہے؟ کس مقام
پر وہ کھل کر سانس بھر سکتا ہے؟...اور کس مقام پر وہ آخری دم لے گا؟ شنکر کو ہمدردی کی
وسیع پیمانے پر ضرورت تھی۔مَیں نے حد ممکن اُسے اپنی قربت،خلوص اور درد مندی کا
احساس دلایا۔کچھ دیر تک ہم خاموش رہے۔آخر مجھ سے رخصت ہوا۔

''تم نے تر شنکھو کا قصہ ضرور سن رکھا ہوگا؟''

''ہاں۔''

زیرِ لب کہہ کر اُس کا چہرہ یکسر بجھ کر رہ گیا تھا۔لگا کہ کوئی دوسرا شخص اپنا پورا اسنسار
لٹا کر میرے سامنے بیٹھا ہو اور اب اپنے بھگوان،اپنے ستاروں اور اپنی تقدیر کے رحم و
کرم پر ہو۔گہرے سوچ و چار کے بعد انتہائی کرب کے ساتھ رک رک کر،ٹھہر ٹھہر کر بولا :
''تر شنکھو کو سورگ کا لالچ تھا۔اُسے سورگ تو مِلا مگر بناوٹی۔اُسے برہم رِشی
وشوامتر نے بنایا تھا...مگر تر شنکھو پورے سنسار سے کٹ کر اکیلا ہو گیا تھا
اور شاستروں کے انوسار وہ آج بھی اکیلا ہی ہے۔...لیکن مَیں دھن

دولت، مادی اشیا اور بہتر زندگی کے لالچ میں یہاں چلا آیا تھا۔ مجھے سب کچھ ملا... مگر میرا دیش مجھ سے چھوٹ گیا... ہمیشہ کے واسطے مجھ سے دور ہو گیا... یقین کرو میں خود کو ترشنکو سے الگ نہیں سمجھتا... تم کو میری طرح یہاں ہر شہر میں سینکڑوں ہزاروں ترشنکو گھومتے پھرتے نظر آئیں گے۔''

پلکیں جھپکائے بنا میں اُسے دیکھتا جا رہا تھا۔ میری آنکھیں اُس کے چہرے پر مرکوز، وہاں سے ہٹنے کو تیار ہی نہ تھیں۔ یکبارگی میرے کانوں میں ساوتری کے الفاظ گونج اٹھے تھے:

''اب تم یورپ جا رہے ہو تو وہاں اپنا ٹھکانہ بنانے کی...''

اُس کے آگے میں کچھ نہ سن پایا۔ میرے کانوں کے پردے میرے دماغ نے بند کر ڈالے تھے۔ جھٹ سے بوتل اٹھا کر میں نے گلاس اتنی تیزی سے بھرے کہ وائن میز پر چھلک کر رہ گئی۔

نصیب اپنا اپنا

قصہ پرانا ہے، بھلائے نہیں بھولتا۔ دل سے یوں لگا بیٹھا ہے کہ باوجود کوشش کے میں اسے اپنی ذات سے الگ نہیں کر پایا۔

میں نے برطانیہ کی بندرگاہ ڈوور پر پاؤں رکھا ہی تھا کہ اچانک مجھے جیوس سیز کا تاریخی جملہ یاد آگیا، جو اس نے پومپئی کی بغاوت کے دوران پونٹس کے بادشاہ کو ایک ہی روز میں شکست دینے پر کہا تھا:

''میں آیا۔ میں نے دیکھا۔ میں نے فتح کر لیا۔''

لیکن اس تاریخی جملے اور مجھ میں فرق صرف اتنا تھا کہ ابھی مجھے جملے کے تیسرے ٹکڑے کو سچ ثابت کرنے کے واسطے پردیس میں اپنی سماجی، معاشی اور ادبی زندگی کا آغاز کرنا تھا۔

ریستورنٹ عالیشان تھا۔ لندن شہر کے مرکزی علاقے آکسفورڈ اسٹریٹ میں واقع تھا۔ دنیا بھر کے سیاح وہاں گھومنے پھرنے اور شاپنگ کی غرض سے آیا کرتے۔

ریسٹورنٹ جدید فرنیچر سے آراستہ تھا، فلور، کرسیوں، میزوں کے علاوہ ایک طرف کی دیوار پر مصور، وان گاگ، پال گوگاں اور کانسٹیبل کے شاہکار پرنٹ آویزاں تھے جبکہ دوسری طرف کنگ ہینری آٹھ، چارلس ایک اور ایلز بیتھ ایک کی تصویریں سنہری فریموں میں جڑی ہوئی دیواروں کی شان تھیں ۔ ہینری آٹھ اپنی چھ شادیوں کے لیے مشہور تھا۔ اس کی پہلی بیوی ہوتے ہوئے بھی اس نے دوسری شادی کرنا چاہی تھی لیکن جب پاپائے روم نے اجازت نہ دی تو اس نے چرچ آف انگلینڈ کی داغ بیل رکھ ڈالی ۔

چارلس ایک کا سر کرامویل نے قلم کروا ڈالا تھا کہ وہ کیتھولک ازم کا احیاء کرنے کے حق میں تھا۔ ایلز بیتھ ایک نے آخری دم تک شادی نہیں کی تھی ۔ بلکہ اس کا کہنا تھا کہ تخت پر بیٹھتے ہی اس نے اپنے ملک سے شادی کر لی تھی ۔ میں چونکہ تاریخ کا طالب علم رہا تھا اتنی شد ھ بدھ ضرور رکھتا تھا کہ کسی تعلیم یافتہ انگریز سے بات کرتے ہوئے کم نہ پڑ جاؤں ۔

ریسٹورنٹ میں جو کام میرے ذمے کیا گیا تھا وہ ایک قومی ویٹر (QAUMI WAITER) کا تھا، جو تیسری دنیا کے ملکوں میں نہایت گرا ہوا خیال کیا جاتا ہے ۔ لیکن میں مجبور تھا۔ ایک تو پردیس اس پر میں رنگدار شخص، پھر پاپی پیٹ کو بھی بھرنا لازم تھا۔ میں ریسٹورنٹ کی پوشاک پہنے، ہاتھ میں ٹرے تھامے کاؤنٹر کے ایک طرف کھڑا رہتا۔ جونہی گاہک کھا پی کر بل ادا کرتے اور اٹھتے وقت تصویروں پر سرسری نظر ڈال کر صدر داخلے کی طرف بڑھتے ۔ میں اس خالی میز کی طرف بڑھتا ۔ جلدی سے برتن اٹھا کر ٹرے میں رکھتا، پھر میز کو شیشے کی مانند چمکا کر بھاری ٹرے اٹھائے کچن کی طرف بڑھ جاتا۔ اسے وہاں کچن پورٹر کے حوالے کر کے نئی ٹرے اٹھا کر پھر سے کاؤنٹر کے قریب آن کھڑا ہوتا۔ یہ سلسلہ صبح سے شام تک کولہو کے بیل کی طرح چلتا رہتا ۔ بعض دفعہ مجھے خود سے نفرت اور کراہیت بھی ہوتی ۔ لیکن میں مجبور تھا کہ پردیس میں مجھے بنیاد بنا کر آگے بڑھنا تھا۔ تمام

ویٹرسز سفید فارم تھیں ۔ان میں زیادہ تر انگریز تھیں ۔ جوان، حسین ،گاہکوں کو مسکراہٹ سے اپنی طرف متوجہ کرتی ہوئیں کہ وہ ان کے سیکشن میں براجمان ہوں اور وہ زیادہ سے زیادہ بخشش tips سے سرفراز ہوں ۔ میں جب کسی ویٹرس کی میز صاف کرتے ہوئے اسے دیکھتا تو وہ کھلی مسکراہٹ کا مظاہرہ کرتی ۔ اس میں اپنائیت بھی ہوتی ، دوستی کی دعوت بھی اور بناوٹ کی جھلک بھی ۔لیکن شام میں ریسٹورنٹ بند ہونے پر کوئی بھی ویٹرس مجھ سے آنکھ نہ ملایا کرتی بلکہ تیزی سے پوشاک بدل کر چل دیتیں ۔ بعض کے بوائے فرینڈ ریسٹورنٹ کے باہر کھڑے بار بار گھڑی کو دیکھا کرتے اور بعض اپنے اپنے ٹھکانے کی طرف بڑھ جاتیں ۔فلور پر ایک نہایت پھرتیلی ،ہوشیار اور اپنے کام سے مطلب رکھنے والی لڑکی بنام جینی کروک وچ بھی تھی ۔ وہ پوش نژاد تھی اور شہر وار سا کی رہنے والی تھی ۔ چند دنوں کی رفاقت میں ہی میں نے جان لیا تھا کہ وہ بھی میری طرح غربت زدہ اور مادی اشیا سے محروم رہی ہے ۔ وہ ہمیشہ ایک ہمدرد دوست کی طرح مجھ کو دیکھ کر مسکرا دیتی ۔روزِ اول سے ہی میں نے اس کے لب و لہجے اور اس کے رویّوں میں مخلص پن پایا تھا ۔ایک روز اتفاق کچھ ایسا ہوا کہ لنچ بریک کے دوران ہم اسٹاف روم میں بیٹھے اسٹاف کے واسطے پکا ہوا کھانا کھا رہے تھے کہ وہ اچانک مجھ سے پوچھ بیٹھی :

”کہاں سے ہو؟ انڈیا سے یا پاکستان سے؟“

”انڈیا سے“

”میرا بھی یہی خیال تھا ۔“

پھر جینی نے چاروں طرف نگاہ دوڑا کر دبے دبے لہجے میں کہنا شروع کیا ۔

”سنو ۔۔۔تم میز یں اتنی تیزی سے صاف مت کیا کرو ۔ورنہ یہاں تک ہی رہو گے؟“

”مطلب؟“

''منیجر مسٹر کان ایلیس اپنے دفتر میں بیٹھا سب کچھ دیکھا کرتا ہے۔ وہ بگ
بر در ہے۔۔۔اسے تم جیسا تیز، پھرتیلا اور اسمارٹ ورکر کہاں سے ملے گا؟''
''لیکن اگر میں ایسا نہیں کروں گا تو وہ مجھے کام سے نکال دے گا؟''
''نہیں۔ وہ ایسا نہیں کرے گا؟''
''کیوں؟''
''سفید لوگ یہ کام نہیں کرتے، جو تم کر رہے ہو۔۔۔یہی وجہ ہے کہ تم یہاں
موجود ہو۔''
بات کچھ کچھ میری سمجھ میں آ چکی تھی۔ لیکن میں اس سے مزید جاننے کا طلب گار
تھا۔ لہٰذا خاموش رہا۔
''کیا تم نے کبھی سوچا ہے کہ گاہکوں کے جاتے ہی ہر ویٹرس تم کو کس
ڈھنگ سے اشارہ کر کے میز صاف کرنے کو کہتی ہے؟''
جینی کی باتوں میں اتنا سچ تھا کہ میں خود میں اتر گیا تھا۔
ان دنوں میں لندن کے ایک مضافات ایکٹن میں مقیم تھا۔ اس رات میں
اپنے چھ بائی آٹھ فٹ کے باکس روم میں دراز، کروٹیں بدلتا جینی کے انکشافات، ریسٹورنٹ
کا ماحول، سخت گیر منیجر اور ریا کا رویا ویٹرسز کے بارے میں مغز پچی کرتا رہا۔ ایک بات
میری سمجھ میں ضرور آ چکی تھی کہ میرا رنگ سفید فام لوگوں کو پسند نہیں ہے۔ وہ کسی ملک کو آزاد
کرنے پر بھی ان کے رویوں میں کوئی تبدیلی نہیں آئی۔ وہ وہاں کے باشندوں کو اسی نظر
سے دیکھا کرتے ہیں کہ وہ نیم خواندہ، کم عقل، کمزور دماغ اور کم ترنسل سے ہیں۔

جینی ہوشیار تھی اور عقلمند بھی۔ سنبھل سنبھل کر پاؤں رکھا کرتی تھی۔ وہ انگلش
لینگویج کا کورس کر رہی تھی۔ اسی کے سبب وہ ویزا حاصل کرنے میں کامیاب بھی ہوئی تھی۔

سوویٹ یونین کا کڑا نظام اور اس کی آہنی گرفت پولینڈ ملک پر دوسری جنگ عظیم کے بعد حاوی رہی تھی ۔ اس کے پنجے سے رہائی پانا اتنا آسان نہ تھا لیکن جینی خوش قسمت تھی ۔ برطانوی سفارت خانے کے ایک ذمہ دار رکن کو ایک بھاری لفافہ پیش کرنے پر اس کے پاسپورٹ پر مہر ثبت کردی گئی تھی اب وہ لندن میں برسر روزگار تھی اور تعلیم کا سلسلہ بھی جاری تھا۔ شام میں وہ ایک اسکول میں کبھی حاضری دیا کرتی اور کبھی غیر حاضر رہا کرتی ۔ ان دنوں اس کا عشق ایک انگریز جوان کے ساتھ عروج پر تھا۔ ہفتے میں دو تین شامیں وہ اپنے عاشق مارک جیمز کی محبت میں گزارا کرتی ۔ وہ صحیح معنوں میں خوبصورت تھی نیلی آنکھوں کے ساتھ جاذب نظر نقش اور معصوم مسکراہٹ کے ساتھ کھنکتی ہوئی آواز بھی پائی تھی ۔ اس کا عاشق زار اس کے گرد بھونرا بنا منڈلایا کرتا۔ وہ بھی اسے دل و جان سے چاہتی تھی ۔ وہ لوگ شادی بیاہ کے متعلق بھی سنجیدہ تھے ۔ لیکن ان کے درمیان اپنے مذہب کی مختلف شاخیں کھڑی تھیں ۔ جینی کٹر پنتھی کیتھولک تھی ۔ جبکہ مارک پروٹسٹنٹ تھا۔ یہ جان کر مجھ کو شدید جھٹکا لگا تھا کہ یہ جدید ملک بھی مذہبی فرقوں کی قید سے آزاد نہیں ہو پایا۔ مجھے اپنے دیش کے تناظر میں شیعہ سنی کے اختلافات کی بازگشت سنائی دیتی ۔ جن کے مسلک صدیوں سے الگ رہے تھے اور شاید تا قیامت الگ ہی رہیں گے؟ جینی کسی بھی قیمت پر عیسائیت کی بنیاد اور طاقت ور شاخ چھوڑنے پر آمادہ نہ تھی ۔ اس کا نقطہ نظر اپنی جگہ کمال کا تھا۔ اتفاق سے وہ میرا بھی نظریہ تھا۔

''آدمی جس گھرانے میں جنم لیتا ہے وہ اس خاندان کا مذہب، اقدار، رسم و رواج اور اخلاقیات کے سہارے نشوونما پاتا ہے اور ان ہی کے سہارے جہاں سے کوچ کرتا ہے ۔''

''تو پھر تم لوگوں کی میرج کیسے ہوگی؟''

''مارک آزاد خیال کا جوان ہے ۔ یونیورسٹی میں پہنچ کر اس کے خیالات

اور بھی آزاد ہوگئے ہیں ۔ وہ اکثر کہا کرتا ہے کہ آدمی کا دل ہی اس کا گاڈ ہے اور وہی اس کا چرچ بھی ۔۔۔ ہم رجسٹرار کے دفتر میں ایک دوسرے کو قبول کریں گے ۔''

''واہ ۔۔۔ تو پھر تم لوگ میرج کب کر رہے ہو؟''

جینی بھی دنیا کی ہر لڑکی کی طرح شرما کر رہ گئی تھی ۔ بولی:

''مارک کا یونیورسٹی میں آخری سال ہے ۔ ابھی میرے پاس بھی وقت ہے ۔ لینگوئج ڈپلوما تو مل گیا ہے ۔ آگے کمیونی کیشن کورس کرنے کا ارادہ ہے ۔ فیس بھرنے پرویز ضرور مل جائے گا ۔۔۔ تمہاری پوزیشن کیا ہے؟''

''میری؟ مطلب؟''

''یعنی تم چھ ماہ کا ویزا لے کر یہاں آئے ہو یا ایک برس کا؟''

''نہیں جینی ۔ میرے پاس تو پوری ایمگریشن ہے ۔ میں پڑھا لکھا شخص ہوں ۔ کئی کتابیں لکھ کر انعام بھی پا چکا ہوں ۔ تم سے ایک ذاتی سوال پوچھ سکتا ہوں؟''

''کیوں نہیں؟'' اس نے بخوشی اثبات میں سر ہلا کر کہا ۔

''اگر کسی وجہ سے تم کو ویزا نہ ملا تو؟''

میرے سوال نے اسے سنجیدہ کر ڈالا تھا ۔ جلد ہی مجھے اپنی غلطی کا احساس ہوگیا ۔ لیکن اس خیال نے مجھے تقویت ضرور بخشی کہ ہر شخص آزاد ہے اور پوچھنے کا ادھیکار بھی رکھتا ہے ۔ جینی نے پلیٹ کو ایک طرف سرکا کر کہا:

''اس صورت میں مجھے پولینڈ لوٹنا ہوگا ۔ میں ناجائز طریقے سے یہاں ایک دن بھی نہیں رہنا چاہوں گی ۔''

یہ کہتے ہوئے اس نے تیزی سے نظریں چرا لیں اور پلیٹ کو اٹھا کر سنک کی طرف بڑھ

گئی۔

اس کے حالات جان کر میں خوش نہ تھا اس لیے کہ وہ میری ریسٹورنٹ میں واحد ہمدرد تھی۔ مخلص دوست اور خیرخواہ بھی۔ میں آنکھیں بند کیے اس پر اعتبار کر سکتا تھا دیگر ویٹر سرز تو مجھے محض استعمال کرنے کی غرض سے مسکرا دیا کرتیں۔ میرے قد کاٹھ اور مردانہ حسن کی تعریف ضرور کرتیں۔ اکیلے میں کبھی کبھی میں سوچا کرتا کہ میں اور جینی ان ملکوں کے شہری ہیں جو برسوں تک بیرونی طاقتوں کا شکار رہے ہیں۔ میرا دیش دو سو برسوں تک انگریزوں کی ''تقسیم کرو حکومت کرو۔'' کی دوغلی پالیسی کا شکار رہا اور غلام بھی۔ جبکہ پولینڈ دوسری جنگِ عظیم کے اختتام سے موجودہ عہد تک سوویت یونین کے آہنی پنجے میں سانس بھرتا ہے۔ جانے وہاں کے شہری کب معاشی جبر اور تنگدستی سے آزاد ہو پائیں گے؟ جینی مجھے بتایا کرتی تھی کہ وہاں کا نظام اتنا سخت ہے کہ وہ ہر اس شخص کو شک کی نگاہ سے دیکھتا ہے جو اس کڑے نظام سے فرار چاہتا ہے اور مغرب میں آباد ہونے کی خواہش رکھتا ہے۔ اس کے والد پارلیمنٹ کے دفتر میں کلرک تھے۔ ہر ماہ اُن کے بینک کا کھاتا دیکھا جاتا تھا کہیں ان کو مغرب سے کوئی رقم تو موصول نہیں ہو رہی؟ ایک بار ان کے مکان کی تلاشی بھی لی گئی تھی، محض یہ جاننے کی خاطر کہ کسی کونے کھدرے میں اس کے باپ نے کہیں کوئی خفیہ ٹرانسمیٹر یا ریڈیو تو نہیں لگا رکھا؟

مارک گاہے گاہے ریسٹورنٹ بند ہونے سے آدھ پون گھنٹے پہلے چلا آتا۔ اس کی ہر ممکن کوشش یہی رہتی کہ وہ جینی کے سیکشن میں نہ بیٹھے۔ وہ کسی دوسرے سیکشن میں بیٹھ کر چائے کا بل ادا کرتا اور ٹپ بھی ہمیشہ چھوڑتا۔ وہ ویٹرسز سے چہک چہک کر باتیں کرتا۔ ان سے مذاق بھی کرتا۔ مگر ان تمام کو علم تھا کہ وہ جینی کا بوائے فرینڈ ہے اور وہ دونوں بہت جڑے ہوئے ہیں۔ اب میں بھی مارک کو کچھ کچھ جاننے لگا تھا۔ دو تین مرتبہ

جینی کے اصرار پر میں ان کے ساتھ پب PUB بھی گیا تھا۔ایک چھوٹی سی بیئر پی کر جو ان پریمیوں کو اکیلا چھوڑ کر چلا آتا۔مارک بائیولوجی BIOLOGY کا طالب علم تھا۔انسانی جسم اس کے تمام اعضا اور ان کی تمام حرکات کا دماغ پر اثر انداز ہونے کے متعلق معلومات رکھتا تھا۔اس کا کہنا تھا کہ انسانی دماغ کی ترقی سے ہی دنیا نے موجودہ شکل پائی ہے ۔ابھی اس کا ارتقا جاری ہے اور جاری ہی رہے گا۔مگر انسانی دماغ خود میں نہایت پیچیدہ عناصر رکھتا ہے ۔اس پر اعتبار نہیں کیا جاسکتا۔وہ کسی بھی وقت کوئی بھی راہ اختیار کرنے کا اہل ہے ۔وہ کبھی بھی دوسروں کو گمراہ کر سکتا ہے اور خود بھی گمراہ ہوسکتا ہے؟ میں حیرت کا مارا اکثر سوچا کرتا کہ ابھی وہ بائیس تیئس برس کا بھی نہیں ہوا۔لیکن باتیں عمر رسیدہ سیانوں کی طرح کرتا ہے ۔میں اس کی ذہانت کو سراہتا تو وہ جینی کو دیکھ کر مسکرا دیتا اور کہا کرتا۔

”یہ میرا گلاب ہے...اس کی خوشبو سے میں سرشار رہتا ہوں ۔جینی کو پا کر میں کتنا خوش نصیب ہوں، بتا نہیں سکتا۔“

جینی آنکھیں موندے اپنا سر مارک کے کندھے پر رکھ دیتی اور اپنا بازو اس کے بازو میں ڈال کر دنیا کو فراموش کر بیٹھتی۔ایک بار اس نے مجھ سے کہا تھا :

”جینی پیرس دیکھنا چاہتی ہے ۔میرج کے بعد میں اپنے گلاب کو پیرس لے جاؤں گا اور وہیں ہم ہنی مون منائیں گے ۔“

ریسٹورنٹ کا کاروبار جاری و ساری تھا۔البتہ وہاں ایک اہم تبدیلی ضرور رونما ہوئی تھی ۔مجھے قومی ویٹر کے رتبے سے اچانک ہی نجات مل گئی تھی ۔میرا مستقل ٹرے اٹھانے کا سلسلہ ختم ہوگیا تھا۔میرا دل دیر تک بلیوں اچھلتا رہا اور میں نے خود کو آسمان پر چہل قدمی کرتے ہوئے پایا۔اس لیے کہ جب ریسٹورنٹ میں ایشیائی سیاح یا مقامی لوگ وارد ہوتے تو مجھ کو میزیں صاف کرتے ہوئے اور برتن اٹھاتے ہوئے دیکھ کر

حقارت سے منہ پھیر لیتے ۔ گویا میں انڈیا سے اسی حقیر کام کے لیے برآمد کیا گیا ہوں ۔ مگر میں ان کو کیسے سمجھاتا کہ یہاں WORK FOR WORSHIP کا تصور قائم ہے ۔

درحقیقت ہوا یوں تھا کہ ایک شام میں ریسٹورنٹ سے نکلتے وقت مصور پال گو گاں کی تصویر TWO TAHITI WOMEN کو دیکھ کر اچانک رک گیا تھا ۔ حالانکہ اس تصویر کو میں فلور پر گھومتے پھرتے یا میزیں صاف کرتے ہوئے ہزاروں بار دیکھ چکا تھا مگر جانے اس شام کو اس تصویر نے میرے پاؤں کیوں پکڑ لیے تھے ؟ ان دونوں عورتوں میں سے ایک نے پھولوں سے لدی رکابی اٹھا رکھی تھی جبکہ دوسری عورت نے اپنا سر پہلی کے کندھے پر اس انداز سے ٹکا رکھا تھا گویا ان کے درمیان جنسی تعلقات دیر سے قائم ہوں ۔ میں تصویر کے لال، پیلے، نیلے اور سبز رنگوں کی ہلکی گہری آمیزش میں ڈوبا ہوا تھا لیکن مینجر ایلین چند قدموں کے فاصلے پر کھڑا ما تھے پر تیوریاں چڑھائے مجھے لگا تار گھورے جا رہے جار ہا تھا ۔ میں تصویر میں نئے نئے معنی تلاش کر رہا تھا کہ میرے کانوں سے مینجر کی کرخت آواز ٹکرائی ۔

''مسٹر دیو ۔ مجھے ریسٹورنٹ کا دروازہ بند کرنا ہے ۔ مگر تم تصویر میں یوں کھوئے ہو جیسے اس آرٹسٹ کو مدت سے جانتے رہے ہو؟''

''ہاں ۔ اس آرٹسٹ کا نام پال گو گاں ہے ۔ فرانس کا رہنے والا تھا ۔ اسٹاک بروکر تھا مگر تصویریں بنانے کا شوق اور آگ اس میں بھری پڑی تھی ۔ بیوی بچوں کو چھوڑ کر وہ وان گاگ کے پاس بھی چند روز رہا تھا ۔''

''پھر؟''

اس نے اتنے گہرے طنز اور یقین کے ساتھ کہا تھا کہ وہ بذاتِ خود گو گاں کے حالاتِ زندگی سے واقف رہا ہو ۔

"پھر وہ تاہتی آئی لینڈ (TAHITI ISLAND) چلا گیا تھا۔ وہاں اس نے شاہکار تصویریں بنائیں اور وہیں سفلس SYPHILIS سے مرا۔"

"بلیڈی ہیل، وہ چیخ سا پڑا۔" تم اتنا کچھ پال گوگاں کے بارے میں جانتے ہو۔ میں تو اس خیال میں تھا کہ تم صرف ٹرے اٹھانے اور میزیں صاف کرنے کو ہی پیدا ہوئے ہو۔"

میں ہونٹ کاٹ کر رہ گیا تھا۔ من میں آیا کہ آگے بڑھ کر سالے کے دانت توڑ دوں مگر پردیس میں زندہ رہنے کا دائرہ گھوم کر رہ گیا۔

چند مہینوں بعد میری ترقی کر دی گئی تھی۔ میری جگہ سوڈان کا ایک سیاہ فام اسٹوڈنٹ رکھ لیا گیا، جو شام کو اسکول جایا کرتا تھا۔ تربیت کے بعد میرے پے پیکٹ میں بھی اضافہ کر دیا گیا تھا۔ میں فلور انچارج کا رتبہ پا کر واقعی خوش تھا۔ اب میرا کام یہ تھا کہ گاہکوں کو مینو کارڈ پیش کروں۔ ان کا آرڈر لے کر اسے ویٹرس کے سپرد کر دوں۔ پھر کھانا پروسنے کے دوران ویٹرس کی مدد کروں۔ اب میں کمپنی کا سوٹ پہنے، ٹائی باندھے فلور پر شان سے گھوما کرتا تھا۔ ویٹرسز مجھے تعجب سے دیکھا کرتیں۔ ان کے نزدیک میرا وقار بڑھ گیا تھا۔ مجھ سے زیادہ تو جینی خوش تھی۔ میرے سوٹ کی تعریف کرتے ہوئے کہا کرتی تھی:

"تم سوٹ میں بہت اچھے لگتے ہو۔ اگر مارگ میری زندگی میں نہ آیا ہوتا تو میں تم کو اپنا بوائے فرینڈ بنا لیتی۔"

"کاش کہ ایسا ہوتا یا ہو جائے؟"

میں مذاق میں کہتا۔ اس کے سفید سفید دانت چمک اٹھتے۔ اب میری شعوری کوشش رہنے لگی تھی کہ میں جینی کے سیکشن میں زیادہ کا ہک بیٹھاؤں۔ لیکن دیگر ویٹرسز

پر میرا ایسا کرنا گراں گزر رہا تھا۔ دراصل میں چاہتا تھا کہ جینی کو کالج کی فیس بھرنے اور مزید ویزا حاصل کرنے میں کوئی دشواری نہ ہو۔ وہ اپنے عمر رسیدہ والدین کو چھوٹے بہن بھائیوں کی بھی مدد کرتی رہے، لیکن جینی ہر بات کو بہت قریب سے محسوس کر رہی تھی۔ ایک دو پہر کو لنچ بریک کے دوران اس نے مجھے آڑے ہاتھوں لے لیا۔ وہ غصے میں بھری ہوئی تھی۔

"تم میری غیر ضروری طرف داری مت کیا کرو۔ اصولوں کے مطابق چلو۔ ورنہ تمام ویٹرسز میرے اور تمہارے خلاف ہو جائیں گی۔ مینیجر کا تم کو علم ہے ہی۔ وہ بڑا سخت آدمی ہے۔ تمہاری نوکری بھی جاتی رہے گی۔"

جینی کا مختصر سا لیکچر سن کر میں واقعی محتاط ہو گیا تھا لیکن مجھے اس سے مزید ہمدردی ہو گئی تھی۔

ریسٹورنٹ کا کاروبار حسبِ معمول جاری تھا لیکن مارک کا ریسٹورنٹ میں آنا کم ہو گیا تھا۔ غالباً وہ اپنے گلاب کی خوشبو سونگھ سونگھ کر اوب سا گیا تھا، ایسا میرا خیال تھا۔ جینی سے بھی کم کم ملا کرتا۔ مگر وہ کسی بھی طور مایوس ہونے میں نہ آئی۔ بلکہ اس کا کہنا تھا کہ مارک سالانہ امتحان کے لیے تیاری کر رہا ہے۔ وہ دن رات محنت کر رہا ہے۔ پھر وہ وقت بھی چلا آیا جب امتحان گزر گئے لیکن مارک کی سرگرمیوں میں کوئی واضح تبدیلی نہ آئی۔ جینی فکرمند اور پریشان رہنے لگی۔ کام میں اس سے چھوٹی موٹی غلطیاں بھی سرزد ہونے لگیں۔ اسے مارک کی وفاداری پر کچھ کچھ شبہ سا ہوا۔ پھر عورت تو اپنے عاشق کی وفا اور بے وفائی کو دور سے سونگھ لیا کرتی ہے۔ ایک شام میں وہ مارک کو اطلاع کیے بغیر سیدھی اس کے ہوٹل میں پہنچ گئی۔ اتفاق سے مارک اپنے کمرے میں اکیلا نہیں تھا۔ کوئی انگریز لڑکی بھی وہاں موجود تھی۔ جینی الٹے پاؤں وہاں سے پلٹ آنا چاہتی تھی مگر مارک نے "مائی

ڈارلنگ، مائی روز،‘‘ کہہ کر اسے روک لیا۔ مگر جینی آپے سے باہر ہو چکی تھی۔ بے حد تلخ ہو کر بولی:

’’میں ابھی اتنی ماڈرن نہیں ہوئی کہ تمھاری گرل فرینڈ نمبر دو کو اپنے ساتھ برداشت کروں...گڈبائے۔‘‘

لیکن مارک کا ’’مائی ڈارلنگ، مائی روز‘‘ کہنے کا عمل جاری رہا۔ اس نے جینی کو زبردستی اپنی بانہوں میں لینا چاہا مگر وہ تو کب سے اپنے حواس کھو چکی تھی۔ اس نے ایک زوردار چانٹا مارک کے چہرے پر جڑ دیا اور سیدھی سیڑھیوں کی طرف بڑھ گئی۔ ابھی اس نے دو تین قدم بھی نہ بڑھائے تھے کہ پیچھے سے آواز آئی:

’’جینی میں اس چانٹے کو اپنی موت تک نہ بھلا پاؤں گا۔ مگر یہ چانٹا تم کو بہت مہنگا پڑے گا۔ تم زندگی بھر پچھتاؤ گی میرے واسطے بھی اور اس ملک کے واسطے بھی۔ گڈبائے۔‘‘

جینی کے واسطے یہ صدمہ ناقابل برداشت تھا۔ اسے خود کو سنبھالنا مشکل ہو رہا تھا۔ میں سمجھتا تھا کہ عورت جب گہری چوٹ سے دو چار ہوتی ہے تو وہ موت کے دھانے پر آن کھڑی ہوتی ہے اسے خود کو سنبھالنا نہایت مشکل ہوتا ہے۔ جینی کام کاج کے دوران بہت سی غلطیاں کرنے لگی تھی حتیٰ کہ وہ پانچ نمبر میز کا کھانا سات نمبر والوں کو پروسنے جا رہی تھی۔ چوں کہ میں اس کی ذہنی کیفیت سے واقف تھا بروقت وہاں پہنچ کر معاملے کو سلجھا دیا۔ میں اس کی نگرانی میں کامیاب بھی ہو رہا تھا۔ رفتہ رفتہ اس کی ذہنی حالت بدلی اور جب وہ گھنے بادلوں سے بالکل آزاد ہو گئی تو ایک روز اس نے مجھ سے کہا:

’’اگر تم نہ ہوتے تو میں جاب سے بھی گئی ہوتی اور اسپتال میں ہوتی۔ تمھارا شکریہ میں کیسے ادا کروں؟‘‘

’’جینی، میں نے تم کو ہمیشہ ایک الگ نظر سے دیکھا ہے...تم دنیا کی ہر

عورت سے الگ نہیں ہو ۔ وہ ہمیشہ مرد کی ہوس کا شکار رہی ہے ۔ یہ بتاؤ
آگے کیا سوچا ہے ۔"

"یقین سے نہیں کہہ سکتی ۔ آگے کیا کروں گی ؟ ابھی میرے پاس کچھ
وقت ہے ۔ سوچتی ہوں پولینڈ واپس چلی جاؤں ۔ ماں باپ ، بہن بھائی
بہت یاد آتے ہیں مگر لوٹتے ہوئے میں ڈرتی ہوں ؟"

"کیوں ؟ کوئی خاص وجہ ہے ؟"

"ہاں ۔ وہاں سختیاں اور پابندیاں بہت ہیں ۔ میں تم کو بیان کر چکی ہوں
جو آزادی میں پا رہی ہوں یہاں ، وہاں رہ کر میں اس کا تصور بھی نہیں
کر سکتی ۔"

"ہاں ۔ یہ تو ہے ۔ یہاں آزادی بہت ہے مگر اخلاقیات کی بنیاد بہت
کمزور ہے ۔"

جینی کا سر سینے کی طرف ڈھلک گیا تھا ۔ کیتھولک ہو کر بھی وہ گناہوں سے پاک
نہ تھی ۔ اسے افسوس بھی تھا اور دکھ بھی ۔ وہ شادی سے پہلے مارک کے ساتھ آزادانہ طور پر تمام
مراحل سے گزر چکی تھی ۔ اس کی آنکھیں نم ہو گئی تھیں ۔

اُن دنوں وقت مجھ پر واقعی مہربان تھا ۔ کمپنی کے ڈائریکٹر میرے کام سے خوش
تھے ۔ گاہکوں کے ساتھ میرا مہذب لہجہ ، برتاؤ اور ان کی ہر مانگ کو خوشگوار ڈھنگ سے
پورا کرنا میرے کردار کا حصہ بن چکا تھا ۔ مینیجر بھی میری ذمہ داریوں کو سراہا کرتا اور مجھے
فلور انچارج بنا کر وہ اپنے فیصلے پر نازاں تھا ۔ ڈائریکٹرز بھی اس کے اقدام پر خوش تھے ۔

ریسٹورنٹ کا کاروبار روز کی طرح جاری تھا ۔ باہر سٹرک پر دھوپ چمک رہی تھی
۔ موسم خوشگوار تھا ۔ علاقہ سیاحوں سے اٹا پڑا تھا ۔ اچانک میرے کانوں سے دور سے آتی

پولیس کی پانڈہ کار کی آوازیں پاں ۔ پاں ۔ پاں ٔ ٹکرائی ۔ پھر وہ آواز نزدیک آکر فضا میں شور مچانے لگی ۔ لیکن یہ کوئی نئی بات نہیں تھی ۔ آئے دن وہ ہمارے ریسٹورنٹ سے گزر کر آگے بڑھ جایا کرتی تھی مگر اس مرتبہ وہ عین ہمارے ریسٹورنٹ کے دروازے پر آن کھڑی ہوئی ۔ تین بہ وردی پولیس والے پانڈہ کار سے اترے ۔ ان میں ایک عورت بھی شامل تھی ۔ کچھ دریافت کرنے پر دو کانسٹبل سیدھے مینجر کے کمرے کی طرف سیڑھیاں اتر گئے ۔ تیسرا کانسٹبل صدر داخلے کے عین وسط میں کھڑا ہو گیا ۔ وہ نہ تو کسی کا ہک کو اندر جانے دے رہا تھا اور نہ ہی کسی کو باہر جانے کی اجازت دے رہا تھا ۔ ماحول میں بے چینی سی پیدا ہو چلی تھی ۔ کا ہک بھی پولس کو وہاں دیکھ کر خوش نہ تھے ۔ میں بھی ہر ویٹرس کی طرح حیران تھا ، لیکن جینی کے چہرے کا رنگ بدلتے ہی ٹرے اس کے ہاتھوں میں لرز اٹھی تھی ۔ میں سمجھ نہیں پا رہا تھا کہ اسے یکبارگی کیا ہو گیا ہے ؟ مینجر نے فون پر مجھے جینی کو فوراً دفتر میں بھیجنے کو کہا اور جب میں نے جینی کو مینجر کا حکم سنایا تو اس کا چہرہ ویران ہو گیا ۔ میری سمجھ سے قطعاً باہر تھا کہ مینجر نے اسے کیوں کر طلب کیا ہے ؟ پھر پولس کو دیکھ کر اس کی حالت غیر کیوں ہو گئی تھی ؟ تمام ویٹرسز جاننا چاہ رہی تھیں کہ پولیس کی آنے کی وجہ کیا ہو سکتی ہے ؟ آخر ماجرا کیا ہے ؟ میں نے انھیں کا ہکوں کی طرف توجہ دینے کو کہا اور یقین دلایا کہ جلد ہی ہمیں حقیقت کا پتہ چل جائے گا ۔

میری نظریں سیڑھیوں پر جمی ہوئی تھیں اور جمی ہی رہیں ۔ میرا دماغ قبول کرنے کو تیار نہ تھا کہ جینی غیر قانونی طور پر اس ملک میں قیام پذیر تھی ۔ وہ تو گذشتہ تین برسوں سے جائز طریقے سے یہاں مقیم تھی ۔ میری سوچ کا دھارا بہہ رہا تھا کہ سیڑھیوں سے چند سر نمودار ہوئے ۔ جینی نے ریسٹورنٹ کی پوشاک بدل کر اپنا لباس پہن رکھا تھا ۔ اس کا وینٹی بیگ لیڈی کانسٹبل نے اٹھا رکھا تھا اور وہ دو کانسٹبلوں کے درمیان اپنی پشت پر ہتھکڑی میں جکڑی سر جھکائے زمین میں گڑھی جا رہی تھی ۔ وہ تینوں اِدھر اُدھر دیکھے بغیر

سیدھا پانڈہ کار کی طرف بڑھ گئے ۔ میں بھاگا بھاگا سیڑھیوں سے اتر کر دفتر میں داخل ہوگیا ۔ مینجر صوفہ نما کرسی میں دھنسا ہوا نہایت سنجیدگی سے مجھ کو دیکھ رہا تھا ۔ بولا :

''بیٹھ جاؤ ۔''

میرے بیٹھنے پر اس نے آہستہ آہستہ کہنا شروع کیا :

''جینی ILLEGAL تھی ۔ ناجائز طریقے سے یہاں رہ رہی تھی ۔ اس کے بوائے فرینڈ نے اس سے شادی کرنے کا وعدہ کر رکھا تھا اور وہ اسی امید پر رسک RISK لیے جا رہی تھی ۔''

''تو اس نے آپ کو بھی اندھیرے میں رکھا؟''

''نہیں ۔ صرف تمہیں ۔ وہ برسوں پہلے جب یہاں نوکری کے واسطے آئی تھی تو اس کے پاس چھ آٹھ مہینے کا ویزا تھا ۔ بعد میں میں خاموش رہا کہ وہ بہت اچھی ویٹرس ثابت ہوئی تھی ۔ پھر وہ حسین بھی بہت تھی ۔ پولینڈ بڑا غریب ملک ہے ۔ کرائسٹ کسی کو غریبی نہ دکھائے ۔ کینسر بن کر آدمی کو کھا جاتا ہے ۔''

دفتر سے نکلتے ہوئے ہر پہلو میری سمجھ میں آ چکا تھا ۔ بوجھل دل کے ساتھ سیڑھیاں چڑھتے ہوئے ایک ہی خیال میرے ذہن میں گردش کر رہا تھا ۔ ''کیا عورت اپنی بقا کی خاطر اس حد تک بھی خطرہ مول لے سکتی ہے؟''

تیسرے روز جینی کو ڈی پورٹ DEPORT کر دیا گیا تھا ۔

کاش جینی نے مارک کے ساتھ سلسلہ ختم ہونے پر مجھے ہلکا سا اشارہ بھی کیا ہوتا تو میں اس سے شادی کر کے اسے مستقل قیام کا رتبہ دلوا دیتا کہ مجھ پر کوئی قانونی پابندی عائد نہ تھی ۔ مگر نصیبوں کا لکھا کون مٹا سکتا ہے؟ ہونی ہو کر رہتی ہے ۔

☆☆

چلڈرن ہوم کے بچے

(کرشن چندر کی یاد میں)

میرا نام رچرڈ این ڈگلس ہے ۔ میں نے لندن کے علاقے بیٹرسی کی ایک بدنام کونسل اسٹیٹ میں آنکھ کھولی تھی ۔ میری عمر چار برس کے قریب تھی جب میں نے اپنے ڈیڈ (DAD) کو جاننا شروع کیا تھا تب تک میں یہی سمجھتا رہا تھا کہ یہی شخص شام ڈھلنے پر کبھی کبھار ہمارے فلیٹ میں آیا کرتا ہے پھر وہ میری مام کے ساتھ ڈنر کر کے اس کے ذاتی کمرے میں چلا جاتا ہے ۔ صبح میں وہ کبھی دکھائی دیتا ہے اور کبھی نہیں ۔ لیکن جوں ہی میں نے پانچویں برس میں قدم رکھا تو مجھ کو علم ہوا کہ جس شخص کو میں اجنبی سمجھتا ہوں وہ در حقیقت میرا فاد ر ہے ۔ مجھے خوشی بھی ہوئی کہ میری مام کے ساتھ میرا ڈیڈ بھی موجود ہے ۔ اسٹیٹ کے میرے دوست اکثر مجھ سے دریافت کیا کرتے تھے کہ میرا ڈیڈ کہاں ہے ؟ کون ہے ؟ وہ دکھائی کیوں نہیں دیتا ؟ مجھ سے کوئی جواب نہ بن پڑتا تو میری گردن شرم سے جھک جاتی ۔ لیکن اب میرا ڈیڈ باقاعدگی سے ہر شام گھر آنے لگا تھا ۔ وہ مجھ سے بہت پیار کرتا تھا ۔ دنیا بھر کی اشیا مجھ کو لا کر دیا کرتا ۔ ان میں چھوٹے بڑے ٹیڈی بیر

(TEDDY BEAR) بھی شامل ہوا کرتے ۔ وہ میرے بالوں میں اکثر اپنی انگلیاں پھیر کر مجھ کو چوما کرتا تھا۔لیکن شام میں جب وہ پب (PUB) سے ہو کر فلیٹ میں داخل ہوتا تو اس کی ٹانگیں لڑکھڑا رہی ہوتیں ۔ آنکھیں سرخ ہوتیں اور وہ لڑائی جھگڑے کے موڈ میں دکھائی دیتا۔ ایسا لگتا کہ ڈیڈ کے بجائے کوئی غیر شخص گھر میں چلا آیا ہے ۔ مام کے ساتھ اس کی کسی بات پر تلخ کلامی ہو جاتی یا بحث مباحثہ میں وہ الجھ جاتے تو میں لاؤنج میں پردے کے پیچھے چھپ جاتا یا اپنے کمرے میں جا کر دروازہ بند کر لیتا اور ٹی وی دیکھنے لگتا۔ اب مجھے پتہ چل گیا تھا کہ مام نے ڈیڈ کے ساتھ شادی نہیں کی تھی ۔ وہ برسوں سے پارٹنر بنے زندگی گزار رہے ہیں ۔کئی بار ان کی آوازیں اتنی بلند ہو جاتیں کہ میں اپنے کمرے میں کانپ اٹھتا ۔ پھر آوازیں ڈوب جاتیں اور ان کے کمرے کا دروازہ بند ہوتا سنائی دیتا ۔ پھر صبح دیر تک خاموشی چھائی رہتی اور میں بھی چین سے سویا کرتا۔

ابھی میں نے اپنی زندگی کے پانچ سال مکمل نہیں کیے تھے کہ بہت سی مزید باتیں میری سمجھ میں آنے لگی تھیں ۔میرا ڈیڈ اکثر ڈرنک ہو کر میری مام پر الزام لگایا کرتا تھا کہ میں (رچرڈ) اس کی اولاد نہیں ہوں ۔ اس کی وجہ یہ وہ بیان کرتا کہ سالوں پہلے جن دنوں وہ اپنی کمپنی کے کام سے برمنگھم شہر میں گیا ہوا تھا تو مام نے اپنے ایکس بوائے فرینڈ سے رابطہ قائم کیا تھا۔ اسی کار ان رچرڈ پیدا ہوا ہے ۔مام اسے یقین دلا دلا کر تھک جاتی کہ رچرڈ تمھارا ہی بیٹا ہے ۔ چاہو تو ڈی این اے (DNA) ٹیسٹ کروا کر اپنی تسلی کرلو۔ مگر شک کا علاج تو ماہر نفسیات کے پاس بھی نہیں ہے ۔ لہٰذا شک کی دیوار اونچی ہوتی چلی گئی بلکہ ڈیڈ تو کبھی کبھار اپنے حواس کھو کر مرنے مارنے پر بھی تل آتا۔ مام چیختی چلاتی اور مار کھاتے ہوئے بھی ایک ہی بات کہا کرتی کہ رچرڈ تمھارا بیٹا ہے ۔ وہ کیا سوچتا ہو گا جس ڈھنگ سے تم اس کی شخصیت کو برباد کر رہے ہو؟ لیکن یہ حقائق ڈیڈ کے نزدیک بے بنیاد ٹھہرا کرتے ۔ وہ کوئی نہ کوئی بہانہ تلاش کر کے مام کو مزید زد و کوب کیا کرتا۔

اور پھر ایک شام کچھ ایسا ہوا کہ ڈیڈ کے بدن کے تمام اعضا اس کے اختیار میں نہ تھے۔ وہ جھومتا جھامتا دیواروں کا سہارا لیے گھر میں داخل ہوا۔ مگر ذہنی طور پر اس کے حواس قائم تھے۔ اس نے مزید شراب طلب کی لیکن مام نے شراب دینے سے صاف انکار کر دیا اس پر وہ چیخ اٹھا:

”آج پب میں تمہارا ایکس بوائے فرینڈ پھر ملا تھا۔ میرا مذاق اڑا کر کہہ رہا تھا کہ وہ تم سے ملتا رہا ہے اور تمہاری ہر شام اس کے ساتھ رنگین گزرا کرتی تھی۔ اس پر میرا اس سے جھگڑا بھی ہو گیا اور نوبت ہاتھا پائی تک پہنچ گئی۔“

”اس میں میرا کیا قصور ہے؟ میں تم کو کئی بار بتا چکی ہوں وہ مجھ سے ملتا رہا ہے جب تم بر منگھم گئے ہوئے تھے اس نے مجھ سے پیار بھی کرنا چاہا تھا لیکن میں نے اسے فاصلے پر رکھا۔ اس لیے کہ رچرڈ مجھ میں پھیل رہا تھا۔“

مگر ڈیڈ نے ہمیشہ کی طرح اس کی کسی بات کا یقین نہ کیا۔ بلکہ چیختے ہوئے جھٹ سے پینٹ سے بیلٹ نکال لی، پھر مام کو اتنی بے دردی سے پیٹنا شروع کیا کہ وہ چیختی چلاتی، سر آسمان پہ اٹھائے برداشت نہ کر پائی۔ میں رونے لگا اور روتا ہی ڈیڈ کی ٹانگوں سے جا کر لپٹ گیا۔ اسے دانتوں سے کاٹ کھایا کہ وہ مام سے الگ ہو جائے مگر اس کا عمل جاری رہا اور اگلے ہی پل اس نے مجھے ایک ہی جھٹکے میں اٹھا کر صوفے کی طرف اچھال دیا۔ میں گرتے گرتے بچا لیکن میرے منہ سے بھیانک چیخ نکل گئی۔ مام سے یہ سب دیکھا نہ گیا وہ ڈیڈ کو فحش گالیاں دیتی ہوئی کچن کی طرف لپکی تو اس کے ہاتھ میں گوشت کاٹنے والا لمبا سا چھرا تھا۔ اس نے جھٹ سے اسے ڈیڈ کے پیٹ میں اتار دیا وہ دلدوز چیخ بلند کرتا ہوا قالین پر ڈھیر ہو گیا۔ مام اس کے سینے پر سوار ہو گئی اور دیوانہ وار اس پر وار کرتی چلی گئی۔ خون اس کے بدن سے بہنے لگا اور قالین سرخ ہوتا چلا گیا۔ مگر مام چیختی

چلاتی، گالیاں دیتی وار پہ وار کیے جا رہی تھی۔ کچھ دیر میں جب ڈیڈ کا جسم بالکل بے حرکت ہو کر رہ گیا تو مام کے ہاتھ ڈیک پہ ڈیک رک گئے۔ وہ مکمل پتھرائی ہوئی مجھ کو دیکھے جا رہی تھی۔ میں نے پہلی بار خون کا رنگ دیکھا تھا۔ سُرخ۔سُرخ۔سُرخ۔ اس وقت مام بھی مجھے غیر عورت ہی لگی تھی۔ جس کے ساتھ میرا کوئی رشتہ نہ ہو۔

مجھے اسٹیٹ کے ادارے سوشل سروسز والوں کے سپرد کر دیا گیا تھا۔ ڈیڈ کے فیونرل پر مجھ کو سیاہ کوٹ پہنایا گیا تھا۔ مام اور ڈیڈ کے تمام رشتے دار کریم ٹوریم (CREMATORIUM) میں موجود تھے۔ مگر فیونرل کے بعد کسی نے مجھ کو نہ اپنایا اور نہ ہی جاننا چاہا کہ میں کن حالات سے گزر رہا ہوں اور میری ذہنی کیفیت کیا ہے؟ حتیٰ کہ کرسمس کے روز بھی کسی نے مجھے اپنے گھر پر کرسمس منانے کی دعوت نہ دی۔ اس برس میں بہت رویا تھا۔

مام کو بارہ برس کی سزا ہوئی تھی۔ الزام مرڈر کا ہیں، مین سلاٹر کا تھا جو اس نے قبول کر لیا تھا۔ کورٹ کیس کے دوران مجھ سے ویڈیولنک پر گواہی بھی لی گئی تھی۔ میں نے اپنے بیان میں کہا تھا کہ ڈیڈ مجھ سے بہت پیار کرتے تھے مگر شراب پی کر مام کو بہت کوستا تھا، پھر اسے مارتا بھی بہت تھا یہ کھیل آئے دن کا چلتا ہی رہا جب تک کہ مام نے اسے گاڈ کے پاس نہیں بھیج دیا۔

چلڈرن ہوم کا ماحول برا نہیں تھا۔ ٹیبل ٹینس اور پول کھیلنے کی میزیں وہاں موجود تھیں۔ کھانا پینا بھی ٹھیک ٹھاک تھا۔ مختصر سی لائبریری بھی تھی۔ مگر وہاں کوئی لڑکا بھی داخل ہوتے دکھائی نہ دیا۔ ابتدائی دنوں میں مجھ کو اپنا گھر کونسل اسٹیٹ کے دوست بہت یاد آیا کرتے۔ لیکن سب سے زیادہ تو مام یاد آیا کرتی تھی اسے اپنی آنکھوں میں

بسائے بھاری دل کے ساتھ سویا کرتا تھا۔ اور میرا تکیہ گیلا ہو جایا کرتا تھا۔ میں اکثر گارڈ سے پوچھا کرتا تھا کہ ایسا کیوں ہوتا ہے کہ بیٹا اپنی ماں سے جدا ہو جاتا ہے۔

ہوم کا انچارج ڈیوڈ میکڈ النڈ تھا۔ مزاجا سخت گیر تھا۔ لمبا اونچا، رعب دار شخصیت کا مالک، نظم و ضبط میں گہرا یقین رکھتا تھا۔ لڑکے اس کے سامنے آنے سے ڈرا کرتے تھے۔ من ہی من میں اسے برا بھلا بھی کہا کرتے تھے۔

میرے کمرے میں دو لڑکے پہلے سے وہاں قیام پذیر تھے لیکن وہ میرا صحت مند بدن اور بھرے بھرے بازو دیکھ کر مجھ سے کچھ کچھ دبنے لگے تھے۔ مگر ہم دنوں میں ہی گھل مل کر دوست بن گئے تھے۔ ہم جھگڑتے بھی تھے کبھی اسکول جانے سے پہلے اور کبھی بعد میں، لیکن جلد ہی ہمارے درمیان صلح صفائی بھی ہو جایا کرتی تھی۔ دراصل ہمارے درمیان ایک سچائی مشترک تھی کہ ہر کوئی اپنی ماں سے دور تھا اور اس کی کمی کو شدت سے محسوس کر رہا تھا۔ ان دونوں میں ایک لڑکا رابرٹ مورگن تھا۔ مگر وہ پورے ہوم میں جنجر کے نام سے مشہور تھا۔ اس کے گتھے ہوئے چھوٹے چھوٹے خاکستری بال ادرکی رنگ کے تھے۔ چہرہ سفید سرخی مائل تھا۔ چپٹی ناک اور گال قدرے ابھرے ہوئے۔ اسے دیکھ کر گمان گزرتا کہ کوئی سفید نیگرو سامنے کھڑا ہے۔ وہ ایک آئرش نژاد عورت اور ایک افریقی مرد کے والہانہ عشق کا ناجائز نتیجہ تھا۔ جنجر کا باپ اس کی پیدائش سے پہلے ہی اس کی ماں کو چھوڑ کر منظر سے غائب ہو گیا تھا۔ لیکن ماں نے جنجر کو دو برس آٹھ مہینے اور پندرہ روز اپنے سینے سے لگا کر رکھا تھا۔ اس دوران اسے احساس ہو گیا تھا کہ اس کا بیٹا اس کے مستقبل اور اس کے آنے والی زندگی میں رکاوٹ ثابت ہوگا۔ لہٰذا دل پر پتھر رکھ کر اس نے سوشل سروسز والوں سے رابطہ کیا اور اسے ان کے حوالے کر دیا۔ اس کے چلڈرن ہوم میں آنے کے ٹھیک دو ماہ بعد اس کی ماں نے ایک امریکی شخص سے شادی کر لی تھی اور وہاں جا کر آباد ہو گئی تھی۔ مگر جب کبھی ماں کی ممتا بیدار ہوتی یا احساس گناہ اسے پریشان

کرتا تو وہ بسکٹوں، چاکلیٹوں اور کپڑوں سے لدی پھندی چلڈرن ہوم کے دروازے پر کھڑی دکھائی دیتی۔ وہ جنجر کو خود سے چپکائے اس کا چہرہ چوم چوم کر سرخ کر ڈالتی۔ جنجر خوش ضرور ہوتا مگر ساتھ ہی ساتھ رو بھی دیتا اور روتا ہی رہتا۔ اس کی ماں اسے چھاتیوں میں چھپا کر اسے چپ کرانے کی بھرپور کوشش کرتی۔ دوسرا لڑکا جس کا بستر جنجر کے متوازی رکھا ہوا تھا اس کا نام سائمن آنند تھا۔ نہایت کم گو، مشکل سے لب وا کیا کرتا تھا۔ ہر پل خود میں گم رہتا۔ اس کے بستر کے ساتھ ایک کھڑکی تھی۔ جو اسے بہت عزیز تھی وہ اپنے فالتو وقت میں کھڑکی سے باہر فٹ پاتھ پر آتے جاتے عوام کو دیکھا کرتا۔ جنجر اسے ”ونڈو بوائے“ پکار کر چھیڑا کرتا۔ مگر جانے کیوں مجھ کو یوں لگتا ہے کہ اسے کسی کا انتظار ہے۔ جو گھومتا پھرتا ایک روز اس سے ملنے ضرور آئے گا۔ پھر وہ مایوس ہو کر نم آلود آنکھوں سے آسمان کو دیکھا کرتا۔ ایک روز ہم ڈنر کھانے میں مصروف تھے۔ وہ میرے برابر اور جنجر کے مدمقابل بیٹھا ہوا تھا اچانک اس نے ایک نوالہ حلق سے اتار کر خود سے بولنا شروع کر دیا:

”گاڈ (GOD) مجھ کو کہیں مل گیا تو میں اس سے پوچھوں گا میرے فادر مدر کہاں ہیں؟ اس نے مجھے زمین پر اکیلا کیوں پھینک دیا ہے؟ ... اسے شرم آنی چاہیے؟“

میں حیرت کا مارا اسے دیکھتا ہی رہ گیا۔ میں اس سے کچھ پوچھنا چاہ رہا تھا مگر جنجر نے کہنی مار کر مجھ کو روک دیا۔ وہ نہایت خوبصورت لڑکا تھا۔ گہری نیلی آنکھیں، نیم سنہرے بال، تیکھے نین نقش، اتنے پُرکشش کہ ہر کوئی اس کے حسن کی بے ساختہ تعریف کرے۔ ایک بار اس میں اور جنجر میں اتنا شدید جھگڑا ہوا کہ جنجر اس کی بری طرح سے پٹائی کر رہا تھا۔ یوں بھی سائمن، جنجر کے مقابلے میں کمزور تھا۔ اگر میں بروقت کمرے میں داخل نہ ہوتا تو جنجر یقیناً اسے زخمی کر ڈالتا۔ میں نے مداخلت کر کے بمشکل انھیں ایک دوسر

ے سے الگ کیا مگر جنجر اسے گالیاں دیئے جا رہا تھا۔

"یو باسٹرڈ... تیرے بدن کو تو تیری مام کے ہاتھوں نے چھوا تک نہیں۔ میں اپنی مام کے ساتھ تین برس کے قریب تو ہاتھا۔ وہ لندن آتی ہے تو مجھ کو ملنے ضرور آتی ہے مگر یو ونڈو بوائے، پلاسٹک کی تھیلی میں بندھا ہوا کوڑے کے ڈھیر پر پڑا ملا تھا۔"

سائمن زار و قطار رونے لگا تھا اور روتا ہی چلا گیا، جب تک کہ میں نے اسے چپ نہیں کرایا اور جنجر کو دکھاوے کی خاطر خوب ڈانٹا۔ وہ شیطان منہ پھیر کر مسکرا تار ہا۔ اس شام سائمن ڈنر میں ہماری میز پر نہیں بیٹھا تھا۔ وہ جنجر سے سخت ناراض تھا۔ مجھے جنجر نے سائمن کے بارے میں بتایا کہ ایک ایشیئن عورت مسز آنند گھر کا کوڑا پھینکنے جب کوڑے کے ڈھیر پر گئی تو اس نے پلاسٹک کی ایک تھیلی کو وہاں ہولے ہولے ہلتے ہوئے پایا۔ پھر اس نے کسی نو زائیدہ بچے کی رونے کی کمزور، باریک سی آواز بھی سنی تو وہ سمجھ گئی کہ کسی عورت نے اپنا گناہ کوڑے کرکٹ کی نذر کر ڈالا ہے۔ مسز آنند نے فوراً ایمبولینس اور پولس کو طلب کیا۔ کیس نہایت درد ناک سنجیدہ اور توجہ طلب تھا۔ ہسپتال میں ونڈو بوائے کو ICU میں مہینوں رکھا گیا تھا۔ وہاں ایک میل نرس (MALE NURSE) سائمن کے نام سے تھا۔ اس کی دن رات کی دیکھ بھال نے ونڈو بوائے کو بچا لیا تھا۔ یہ ایک معجزے سے کم نہ تھا۔ ہسپتال کے اسٹاف نے اسے سائمن اور مسز آنند کے ناموں کو ملا کر سائمن آنند کا نام دیا تھا۔

سال بہ سال کیلنڈر پلٹتے رہے۔ لیکن جب دسمبر کا مہینہ آتا تو اس کے ابتدائی دنوں سے ہی تمام بچوں میں کرسمس کی آمد، تہوار کو منانے کی خوشی اور اشتیاق بڑھ جاتا۔ لیکن وہ کرائسٹ (یسوع مسیح) کی پیدائش کے روز تک آتے آتے یہ سوچ کر اداس ہو جاتے کہ کوئی ان کو کرسمس منانے اپنے گھر لے کر نہیں جائے گا اور نہ ہی کوئی کرسمس کا

تحفہ ان کو دینے آئے گا۔ جنجر اور سائمن ہوم کے سجے ہوئے ہال میں دوسرے بچوں کے ساتھ کرسمس منایا کرتے لیکن میرا کیس قدرے الگ تھا۔ کرسمس کے ایک روز پہلے میرے اصرار اور انچارج ڈیوڈ میکڈ النڈ کی اجازت سے کوئی ذمہ دار سوشل ورکر مجھ کو مام سے ملانے SCRUBWOOD PRISON میں لے کر جایا کرتا۔ جیل میں ملاقات کا کمرہ اتنا بڑا نہیں تھا مگر ہر طرف جیل کے باوردی آدمی کھڑے دکھائی دیتے۔ وہ ہر میز پر بیٹھے ہر آدمی پر کڑی نظر رکھتے۔ مام مجھ سے لپٹ کر رو دیتی۔ میں گیارہ برس کی عمر کو پہنچ چکا تھا۔ ہر کرسمس پر جو بھی تحفہ میں مام کو پیش کرتا۔ جیل والے پیشگی میں باقاعدہ اس کا معائنہ کیا کرتے۔ تب ملاقات ممکن ہوا کرتی۔ اس کرسمس پر میں نے مام کو سرخ گلاب کا گلدستہ اور سرخ موتیوں کا ہار دیا تھا۔ سرخ رنگ اسے بہت پسند تھا۔ وہ اس کی کمزوری رہی تھی وہ سردیوں میں اکثر سرخ کارڈیگن اور برگنڈی رنگ کا کوٹ پہن کر ہائی اسٹریٹ میں شاپنگ کو جایا کرتی تھی۔ اس نے تحفہ قبول کر کے اسے ایک طرف رکھا۔ پھر تیزی سے مجھے اپنی طرف کھینچ کر بے تحاشا چوم لیا اور لڑکھڑاتی آواز میں کہا:

"رچرڈ اب تم کافی بڑے ہو گئے ہو۔ میری باتوں کو ضرور سمجھ لو گے...۔ میں نے تمہارے ڈیڈ کا خون کیا ہے۔ مجھ کو افسوس ہے بھی اور نہیں بھی۔ مگر تیرے ساتھ میں نے بہت ظلم کیا ہے تو اکیلا رہ گیا۔ تجھ کو دنیا کا مقابلہ خود ہی کرنا ہو گا۔ ابھی میری رہائی میں چھ برس اور ہیں۔"

میں خاموش اس کی ہر بات کو سنتا رہا۔

"میں تیرے ڈیڈ کو بہت چاہتی تھی۔ وہ دل کا برا نہیں تھا مگر ہمارے درمیان میرا ایکس بوائے فرینڈ کھڑا تھا۔ وہ اس کی سائیکی میں بہت نیچے تک اتر چکا تھا۔ وہ آخری شام بھی اس کے ساتھ ہی رہا۔ مائیکل ڈگلس ہی تمہارا باپ تھا مگر وہ سیڈسٹ (SADIST) تھا جو دوسرے پر ظلم کرتا

ہے اور اسے تکلیف پہنچا کر خود لذت پاتا ہے۔''

میں اپنی کرسی پر بیٹھ گیا تو مام نے مجھے اپنی گردن آگے بڑھانے کو کہا۔ پھر دبے دبے لہجے میں مجھ کو سمجھانا چاہا:

''تمہارے ڈیڈ میں ایک خونخوار جانور سانس بھر رہا تھا۔ جانور مجھ میں بھی موجود تھا اور اب بھی ہے مگر وہ کچھ کمزور ہے۔ جانور تیرے اندر بھی پل رہا ہے بلکہ اس دنیا کے ہر آدمی میں وہ سانس لے رہا ہے، تم جانور کو دبا کر رکھنا۔ مگر کوئی تیرا فائدہ اٹھانا چاہے یا تجھ کو نقصان پہنچانا چاہے تو اپنے جانور کی مدد ضرور لینا۔''

یہ کہہ کر مام نے مارکس اینڈ سپنسر کے بیگ سے سرخ جمپر اور سرخ اسکارف نکال کر مجھ کو دیے۔ پھر مجھے اپنی طرف کھینچ کر چھاتیوں میں چھپا لیا اور میرا سر چوم کر یکبارگی اپنا تحفہ اٹھا کر دروازے کی طرف بڑھ گئی۔

کرسمس کے روز ہم سب لڑکے اجلے اجلے لباس پہن کر ہال میں جمع ہو جاتے۔ کھانے پینے کا وافر تعداد میں سامان میزوں پر سجا ہوتا۔ سہ پہر کو کرسمس کا ڈنر خاص طور پر تیار کیا جاتا۔ ہال کے ایک کونے میں کرسمس کا درخت رنگ برنگے قمقموں اور کارڈوں سے بھرا رہتا۔ مذہبی گانے کرائسٹ کی شان میں بجتے رہتے۔ ہیڈ انچارج مسٹر میکڈانلڈ ہر بچے کو ادارے کی طرف سے کرسمس کا تحفہ اپنے ہاتھوں سے دیا کرتا۔ مگر تحفہ دینے سے پہلے وہ بچے کے سر پر کبھی ہاتھ پھیرتا اور کبھی چاہت سے اس کا گال چھوا کرتا۔ لڑکوں کو اس کا یہ رویہ پسند نہیں تھا حتیٰ کہ ہوم کے ملازمین بھی اس کی ان حرکات کو اچھی نظر سے نہیں دیکھا کرتے تھے۔ مگر وہ بانگ دہل کہا کرتا تھا۔

''یہ تمام بچے میری ذات کا حصہ ہیں۔ یہ میری اولاد کی طرح ہیں۔ میں چاہتا ہوں جب یہ بالغ ہو کر سوسائٹی میں قدم رکھیں تو ان کو کوئی کمی محسوس نہ

ہو۔ بلکہ یہ پورے جوش، اعتماد اور نئے نظریات کے ساتھ دنیا کا مقابلہ کر پائیں۔"

اس پر تالیاں بج اٹھتیں کئی بچے سیٹیاں بجایا کرتے۔ کافی شور و غل مچ اٹھتا مگر اس اور جنجر کے متعلق اچھی رائے نہیں رکھتے تھے۔ جنجر مجھ سے عمر میں چھ ماہ چھوٹا تھا مگر شعور اور مشاہدے میں کہیں بڑا تھا۔ اکثر ہونٹ چبا کر میکڈ لینڈ کے بارے میں کہا کرتا تھا:

"اس باسٹرڈ کو خوبصورت لڑکے بہت اچھے لگتے ہیں۔"

جنجر کی ماں کو شادی کیے سات آٹھ برس ہو چکے تھے لیکن اس کے ہاں جنجر کا کوئی نصف بھائی یا بہن پیدا نہ ہوئے تھے، وہ بذات خود مزید اولاد پانے کو سخت بے چین تھی اور پریشان بھی۔ علاج معالجے کے بعد بھی جب کوئی مثبت نتیجہ نہ نکلا تو احساسِ جرم اس کے ہاں جڑ پکڑ بیٹھا۔ ایک ہی خیال اس کی شخصیت پر حاوی ہو گیا کہ اس نے جنجر کو خود سے الگ کر کے ایک عظیم گناہ کیا ہے۔ یسوع مسیح کے کہے پر اس کا یقین پختہ ہو چلا تھا:

"میں تمہارے تمام گناہ ساتھ لیے اپنے باپ کے پاس جا رہا ہوں۔ اب تم ہر گناہ سے آزاد ہو لیکن آئندہ کوئی گناہ تم سے سرزد ہو تو اس کی سزا کے حق دار تم ٹھہرائے جاؤ گے۔ پچھتاوا عمر بھر تمہارے تعاقب میں رہے گا۔"

لہذا جنجر کی ماں کو دور دور تلک ایک ہی راہ سوجھا کرتی کہ وہ اپنے پہلوٹھے کو پاس بلا کر دن رات کی اذیت اور بے خواب راتوں سے نجات پائے۔ جنجر کی قسمت نے پلٹا کھایا۔ سرکاری کاروائی مکمل ہوئی تو جنجر خوشی خوشی اپنی ماں کے ساتھ امریکہ کے شہر لومیٹا میں جا کر آباد ہو گیا۔ لیکن چلڈرن ہوم سے چلتے وقت، کاغذ میں لپٹی ہوئی ایک چھری جو اس نے ہوم کے کچن سے چرائی تھی اور جسے وہ کتابوں کے پیچھے چھپا کر رکھا کرتا تھا اسے میرے حوالے کر کے بولا:

”یہ بھی تمہارے کام آئے گی۔“

میں اور ونڈ و بوائے سائمن، جنجر کے جانے پر اکیلے ہو گئے تھے۔ جنجر کی کمی کو وہ بھی محسوس کیا کرتا تھا۔ اس کا ذکر نکل آتا تو وہ کہا کرتا:

”جنجر بھی باسٹرڈ تھا۔ پر اس کی ماں تو ہے۔ میرا کیا ہے۔ نہ ماں نہ باپ۔ گاڈ تم اچھے گاڈ نہیں ہو۔“

اس کا بھولا بھالا چہرہ دیکھ کر بے ساختہ اس پر پیار امڈ آتا۔ پتلے پتلے گلابی ہونٹ جن کو اسکول میں کئی لڑکیاں چومنے اور ان کارس چوسنے پر آمادہ نظر آتیں۔ مگر وہ کسی کو خاطر میں نہ لایا کرتا۔ بلکہ خود میں مست اور کبھی خود سے باتیں کرتا ہوا دکھائی دیتا۔ گئے برسوں دو لاولد جوڑوں نے سائمن کو فوسٹر پیرنٹس کی حیثیت سے اپنی پناہ میں لینا چاہا تھا۔ اس کی ملاقات ہر جوڑے کے ساتھ سوشل ورکر کی موجودگی میں ہوئی تھی۔ وہ لوگ سائمن کو زندگی کی ہر خوشی، ہر نعمت فراہم کرنے کو تیار تھے مگر سائمن نے ان دونوں جوڑوں کو رد کر دیا تھا۔ اسے ان ادھیڑ عمر سے تجاوز کرتے ہوئے لوگوں کے مسخ چہرے بڑے بھیانک لگ رہے تھے۔ پھر اس نے یہ بھی محسوس کیا تھا کہ وہ ان لوگوں کے کشادہ گھروں میں رہ کر یکسر اکیلا ہو کر رہ جائے گا۔ وہ میرے ساتھ چلڈرن ہوم کی چار دیواری میں زیادہ خوش تھا، زیادہ محفوظ اور زیادہ اپنے ساتھ۔ وہ مجھے اپنا بڑا بھائی سمجھا کرتا تھا۔ میں بھی اسے چھوٹے بھائی کی طرح چاہتا تھا۔ ہم دونوں میں بہت پیار تھا لیکن قسمت کے لکھے کو کون مٹا سکتا ہے۔ وہ ہو کر رہتا ہے۔ اگلی مرتبہ وہ انکار نہ کر پایا۔ اس درمیانی عمر کے جوڑے کا مکان بڑا عالیشان تھا۔ ان کی تین بیٹیاں تھیں۔ عمر سات، چھ اور پانچ۔ بچیوں کو بھائی درکار تھا۔ جبکہ سائمن کو بہنوں کے ساتھ فوسٹر ماں باپ کی بھی ضرورت تھی۔ وہ چند روز ان کے گھر مہمان بن کر بھی رہ آیا تھا۔ بچیوں سے گھل مل کر وہ بے پناہ خوش تھا۔ اُن کے ساتھ رہنے کو اس نے اپنا ذہن بنا لیا تھا۔

سائمن کے کردار، مزاج اور اخلاق کی کارروائی مکمل ہو چکی تھی۔سرکاری فائل تیارتھی۔صرف اس پر انچارج مسٹرمیکڈلینڈ کے دستخط ہونا باقی تھے۔اس نے سائمن کو اپنے دفتر میں طلب کیا شام کا وقت تھا۔دفتر کے ملازم جا چکے تھے۔وہ سائمن کی موجودگی میں دستخط کر کے فائل اس کے حوالے کرنا چاہتا تھا۔اس نے فائل کے صفحے پلٹتے ہوئے سائمن سے کہا:

"تم یہاں پچھلے چھ برس سے ہو۔اب تمھاری عمر نو برس کے قریب ہے۔ تمھارے خلاف کوئی شکایت نہیں،کوئی چوری چکاری نہیں،شوروغوغا نہیں۔صرف جنجر کے ساتھ تمھارا جھگڑا رہتا تھا مگر وہ تمھارا دوست تھا اور روم پارٹنر بھی۔میرے قریب آؤ۔دیکھو میں نے تمھارے چال چلن کے بارے میں کتنا اچھا لکھا ہے۔تم خوش ہو جاؤ گے؟"

سائمن اس کے قریب پہنچا تو میکڈلینڈ نے اس کے سر پر ہاتھ پھیرا، پھر وہی ہاتھ اس کی کمر سے ہوتا ہوا اس کے کولہوں تک پہنچ گیا اور وہ ان پر آہستہ آہستہ گھومتا رہا۔سائمن اس کے ارادوں سے بے خبر تھا۔اس کی نظریں فائل پر جمی ہوئی تھیں اور وہ اپنی رپورٹ پڑھ کر خوش ہو رہا تھا۔میکڈلینڈ نے اٹھ کر چپکے سے دروازہ بند کیا اور سائمن کو اٹھا کر بازوؤں میں بھر لیا۔ پھر اس کے ہونٹوں پر ہاتھ رکھ کر اسے چومنے لگا۔سائمن نے پوری طاقت سے ہاتھ پاؤں چلائے۔جانے اس میں اتنی طاقت کہاں سے در آئی تھی۔ اس کے ہونٹ چند پل کو آزاد ہوئے تو اس نے میکڈلینڈ کے ہاتھوں کو بری طرح سے کاٹ کھایا۔وہ چیخا تو سائمن اس کے ہاتھوں سے ایک خرگوش کی طرح پھسل گیا۔آزاد ہوتے ہی اس نے مشکل سے دروازہ کھولا اور تیزی سے دوڑتا ہوا،ہانپتا کانپتا کمرے میں آ کر مجھ سے لپٹ گیا۔اس کے ہونٹوں سے آواز نہیں نکل رہی تھی۔سانسیں اکھڑی ہوئی

تھیں ۔ میں نے اسے خود سے علیحدہ کرنا چاہا تو وہ پوری طاقت سے مجھ سے مزید لپٹ گیا تھا ۔ اسے اس حالت میں سہما ہوا دیکھ کر میں حیران تھا ۔ کچھ دیر میں وہ سنبھلا تو اس نے پورا واقعہ من و عن بیان کر دیا ۔ تمام پہلو جب میرے ذہن میں صاف ہو گئے تو میری نظر کتابوں کے پیچھے رکھی ہوئی چُھری کی طرف اُٹھ گئی تھی اور مجھے جنجر کے بول یاد آ گئے :

”کبھی یہ تمہارے کام آئے گی ۔“

میکڈانلڈ کے دفتر کا دروازہ کھلا ہوا تھا ۔ دستک دیے بغیر اور اجازت مانگے بغیر میں دفتر میں داخل ہو گیا ۔ اس کے چہرے کا رنگ بدل کر رہ گیا ۔ مگر جلد ہی اس نے خود کو سنبھالا اور رعب دار لہجے میں بولا :

”یہاں کیا کرنے آئے ہو ؟“

میں میز کی دوسری طرف ہاتھ باندھے کھڑا تھا ۔ پشت پر چھپائی ہوئی چُھری کو میرے ہاتھ محسوس کر رہے تھے ۔ میں نے اس کی آنکھوں میں آنکھیں ڈال دیں ۔

”میری مام بتایا کرتی ہے، ہر آدمی میں شیطان رہتا ہے ۔ وہ اسے گمراہ بھی کرتا ہے ۔ اس بار مام نے یہ بھی بتایا تھا کہ ہر آدمی میں جانور سانس لیتا ہے ۔ آپ میں، مجھ میں، ہم سب میں... پھر خون کا رنگ بھی سُرخ ہوا کرتا ہے ۔“

”کیا بکواس کر رہے ہو ؟ کہنا کیا چاہتے ہو ؟“

”اس شہر میں گے (GAY) بہت بڑھ گئے ہیں ۔ سائمن پولس اسٹیشن جانا چاہتا ہے ۔ میں نے اسے روک لیا ہے ۔“

پولس کا حوالہ اس کی ملازمت کی برطرفی کا پیش خیمہ تھا ۔ جیل کا مختصر سا کمرہ یقیناً اس کی آنکھوں میں گھوم گیا تھا ۔ وہ جان چکا تھا کہ خطرات اس کے سر پر منڈلا رہے ہیں ۔ مگر وہ ہوشیار آدمی تھا ۔ اس نے خود کو پھر سے سنبھالا اور جھٹ سے میز کی دراز کھول ڈالی ۔

فائل نکال کر میرے سامنے پھینک کر بولا ۔

"لے جاؤ اِسے۔"

فائل اٹھا کر میں ایک فاتح کی طرح مسکرا دیا اندر سے آواز آئی کہ یہ میری جانوری کی پہلی فتح ہے۔

اگلے روز چلڈرن ہوم کے صدر دروازے پر ایک چمکتی ہوئی کار سائمن کو لے جانے کے لیے تیار کھڑی تھی۔

☆ ☆

ٹوٹی ہوئی کڑیاں

سورج دیوتا کی گول ٹکیا احساس دلار ہی تھی کہ وہ دن بھر کا سفر مکمل کر کے اب آرام کی خاطر اپنی خواب گاہ میں اُتر رہا ہے ۔ سمندر کی باغی لہریں میرین ڈرائیو کی مختصر سی دیوار سے ٹکرا کر بھیانک شور پیدا کر رہی تھیں ۔ سورج پانی کی سطح پر اپنے نارنجی رنگ بکھیرتا دھیرے دھیرے نظروں سے اوجھل ہوگیا۔ میں قدرتی نظارے سے لطف اندوز ہو کر اپنے احساسِ جمال کو تسکین دے کر رفتہ رفتہ اسٹیڈیم ریسٹورنٹ کی طرف بڑھ گیا جو چرچ گیٹ اسٹیشن کی بغل میں واقع تھا۔ وہاں سرِ شام شاعر، ادیب، صحافی، نقاد اور مصور جمع ہو کر اسے آباد کیا کرتے ۔ چائے کا دور دو ڈھائی گھنٹوں تک مسلسل وہاں چلا کرتا ۔ کبھی کبھار یہ گمان بھی گزرتا کہ ہماری رگوں میں لہو کے بجائے چائے دوڑ رہی ہے، جس کی بنا پر ہم سانس بھر رہے ہیں اور ہمارے اذہان بھی روشن ہیں ۔ تقریباً ہر شام ہمارے درمیان ادب، فلم، سماج، سیاست، جنس، اور معیشت کے مسائل پر تبادلہ خیالات ہوا کرتے ۔ حوالہ جات کی طشتریاں سر سے گزر جاتیں ۔ ہر فن کار دوسرے کو پچھاڑنے کی فکر میں رہتا ۔

انانیت کا تصادم براہِ راست ہوا کرتا۔سر پھوٹتے پھوٹتے رہ جاتے لیکن ماں بہن کی عزت ضرور خطرے میں آجاتی۔

ریسٹورنٹ کا مالک فردوسیؔ، حافظؔ اور خیامؔ کی سرزمین سے تھا۔ ہمیں بحث مباحثے میں الجھا ہوا دیکھ کر اکثر مسکرا دیتا۔ ایک روز اس نے مجھ سے کہا بھی تھا:

''برادرِ عزیز۔ اتنا شور تو پارلیمنٹ ہاؤس میں بھی نہیں ہوتا جتنا تم لوگ کرتے ہو؟''

میں جھینپ گیا تھا۔

''مگر تم لوگوں کو دیکھ کر خوشی بھی ہوتی ہے۔ ایسا لگتا ہے ممبئی میں ابھی چند لوگ زندہ ہیں۔ ورنہ جسے دیکھو، منہ لٹکائے زندگی کا ماتم کر رہا ہے۔''

خدمت گار محمد اشرف ٹرے تھامے ہمارے قریب ہی کھڑا تھا۔ وہ راجستھان کے کسی پس ماندہ علاقے سے اپنی مالی مشکلات کو دور کرنے ممبئی چلا آیا تھا۔ وہ ہماری میزوں سے خالی پیالے اٹھا کر تھکی تھکی اور ناپسندیدہ نظروں سے ہمیں دیکھتا رہا۔ اس لیے کہ وہ کونہ اگلے دو ڈھائی گھنٹوں تک بُک ہو چکا تھا۔ اس دوران اس کے رفیق کار زیادہ ٹِپ پا کر اپنی جیبیں موٹی کر لیں گے جبکہ اشرف میاں کے حصے میں ٹِپ نسبتاً کم آئے گی۔ اس کے اختیار میں ہوتا وہ ہماری چائے میں جمال گوٹہ ملا کر سب کو پلا دے مگر جس روز کمار ریسٹورنٹ میں وارد ہوتا، اس کی تمام شکایات دور ہو جاتیں۔ وہ کمار کو فرشی سلام کر کے اس کے آگے پیچھے ہوا کرتا۔ جانتا تھا کہ کمار چلتے وقت بھاری ٹِپ چھوڑ کر کسر پوری کر دے گا۔

کمار جہاں دیدہ شخص تھا۔ وہ اس طبقے سے تعلق رکھتا تھا جو آدمی کو کھڑے کھڑے اس کے دل، دماغ اور ضمیر کے ساتھ خرید لے۔ پھر وہ مجبور شخص آزاد ہونے کی لاکھ سر پٹکے، مگر نتیجہ اس کے حق میں نہ ہو۔ در حقیقت کمار کے خیالات اور نظریات اس قدر واضح تھے کہ اس کی ہر بات، ہر خیال گھوم پھر کر سرمایہ دارانہ نظام سے جا ملتا تھا۔ اور اسی کے حق میں دم توڑا

کرتا تھا۔اس کی نظر میں غریب غرباء اور پس ماندہ عوام ازل سے دھرتی پر بوجھ رہے تھے اور اب بھی ہر معاشرے میں سانس بھرتے ہیں ۔ انھیں شہر کے پچھڑے ہوئے علاقوں اور غلیظ بستیوں تک ہی محدود رہنا چاہیے؟ ورنہ ان کا معیارِ زندگی اگر بدل کر ترقی کر گیا تو وہ اونچے طبقوں کی برابری کیا کریں گے؟ یوں تو کمار کا ہم سے کسی طرح کا کوئی ادبی تعلق نہ تھا۔ وہ ان لوگوں میں سے تھا، جن کو بے وقت ادبی جراثیم تنگ کیا کرتے ہیں ، بلکہ کاٹا بھی کرتے ہیں ۔ وہ قلم کو اٹھا کر اسے جنبش دے بیٹھتے ہیں، لیکن بدقسمتی سے قلم اور ذہن میں کوئی ہم آہنگی پیدا ہو پاتی اور تخلیق اپنی سمت کھو بیٹھتی ہے۔ کمار بھی اس المیے کا شکار تھا۔ ایک شام اس نے اپنا کہانی نما مضمون سنایا تھا۔ موضوع تھا کہ ہمارے دیش کو امریکہ کی نیوکلیئر پیشکش کا پورا پورا فائدہ اٹھانا چاہیے تاکہ انڈیا دنیا کی دوسری جان دار معیشت کے ساتھ نیوکلیئر طاقت بھی قرار دی جائے ۔

مضمون ختم کرنے پر اس نے گروپ میں موجود ہر شخص کا تاثر جاننا چاہا تھا۔ ابتدا مصور عاشق علی نے کی تھی ۔ وہ تھکے تھکے لہجے میں گویا ہوا:

"اپنا جمہوری ملک پرانے عقیدوں کے سہارے زندہ ہے ...وہ ترقی بھی کر رہا ہے ۔ پھر ہم اینرجی پانے کو امریکہ کو اپنے سروں پر کیوں بٹھائیں؟"

لیکھک اروڑھ تو مضمون سنتے وقت بھی تلملا رہا تھا۔ اب قریب قریب اپنے حواس کھو بیٹھا تھا۔ بولا:

"امریکہ کی پیدائش کو دو سو برس بھی نہیں ہوئے ...ہماری سنسکرتی، ہمارا اتہاس صدیوں پر پھیلا ہوا ہے ...ہمارا سنہرا ورثہ، ہمارا دھرم صدیوں پرانا ہے ...ہم امریکہ کا دامن تھام کر اپنی جڑوں کو کاٹ لیں؟ ...خود کو بیچ ڈالیں؟"

اس کا جارحانہ رویہ سب نے محسوس کیا تھا۔ اسے اپنے رویے پر غور کرنے کو بھی کہا گیا تھا مگر کمار پریشان ہونے کے بجائے مسکراتا رہا اور اسی انداز میں گوش گزار ہوا:

”اروڑہ صاحب۔ آپ بیتتے وقت اور بیتی صدیوں میں سانس بھرتے ہیں۔ موجودہ حالات کے ساتھ نہیں چلتے... یہ آپ کی ٹریجڈی ہے۔“

ماحول میں بدمزگی اور تلخی پیدا ہو چلی تھی۔ مدن قبلّہ نے مناسب جان کر اشرف میاں کو بِل لانے کا اشارہ کیا۔ اس پر کمار بول اٹھا:

”آج چائے کا بِل میں دوں گا۔ میں نے آپ سب کا قیمتی وقت لیا ہے... قیمت چکانا میرا فرض ہے۔“

ہر کوئی جملے کے آخری الفاظ سن کر چونک اٹھا تھا۔ کمار نے بِل کے ساتھ موٹی ٹِپ بھی چھوڑی۔ اس مرتبہ وہ کچھ زیادہ ہی موٹی تھی۔ ہم سب نے یہ بھی محسوس کیا تھا کہ کمار آدمی کو جیتنے اور خریدنے کے گُر خوب جانتا ہے۔ معاً مجھے وہ ڈھلتی شام یاد آ گئی، جب میں اور کمار ایک میکدے میں ذہنی تھکاوٹ دور کرنے کو جمع ہوئے تھے۔ غیر متوقع اس نے مجھ سے کہا تھا:

”اسی دنیا میں ہر شخص کی کوئی نہ کوئی قیمت طے ہے۔ اس کی ذہانت، اوقات اور اس کے کام کے مطابق... بس قیمت ادا کرو اور اسے خرید لو... یہی کامیابی کا راز ہے۔“

میں ذرا بھی خوش نہ ہوا تھا۔ بے ساختہ بول اٹھا:

”یہ تو سراسر امریکن رویہ ہے اور ہم ٹھہرے ہندوستانی؟“

”ہاں۔ لیکن مت بھولو کہ امریکی لوگ بہت مالدار ہوتے ہیں... ان کا ملک دنیا کا سب سے امیر ملک ہے۔“

”تو کیا ہوا؟ آدمی کو خریدنا اور بیچنا اب دنیا بھر میں غیر اخلاقی سمجھا جاتا

ہے۔"

"زمانہ بدل گیا ہے دوست"۔ اس نے مجھے سمجھانا چاہا :

"تم اس کی بدلتی رفتار کے ساتھ چلا چلو... ورنہ چائے کے پیالے ہی خالی کرتے رہو گے اور ہاتھ کچھ نہ آئے گا"

یہ سن کر اسی شام ہمارے درمیان نظریاتی خلیج حائل ہوگئی تھی۔ اس پر نہ تو کوئی پل تھا اور نہ ہی آمد و رفت کا کوئی ذریعہ۔ بعد ازاں جب بھی وہ خلیج کو عبور کر کے کسی نہ کسی طور پر میرے نزدیک آ بھی جاتا تو میری شعوری کوشش رہا کرتی کہ وہ مجھ پر حکومت کا جاری کردہ ایک سکہ بھی نہ خرچ کرے؟ لیکن وہ بھی بڑا کائیاں۔ زیرک ہونے کے تحت وہ میرے ذہن سوچ اور ضمیر سے خوب خوب واقف تھا۔ اکثر کہا کرتا:

"تم کو خریدنا اتنا آسان نہیں... یوں بھی میں تم کو خریدنے کے حق میں نہیں ہوں... وجہ محض یہ ہے کہ تم میرے کسی کام کے نہیں ہو... کالج کے دنوں سے تمہارے ساتھ دوستانہ رشتہ ضرور رہا ہے... ذاتی طور پر میں تم کو پسند کرتا ہوں... اسی لیے تم سے ملنے کبھی کبھی ریسٹورنٹ میں چلا آتا ہوں"۔

چائے کا دور چل رہا تھا۔ ریسٹورنٹ دفتری بابوؤں سے بھر گیا تھا۔ آوازیں ایک دوسرے میں ڈوبی چھت کی طرف اٹھ رہی تھیں۔ ہمارا کونہ پھیلتا جا رہا تھا۔ چائے کے پیالے، خالی گلاسوں کے درمیان اپنی موجودگی کا احساس دلا رہے تھے۔ دیش کے موجودہ تعلیمی نظام کے متعلق دھواں دھار بحث جاری تھی۔ حکومتِ وقت نے نہایت سنجیدگی سے منصوبہ تیار کیا تھا کہ دیش کے ہر بچے کو تعلیم مہیا کی جائے۔ کارنر گروپ کا ہر شخص حکومتِ وقت کی مثبت سوچ کی تعریف ضرور کر رہا تھا۔ مگر ساتھ ہی ساتھ شکایت بھی کہ ملک کو آزاد

ہوئے ساٹھ برس سے زائد ہو چکے ہیں، اب کہیں جا کر سرکار کو ہوش آیا ہے ۔ ورنہ ناخواندگی روز بروز بڑھ رہی تھی ۔ صحافی کمال نے پُر امید لہجے میں فخریہ کہا:

''ہماری آنے والی نسلیں یقیناً اب پڑھی لکھی اور تہذیب یافتہ ہوں گی ۔''

اس پر شاعر صدا نے قہقہہ لگایا:

''کیا بات کرتے ہو ... بھارتیہ تہذیب کا تو دیوالہ نکل چکا ہے ... مغربی طرزِ زندگی، میکڈانلڈ، وپیسی، سب وے سپا اور کے ایف سی نے ہمارے کھانے پینے کی عادتیں ہی بدل ڈالی ہیں ... پھر جنسی آزادی اور مادہ پرستی نے جوان نسل کا جینا اس طرح بدلا ہے کہ ہر کوئی کروڑ پتی بننے کی سوچتا ہے ... ہندی فلموں میں اس کی جھلک نمایاں طور پر دکھتی ہے ... ہر فلم ہندوستانی کم، مغربی زیادہ لگتی ہے ۔''

''رہی سہی کسر ویسٹرن میوزک نے پوری کر ڈالی ہے ۔''

مدن قبلہ نے بھرپور چوٹ کی:

''مغربی دھنوں کا بھیانک شور کانوں کے پردے پھاڑ ڈالتا ہے ۔ ہر فلم میں انڈیا کم، انگلینڈ، امریکہ، آسٹریلیا اور کینڈا زیادہ دکھتے ہیں ۔''

''یہی تو میں کہہ رہا ہوں ... اپنا دیش اور اپنی تہذیب تو برائے نام ہی رہ گئی ہے ... جانے لازمی تعلیم لاگو کرنے کے نتائج کیا ہوں گے؟ خدا بہتر جانتا ہے ۔''

''ٹھیک ہی ہوں گے ۔''

میں نے بھی اپنا ذہن واضح کرنا چاہا:

''ہر غریب بچہ کم از کم تعلیم تو پائے گا ... ورنہ وہ بالک پاٹھ شالہ کے باہر کھڑا اس کا دوار گیلی آنکھوں سے دیکھتا رہتا ہے؟''

اتنے میں کمار ریسٹورنٹ میں داخل ہوتا دکھائی دیا۔ قدم اٹھانے پر وہ ہمیشہ کی طرح زمین میں دھنستا ہوا محسوس ہوا۔ اس کے میانے قد کی ساخت بالکل گینڈے کی طرح تھی ۔ موٹا سر، بھرے بھرے بازو، ابھرے ہوئے گال ۔ چھوٹی چھوٹی سوچتی ہوئی آنکھیں، موٹے ہونٹ ۔ نچلا ہونٹ قدرے لٹکتا ہوا۔ ہاتھ میں کوئی کتاب یا میگزین ۔ لیکن کندھے پر سدا تصویر کھینچنے والا کوئی کیمرہ یا ویڈیو کیمرہ ۔ ان سب کو ملا کر اس کا وجود مکمل ہوا کرتا تھا۔ وہ ایک لمبے عرصے کے بعد آیا تھا۔ ویٹر اشرف دوسرے گاہکوں کو چھوڑ کر فوراً ہماری طرف متوجہ ہوگیا۔ کمار کے آگے چائے کا پیالہ رکھ کر اسے فرشی سلام کیا۔ کمار نے فراخدلی سے اس کا سلام قبول کیا۔ پھر ہم سے جاننا چاہا کہ آج شام کون سا موضوعِ زیرِ بحث ہے؟ کون شخص اس کے حق میں ہے؟ اور کون مخالف؟

سب کے نظریات اور خیالات جان کر اس نے اپنا بھی زاویۂ نظر پیش کرنا چاہا:

"حکومت کی سوچ اور اس کا بِل اپنی اپنی جگہ؟ ...ایک سوال آپ سے جاننا چاہوں گا؟"

یہ کہہ کر وہ خاموش ہوگیا اور اس کی گھومتی ہوئی آنکھیں ہر کسی کا جائزہ لیتی چلی گئیں ۔ جب کہیں سے کوئی آواز نہ آئی تو وہ بولا:

"کیا تعلیم ہر شخص کے واسطے ضروری ہے؟ یا صرف مخصوص طبقوں کو ہی ملنی چاہیے؟"

لیکھک اروڑہ فوراً ہی میدان میں کود پڑا:

"مخصوص طبقوں سے کیا مراد ہے آپ کی؟"

"میرا مطلب ہے تعلیم صرف اپر اور مڈل کلاس لوگوں کو ہی ملنی چاہیے یا نچلے طبقے کے غریب غربا کو بھی؟"

دائرے میں بیٹھے ہوئے ہر شخص نے اسے سخت خشونت آمیز نظروں سے دیکھا۔

لگا کہ جلد ہی تلخ اور طنزیہ جملوں کی بوچھاڑ ہر طرف سے ہوگی۔ کمار کی جوگت بنے گی وہ قابل رحم ہوگی۔ ممکن ہے وہ رو بھی دے۔ آئندہ کبھی ادھر کا رخ بھی نہ کرے۔ میں چوں کہ اس کی بورژدائی ذہنیت سے بخوبی واقف تھا کہ وہ دائیں بازو کا دلداداہ ہے اور ویسی ہی سوچ رکھتا ہے۔ لہٰذا پہلا حملہ میں نے ہی کیا:

"تم سالے ڈرتے ہو... اگر پچھلا یا غریب طبقہ پڑھ لکھ گیا تو تمہارے ماتحت کام کون کرے گا؟... تمہارے گھر کی صفائی ستھرائی کون کرے گا؟ کھانا کون بنائے گا؟ کپڑے کون دھوئے گا؟... پھر وہ لوگ اپنے بنیادی حقوق بھی طلب کریں گے اور تم جیسوں کی نیند اڑ جائے گی۔"

"نہیں نہیں یہ بات نہیں... غریب آدمی تعلیم کو ہضم نہیں کر پاتا... اس کا دماغ پھٹ جاتا ہے... وہ اپنی اوقات کو بھول کر برابری کرنے لگتا ہے... ہر دور میں حاکم اور محکوم رہے ہیں اور رہنے بھی چاہئیں... ورنہ دنیا کا ہر سماج اپنا توازن کھو بیٹھے گا؟"

دیر سے مدن قبلہ خاموش بیٹھا ہوا تھا۔ اس نے اپنے لبوں کو جنبش دی:

"یار کمار، تم تصویر غضب کی کھینچتے ہو۔ یہ تمہارا پیشہ بھی ہے اور روزگار بھی... سماجی مسائل سے تم کو کیا لینا دینا؟ تصویریں کھینچا کرو۔"

"تمہارا مطلب ہے، کوئی اپنی سوچ یا رائے ظاہر کرنے کا حق نہیں رکھتا؟"

"ضرور رکھتا ہے۔" صدا نے فوراً مداخلت کی :

"مگر تمہاری سوچ...؟ اس سے نہ تو کبھی غربت دور ہوگی اور نہ ہی کسی غریب کا کوئی بھلا ہوگا؟"

"بلکہ وہ مرتے دم تک امیر طبقے کا غلام ہی بنا رہے گا؟"

میں نے فوراً مداخلت کی۔ میرا سخت جملہ کمار پر گراں گزرا تھا۔ وہ اپنی صفائی

میں کوئی دلیل پیش کرنا چاہتا تھا لیکن میں نے اسے موقع دینا مناسب نہ سمجھا۔ غصے میں پھر اہوا اپنی جگہ سے اٹھا اور اسی عالم میں ریسٹورنٹ سے باہر چلا آیا۔ میری ذہنی حالت کچھ اس نوعیت کی تھی کہ میں ریسٹورنٹ کے داخلے سے ایک سرے سے دوسرے سرے تک بے قراری سے ڈگ بھرتا کمار کو برا بھلا کہتا رہا اور آئندہ ملاقات کے متعلق سنجیدگی سے غور و فکر کرتا رہا۔

لیکن کمار ریسٹورنٹ سے باہر آیا تو وہ مجھ سے ذرا بھی ناراض نہ تھا۔ اس نے بڑھ کر مجھ کو اپنے بازوؤں میں بھر لیا۔ پھر مجھے اٹھا کر جھومنے لگا۔ اس کی مضبوط گرفت، مگر اس کا اترا ہوا چہرہ احساس دلا رہا تھا کہ وہ اپنے کہے پر سخت نادم ہے۔ وہ مجھے کسی بھی قیمت پر کھونا نہیں چاہتا۔ بولا:

"تم کو پسند کرنے کی وجہ بھی یہی ہے کہ جو بھی تمہارے دل میں ہوتا ہے ، وہی تمہاری زبان پر ہوتا ہے۔ تم دوہرے معیار میں یقین نہیں رکھتے۔"

لیکن میں اس کی ہر بات کو سنی ان سنی کرتا ہوا خود کو قصوروار ٹھہرا رہا تھا کہ میں ہی اسے کارنر گروپ میں لانے والا شخص تھا۔ میں نے ہی اسے اپنے دوستوں سے متعارف کرایا تھا۔ میری ہی وجہ سے وہ اسے برداشت کیا کرتے تھے۔ ورنہ چند ہی ملاقاتوں میں جب اس کے خیالات، نظریات اور مکمل سائیکی عیاں ہو گئی تو وہ ایک بورژوائی حیثیت سے مشہور ہو گیا۔ بعض، خاص طور پر وجے ملتانی تو اسے اُمرا اور رؤسا کا گماشتہ بھی قرار دینے لگا تھا۔

سانجھ ڈھل چکی تھی۔ کمار کے بے حد اصرار پر میں اس کے ہمراہ اپنے پہچانے اڈے پر چلا آیا۔ ہم روبرو بیٹھے ہوئے تھے، مگر خاموش۔ اس کے بائیں ہاتھ میں ہوش بھلا دینے والا جام تھا اور وہ دائیں ہاتھ سے اس کے دائرے پر انگلیاں پھیرتا، مجھے یوں دیکھتا چلا جا رہا تھا، گویا وہ کوئی بہت بڑا انکشاف کرنے والا ہو۔ میرا قیاس صحیح نکلا

، جب وہ اچانک بول اٹھا:

"میں خوش ہوں ۔ ہماری سرکار نے امریکہ کے ساتھ نیوکلیئر انیرجی کے میدان میں اپنے تعلقات مضبوط کر لیے ہیں ۔"

"سو تو ہے... مگر ہم کو ہر حال میں آزاد رہنا چاہیے؟"

"ہاں یہ ضروری ہے... مگر ہماری ترقی ویسٹرن بلاک کے بغیر ممکن نہیں ہے؟"

"لیکن ہم نے جتنی بھی ترقی کی ہے ۔ وہ اپنے پیروں پر کھڑے ہو کر کی ہے؟"

میرے جواب میں چھپا ہوا سوال، جو خود میں اپنے ساتھ کئی جہات بھی لیے ہوئے تھا، وہ ان کی تہہ کو چھو کر کہیں بہت دور نکل گیا تھا۔ پلٹا تو خوش آئند مسکراہٹ لیے ہوئے تھا۔ بولا:

"وقت آگیا ہے... ہم کو فرم اسٹینڈ (FIRM STAND) لینا ہوگا۔... ہزار کروڑ، چالیس لاکھ انسانوں کی آبادی کو چاول، گندم، سبزیاں، گوشت، دالیں، مکان، روزگار، پانی، بجلی گیس اور دوائیں فراہم کرنا کوئی آسان کام نہیں... ہمیں بڑھتی ہوئی آبادی کو روکنا ہوگا۔ اس پر پابندی لگانی ہوگی؟ خواہ وہ کسی بھی مذہب اور قوم کی کیوں نہ ہو...صرف دو بچے... صرف دو ۔ ورنہ قانونی کارروائی ۔ پکڑ دھکڑ اور بھاری جرمانہ۔"

اس کی مختصر سی تقریر سن کر مجھے تعجب بھی ہو رہا تھا کہ اس کی سوچ میں یہ انقلاب کیوں کر چلا آیا ہے؟ لیکن یہ حقیقت بھی روز روشن کی طرح واضح تھی کہ وہ اپنے دیش سے والہانہ محبت کرتا ہے اور ہر حال میں اس کی بہتری کا خواہشمند ہے ۔ مگر دوسری طرف اسے دیش کے پس ماندہ طبقوں اور پچھلے ہوئے عوام سے اسی قدر نفرت تھی جیسے وہ دھرتی

پر بوجھ ہوں، کیڑے مکوڑے ہوں اور وقت پر ان کو کچل دینا چاہیے۔ میں دیر تک بڑے بڑے بڑے گھونٹ بھرتا، اس کے خیالات اور تضادات پر سنجیدگی سے غور کرتا رہا۔ انجام کار اس نتیجے پر پہنچا کہ اگر اس کا سوچا سمجھا بل کسی حکمران پارٹی نے لوک سبھا میں پیش کیا تو مخالف سیاسی پارٹیاں اس کی کامیابی میں رخنے ڈالیں گی۔ کئی طبقے ناخوش ہوں گے۔ بڑھ چڑھ کر لوگوں یا طبقوں کے درمیان اختلافات بھی پیدا ہوں گے۔ مذہبی لے دے بھی الگ سے ہوگی۔ ممکن ہے فرقہ ورانہ فسادات بھی رونما ہوں۔

"کمار، یہ اتنا آسان نہیں، جتنا تم سوچ رہے ہو؟"

"معلوم ہے... مگر تم ذرا یوں بھی دیکھو۔ جس رفتار سے دیش کی آبادی بڑھ رہی ہے۔ وہ دن دور نہیں، جب رہنے کو جگہ نہ ہوگی... کھانے کو اشیاء نہ ملیں گی؟ آدمی آدمی کو کھائے گا... پینے کو پانی نصیب نہ ہوگا؟ تب کیا ہوگا؟... کبھی سوچا تم نے؟"

بلاشبہ وہ دور اندیش تھا۔ حالات حاضرہ پر بھی اس کی نظر رہا کرتی۔ وہ اس کی روزی روٹی بھی تھی۔ وہ اپنے کیمرے کی بدولت اسے کیش (CASH) بھی کیا کرتا۔ مجھ سے جب کوئی جواب نہ بن پڑا تو میں خاموش رہا۔ میری خاموشی اس کی سوچ کو سراہ رہی تھی۔ مگر میں اتنا ضرور جانتا تھا کہ اگر یہ بل (BILL) کبھی پاس ہوگیا تو دیش کے کئی مسائل اس کے حق میں اپنے آپ حل ہو جائیں گے۔ اور دیش صحیح معنوں میں ٹیک آف (TAKE OFF) کرے گا۔

موسم کیا بدلا، صوبہ بہار کے بعض دیہی علاقے شدید ترین گرمی کی لپیٹ میں آگئے۔ درجہ حرارت اس قدر بڑھ کا کہ چیل بھی انڈا چھوڑ دے۔ وہاں کے عوام سخت پریشان تھے۔ دن رات وہ اپنے بھگوان، اللہ اور عیسیٰ سے بارش کی دعائیں مانگتے رہے۔ مگر

پانی نے ان سے منہ پھیر رکھا تھا۔ بالآخر وہ علاقے قحط زدہ قرار دے دیے گئے۔ عوام کھڑے کھڑے دم توڑ رہے تھے۔ پورا دیش پریشان تھا۔ مرکزی حکومت تو زیادہ ہی پریشان تھی۔

ایک شام اسٹیڈیم ریسٹورنٹ میں کارنر گروپ کے تمام فن کاروں نے قحط کی صورتِ حال پر تبادلہ خیال کیا۔ ہمدردی کے ساتھ تشویش بھی ظاہر کی۔ طے پایا کہ قحط زدہ عوام کی مدد کرنا کارِ ثواب بھی ہے اور ان کا اخلاقی فرض بھی۔ ایک کمیٹی تشکیل دی جائے، جو بھاری رقم اکٹھی کر کے مقامی اور بین الاقوامی ایجنسیوں کو ارسال کر دے۔ تا کہ مرتے سکتے عوام اور محتاج کسانوں کی بروقت امداد ہو پائے۔ مصور عاشق علی نے تجویز پیش کی کہ جو شخص بھی اس کمیٹی میں شامل ہونے کی خواہش رکھتا ہے، وہ اپنا ہاتھ اٹھا دے۔ اتفاق سے کمار بھی اس شام کو ہمارے درمیان موجود تھا۔ وہ ہر بات کو غور سے سن رہا تھا۔ ہاتھ سب سے پہلے شاعر صدا نے اٹھایا۔ پھر لیکھک اروڑہ کے ساتھ میں نے بھی ہاتھ بلند کیا۔ بعد ازاں کمال حسن، مدن قبلہ، عاشق علی اور وجے ملتانی بھی اس زمرے میں شریک ہو گئے۔ لیکن کمار کے بازو میں کوئی حرکت نہ ہوئی اور نہ ہی اس کے لبوں سے ہاں یا ناں میں کوئی آواز نکلی۔ وہ خاموش، گردن اٹھائے چھت کو تکتا رہا، جہاں گھومتے ہوئے برقی پنکھے کا مکھوں کو ہوا دے رہے تھے۔ عاشق علی نے ناموں کی فہرست تیار کی۔ پھر اسی کے اشارے پر اشرف میاں بل لے کر چلا آیا۔ ہر کسی نے کچھ رقم کے ساتھ ٹپ بھی چھوڑی۔ کمار نے اس میں بڑھ چڑھ کر اضافہ کیا۔ ریسٹورنٹ سے نکلتے وقت مجھے کمار پر سخت غصہ آ رہا تھا اور میں اندر ہی اندر بھنا رہا تھا کہ اس نے کمیٹی میں شریک ہونے کے واسطے ہاتھ بلند کیوں نہیں کیا؟ میرا لہجہ بڑا سخت تھا مگر وہ مسکراتا رہا۔ بولا:

”یہ کام میرا نہیں، تمہارا ہے؟“

”اچھا...تو پھر تمہارا کام کیا ہے؟... دور کھڑے معصوم اور مجبور لوگوں کو

مرتے دیکھنا؟‘‘

اس نے میری تلخ کلامی کا ذرا بھی برا نہ مانا تھا بلکہ اس کے لبوں پر ابھری ہوئی سوچی سمجھی مسکراہٹ مزید گہری ہوگئی تھی۔ اپنا کیمرہ سنبھال کر بول اٹھا:

’’تم نے جو سوال اٹھائے ہیں، ان کا جواب ان میں وقت آنے پر دوں گا۔‘‘

یہ کہہ کر وہ مجھ سے مصافحہ کیے بغیر چرچ گیٹ اسٹیشن کی طرف بڑھ گیا۔

کارنر گروپ کی ابتدا سے اسے یہ خوبی رہی تھی کہ وہ ہر فنکار کی خیر خبر رکھا کرتا کہ وہ ان دنوں کہاں ہے؟ کیا کر رہا ہے اور کن حالات سے گزر رہا ہے؟ کمار نے اچانک آنا بند کر دیا تھا۔ ایک طویل عرصہ گزر گیا تھا مگر کمار کی بابت نہ تو کسی نے کوئی تشویش ظاہر کی اور نہ ہی اس کی کمی کو شعوری طور پر کبھی محسوس کیا۔ بعضے خوش بھی تھے کہ اس پیدائشی بورژوا نے آنے بند کر دیا۔ لیکھک اروڑہ نے تو ایک شام ترنگ میں یہاں تک کہہ دیا تھا:

’’چلو اچھا ہوا... خس کم، جہاں پاک۔ وہ تو امیروں کا گماشتہ تھا... اب ان کے در پر پڑا حاضری دے رہا ہوگا۔‘‘

اس پر ریسٹورنٹ میں اتنے زور کا فلک شگاف قہقہہ پڑا تھا کہ تمام گاہک ہماری طرف متوجہ ہو گئے تھے۔

لیکن ایک خوشگوار شام میں کمار ریسٹورنٹ میں دھنستا ہوا، ہاتھ میں کیمرہ ڈور کیمرہ اٹھائے چلا آیا۔ سب اس کی غیر متوقع آمد پر حیران تھے۔ مزید حیرانی اس وجہ سے بھی ہوئی کہ اس کے سیدھے ہاتھ میں نہایت قیمتی چرمی بیگ تھا اور اس نے نہایت قیمتی لباس بھی زیب تن کر رکھا تھا۔ ویٹر اشرف ترنت دوسرے گاہکوں کو چھوڑ کر ہمارے قریب چلا آیا۔ فرشی سلام کرتے ہوئے وہ زیادہ ہی جھکتا ہوا دکھائی دیا۔ کمار نے سب کا حال احوال پوچھنے پر اپنا بیگ کھولا ۔ چند کارڈ نکالے ۔ چھانٹ کر ہر کسی کو اس کے تحریر کردہ نام کا کارڈ

پیش کیا اور انتہائی اپنائیت سے بولا:

”چاہوں گا۔ پرسوں شام میں سات بجے میری بنائی ہوئی ڈوکومینٹری کو دیکھنے آپ سب تشریف لائیں ۔۔فلم بہار کے قحط زدہ علاقوں سے تعلق رکھتی ہے۔“

ہم سمجھ نہیں پار ہے تھے کہ وہ کیا کہہ رہا ہے؟ ۔۔۔اس کا منشا کیا ہے؟ وہ ہم سب کو حیرت میں ڈوبا دیکھ کر سبھج سبھاؤ سے بول اٹھا:

”آپ لوگوں نے ایک کمیٹی بنا کر بہار کے قحط زدہ عوام کی مدد کی تھی ۔۔۔ میں نے وہی رول ایک فلم بنا کر ادا کیا ہے ۔امید ہے آپ ضرور آئیں گے۔“

میز سے اٹھتے ہوئے اس نے چائے کا آخری گھونٹ بھرا اور ریسٹورنٹ سے چلتے وقت اپنی چائے کے پیسوں کے علاوہ بھاری ٹپ بھی میز پر چھوڑ گیا۔ ہم سب ایک دوسرے کا منہ دیکھتے ہی رہ گئے ۔دیر تک ہم دم بخود اسی کیفیت سے دو چار رہے ۔ہماری سوچ سے قطعاً باہر تھا کہ وہ ایک ڈوکومینٹری بنانے کی صلاحیت بھی رکھتا ہے؟

ڈوکومینٹری (LIVING HELL) زندہ جہنم کا نظارہ کرنے، شہر کے چند سرمایہ دار، چوٹی کے تاجر، سیاست دان، فلمی اداکار اور اداکارہ اور کئی ہدایت کار بھی وہاں تشریف فرما تھے ۔کارنز گروپ کے دوستوں کو بالکل علم نہ تھا کہ ہماری رسائی برگزیدہ شخصیات تک بھی ہے ۔ان سب کو وہاں دیکھ کر ہمارا مرعوب ہونا فطری امر تھا۔ہم قدرے احساسِ کمتری میں بھی مبتلا ہو کر رہ گئے تھے ۔ایڈیٹوریم کے دروازے پر ہمارا آسمانی رنگ کا عمدہ سوٹ پہنے، چند امریکی شہریوں کے درمیان کھڑا تھا۔ پتہ چلا کہ کسی امریکن کمپنی نے ڈوکومینٹری کے عالمی حقوق خرید رکھے ہیں ۔ہمارا منافع بھی خوب ہوا ہے ۔وہ ہم سب کو دیکھ کر واقعی

خوش تھا۔اس نے سَتھنے مزید پھیل گئے تھے اور وہ ہاتھ بڑھا کر ہمیں ہال میں جانے کا اشارہ کر رہا تھا۔

''زندہ جہنم'' کے تمام مناظر انتہائی فن کارانہ انداز میں فلمائے گئے تھے۔سوکھے بنجر کھیت جگہ جگہ سے پھٹے پڑے تھے۔تا حدِ نظر کھیتوں میں گائے، بھینس، سانڈ، گھوڑے اور انسانی مردے سڑ رہے تھے۔میلے کتے لاوارث لاشوں کو سونگھ کر آگے بڑھ رہے تھے۔ اُن کے سروں پر گدھ، چیل اور کوے منڈلا رہے تھے۔ زندہ درگور اشخاص باقی رہتی سانسوں کے سہارے آسمان کو رحم طلب نظروں سے دیکھ رہے تھے۔مگر وہاں سورج پورے آب و تاب سے درخشاں آگ برسا رہا تھا...سیاست دان بھوکی، پیاسی، تڑپتی جبتا کو ڈھارس دے رہے تھے کہ کمک راستے میں ہے،بس آیا ہی چاہتی ہے ۔ پڑوس کی ریاستوں سے جلد پہنچ جائے گی۔ننگ دھڑنگ بچے اپنے خالی پیٹوں پر ہاتھ مار کر بھوک سے کراہ رہے تھے۔ان کے والدین انھیں مار پیٹ کر ان کو چپ کرانے میں کوشاں تھے مگر بچوں کا رونا دھونا اور ان کی چیخیں بلند ہو رہی تھیں ۔صوبائی حکومت نے الگ الگ علاقے میں کھانے کا مرکز کھول رکھا تھا جہاں ہزاروں کی تعداد میں بھوکے پیاسے عوام مکھیوں کی طرح بھنبھنا رہے تھے ۔مرکز کا ماحول دیکھ کر گمان گزرتا کہ وہاں ٹِڈی دَل نے حملہ کر رکھا ہے۔ہر منظر کے ہر شاٹ میں کیمرے کا استعمال نہایت چابکدستی سے کیا گیا تھا۔وہ اپنے ساتھ دردناک موسیقی بھی لیے ہوئے تھا۔ پس منظر میں بجتا ہوا ہر ساز اپنی زبان خود بولتا،جو اس کو بیدار کیے جا رہا تھا۔فلم کا آخری شاٹ تو واقعی جان لیوا تھا۔کسانوں کے اجاڑ اور خستہ حال جھونپڑوں کے آگے گرد آلود ہل دھرے تھے۔کھیتی باڑی کے اوزار بے ترتیبی سے زمین پر لاوارث پڑے ہوئے تھے ۔ان پر کیمرہ آہستہ آہستہ گھومتا، دردناک موسیقی ساتھ لیے آگے بڑھ رہا تھا۔ان کے مالکان یا تو مر کھپ چکے تھے یا کھانے کی قطار میں بیٹھے،سر جھکائے گہری سوچوں میں غلطاں تھے ۔

فلم کو دیکھ کر میں واقعی اندر سے ہل گیا تھا۔ یہی حالت میرے دوستوں کی بھی تھی۔ بلکہ ہال میں موجود ہر شخص بھی اسی کیفیت سے دو چار تھا۔ میرے خواب و خیال میں بھی نہیں تھا کہ کمار فلم میڈیا کو اتنے قریب سے سمجھتا ہے، جانتا ہے اور عملی جامہ پہنانے میں اتنی مہارت رکھتا ہے کہ بے ساختہ اس کے فن کی داد دینی پڑتی ہے۔ اچانک اس کا قد میری نظر میں بڑھ گیا تھا۔ مگر ایک سوال ذہن میں ضرور کھٹک رہا تھا۔

ہم دوستوں کا گروپ ہال سے باہر آیا تو کمار غیر ملکیوں کی صحبت میں کھڑا تھا۔ ناظرین اس کی تخلیقی اور فنکارانہ صلاحیتوں کو سراہ رہے تھے۔ اس کا روشن چہرہ اور فربہ گردن اور بھی اونچی ہوئی جا رہی تھی۔ یار دوست اس سے ہاتھ ملا کر اور اسے مبارک باد دے کر آگے بڑھ رہے تھے۔ میری باری آئی تو اسے غیر ملکیوں میں گھرا ہوا پا کر میں نے اپنی زبان میں کہا:

”تم نے المناک، مگر حقیقی فلم بنائی ہے ... دلی مبارکباد ... مگر ایک سوال پوچھنا چاہوں گا؟“

”ہاں ہاں۔ کیوں نہیں؟“

”تم غریب غربا اور پچھلے ہوئے طبقوں کو سدا نفرت سے دیکھتے رہے ہو ... ان کو دھرتی پر بوجھ بھی سمجھتے ہو ... پھر کیا وجہ ہے کہ تم نے ان پر فلم بنائی ہے؟“

”صحیح ہے، میں ان کو پسند نہیں کرتا۔ ان سے دور دور رہتا ہوں۔ مگر دولت اور شہرت پانے کی خاطر میں کسی بھی طبقے کے قریب جا سکتا ہوں اور پھر اپنے سکھ کے واسطے دوسروں کو استعمال کرنا گناہ نہیں۔“

ہم قدم

جانے چار سال کی بچی کو کیوں کر احساس ہو جایا کرتا تھا کہ آج سینچر کا دن ہے اور ٹھیک صبح گیارہ بجے اُس کا باپ عمارت کے صدر داخلے پر کھڑا اُس کا انتظار کر رہا ہو گا۔ جوں ہی مقررہ وقت پر اطلاعی گھنٹی بجا کرتی، پوری عمارت میں بھونچال سا آ جاتا۔ وہ ننھی سی گڑیا "ڈیڈ ڈیڈ" چلاتی، سیڑھیوں کو پھلانگتی، خود کو سنبھالتی دروازے کی طرف لپکا کرتی۔ پھر اُسے کھول کر بے تحاشا باپ کی ٹانگوں سے لپٹ جاتی۔ وہ بھی اپنی بیٹی کو اُٹھا کر جی جان سے چومتا، پھر اُسے گلے سے لگائے سینے سے چپکائے پہلی منزل کی بیرونی کھڑکی کی طرف دیکھتا جہاں بچی کی ماں کھڑی دکھائی دیتی۔ وہ جوان عورت اُن دونوں کو اس کیفیت میں دیکھ کر اُداس بھی ہوا کرتی اور حد درجہ خوش بھی کہ باپ کو پورے سات روز کے بعد اپنی بیٹی سے ملنا نصیب ہوا کرتا تھا۔ باپ کو اس حقیقت کا پورا احساس تھا مگر وہ مجبور تھا کہ نہ تو قانون اس کے ساتھ تھا اور نہ ہی اس کے حق میں تھا۔ یوں بھی اُسے قاعدے اور قانون سے سخت نفرت تھی۔

ایک زمانہ تھا کہ وہ جوان مرد اور جوان عورت کس قدر قریب تھے ۔ وہ اتنے
جڑے ہوئے تھے کہ اگر کسی روز مل نہ پاتے تو سوچتے کہ دن مکمل نہیں ہوا، زندگی میں کوئی
کمی رہ گئی ہے اور اُن کی پیاس مزید بڑھ گئی ہے، لیکن اگلے روز ادھر سورج سنسار میں پریش
کرتا، اُدھر فون بج اُٹھتے ، کوئی شکایت آمیز لہجہ اختیار کرتا تو کوئی اپنی صفائی میں وزنی
دلائل پیش کرتا ۔لیکن زیادہ تر عورت ہی فون کیا کرتی تھی کہ وہ اپنے عاشق کی فطرت سے
خوب خوب واقف تھی ۔ وہ لا اُبالی قسم کا شخص تھا، باغیانہ مزاج رکھتا تھا اور اپنے ہی ڈھنگ
سے جینے کا عادی تھا ۔ اُن کی زندگی اسی ڈھرے پر گہری سمجھ بوجھ کے ساتھ رواں تھی مگر
دونوں شدت سے محسوس کیا کرتے کہ یہ روز روز کی دوری جان لیوا ثابت ہوا کرتی ہے ۔ کیا
اچھا ہو کہ اُن کا اپنا گھر ہو اور وہ اُس کی چھت کے نیچے بلا کسی بندش کے آزادانہ زندگی بسر
کریں ۔۔۔ لیکن ہوا یہ کہ ساتھ قیام کر کے اُن میں کچھ ایسے اختلافات پیدا ہوئے کہ دونوں
کے لب سل گئے ۔ وہ ایک دوسری کی شکل بھی دیکھنے سے بے زار ہو گئے لیکن اُن کے
درمیان وہ ننھی سی گڑیا بازو پھیلائے اپنے پورے وجود کے ساتھ کھڑی تھی ۔ وہ دونوں اس
کے متعلق فکر مند تھے کہ دنیا کی کوئی بھی تہذیب اپنے خون سے چشم پوشی کرنے کی اجازت
نہیں دیتی ۔

قارئین کرام!
یہ کہانی قدرے اُلجھی ہوئی ہے ۔گو ذاتی طور پر مَیں اس کا اہم کردار نہیں
ہوں، لیکن باوجود کوشش کے میری ذات میری کہیں کہیں شامل ہو گئی
ہے ۔ ایسا کیوں ہوا؟ اس کا جواب میرے پاس نہیں ہے ۔ (ج ۔ ب)
شام ڈھل چکی تھی ۔ اندھیرا اُتر کر درجہ بدرجہ گہرا ہوا جا رہا تھا۔ مَیں اپنی کار
تیز رفتار سے دوڑاتا گریس اور رچرڈ سے ملنے جا رہا تھا کہ اچانک آکاش کالے بادلوں سے

گھر گیا تھا اور دیکھتے ہی دیکھتے برسات خلافِ توقع شروع ہوگئی تھی۔ کار کے وائپر ونڈ اسکرین کو ضرور صاف کر رہے تھے مگر پانی اتنی تیزی سے برس رہا تھا کہ سڑک اجنبی بن کر رہ گئی تھی۔ اُسے پہچاننا میرے واسطے مشکل ہوا جا رہا تھا۔ طوفان میں گِھرتے ہی ہوا کا شور کانوں میں سیٹیاں بجا رہا تھا۔ پریشان ہو کر جب مَیں نے اپنے دائیں بائیں دیکھا تو دیگر موٹریں بھی چیونٹی کی چال چل رہی تھیں۔ ہر کوئی موت کے فرشتے سے خوف زدہ تھا۔ میرے تو حواس ہی ساتھ چھوڑ چلے تھے کہ موت کا فرشتہ مجھ سے گوش گزار تھا۔

"آج تم جن سے ملنے جا رہے ہو... کیا وہاں تک پہنچ پاؤ گے؟"

اُس کا سوال میری آتما تک اُتر گیا تھا، لیکن مَیں نے اسٹیرنگ مضبوطی سے تھام رکھا تھا کہ گاڑی کے اُلٹ جانے کا اندیشہ تھا۔ فرشتے کو مَیں نے اٹک اٹک کے جواب دیا:

"آج کوئی میرا انتظار کر رہا ہے۔ اُن لوگوں سے ملنا بہت ضروری ہے ورنہ کئی زندگیاں تباہ ہو جائیں گی۔"

"ہاں یہ تو ہے۔ اسی واسطے مجھے نیچے آنا پڑا... میں نے تمہاری آزمائش کو قریب سے محسوس کیا ہے... تمہارے ہاتھ کی ایک لکیر ٹوٹتے ٹوٹتے جُڑ گئی ہے... اور یہیں سے تمہاری بقیہ زندگی شروع ہوتی ہے۔"

یہ کہہ کر وہ غائب ہو گیا تھا۔

طوفان قدرے تھم گیا تھا، آنکھیں سڑک کو پہچاننے لگی تھیں۔ مَیں سیدھا اس مکان کی طرف بڑھ رہا تھا جہاں برسوں سے میرا دل دماغ اٹکا ہوا تھا۔ اُسے بنانے سنوارنے اور سجانے میں میری تمام سوچیں ہر دیوار، ہر کونے پر تحریر کردہ تھیں۔ اس کا احساس گریس کو بھی تھا۔ اس کی شخصیت بلاشبہ پُروقار تھی۔ چال اتنی جاذب نظر کہ راہ گیر اس کے سراپا سے نظریں ہٹانا توہین سمجھے۔ گریس کو بھی ہر حسین عورت کی طرح گہرا احساس تھا

کہ لوگوں کی نظریں اُس کی پشت پر تب تک پھیلی رہتی ہیں جب تک کہ وہ اُن کی نظروں سے اوجھل نہیں ہو جاتی، لیکن اُس کا باطن بالکل برعکس تھا۔ سنجیدہ سوچ، پیچیدہ خیالات جن کو جان کر اگلا شخص سوچنے پر مجبور ہو جائے کہ اس عورت سے نجات پانا اتنا سہل نہیں ۔

میری کار برینٹ کراس کے راؤنڈ اباوٹ میں داخل ہو چکی تھی اور مجھے رچمنڈ پہنچنا تھا۔ برسات قریب قریب بند ہو چکی تھی۔ ہلکی ہلکی بوندا باندی جاری تھی جو اس ملک کا موسمی کردار بھی ہے۔ مَیں اپنی جگہ خوش بھی تھا کہ موسم نے تیور بدل کر مجھے گریس اور رچرڈ سے ملنے کا موقع فراہم کیا ہے۔ لیکن یہ خیال آتے ہی مجھے ذہنی اذیت بھی ہوئی کہ مَیں آج اپنے ہی گھر میں ایک سالی سیٹر (وکیل) کی حیثیت سے جا رہا ہوں۔ ایک وقت تھا کہ اُس گھر کا مالک مَیں تھا۔ ہاں میرے ایک فون کرنے پر میرے پیشہ ور دوست انجینئر، جونیئر انڈین ڈاکٹر، زیرِ تربیت سالی سیٹر اور بینکر زمیرے فلیٹ میں آن جمع ہوتے۔ رات دیر تک پینا پلانا جاری رہتا۔ گیئر بدلتے ہی وہ رنگین شام میری آنکھوں میں گھوم کر رہ گئی، جب گریس پہلی مرتبہ میرے گھر پر وارد ہوئی تھی۔ وہ صاحب خانہ سے واقف نہ تھی اور یہی حال صاحب خانہ کا بھی تھا۔ پارٹی اس مقام پر پہنچ چکی تھی جب میزبان اور مہمانوں میں کوئی فاصلہ باقی نہیں رہتا اور وہ دل کھول کر ہنگامہ کرتے ہیں۔ محتاط گریس بھری محفل میں کسی کو تلاش کر رہی تھی ۔ چاروں طرف نگاہ دوڑانے پر جب وہ مایوس ہو بیٹھی تو مَیں اُس کے قریب پہنچ گیا:

’’اگر مَیں غلطی پر نہیں ہوں تو تم گریس ہو؟‘‘

سر سے پا تک میرا جائزہ لے کر اور میرا سانولا رنگ دیکھ کر اُس کی آنکھوں میں چمک اُبھر آئی۔ اُس نے جھٹ سے ہاں میں گردن ہلا دی ۔

’’اور تم رچرڈ کو تلاش کر رہی ہو؟‘‘

اُس نے پھر سے ہاں میں گردن ہلا دی۔ اس پر مَیں نے ہلکا سا قہقہہ لگا کر کہا:

"اب تک تو تم جان چکی ہوگی کہ وہ شخص اپنی مرضی سے آتا ہے اور اپنی مرضی سے جاتا ہے۔ وہ ایسا پنچھی ہے جسے قابو میں رکھنا اتنا آسان نہیں۔"

میری بات کا لطف اُٹھا کر اُس نے ہنسنا شروع کر دیا تھا۔ مَیں سمجھ سکتا تھا کہ وہ رچرڈ کے انگ انگ سے واقفیت رکھتی ہے۔

واڈ کا کا گلاس تھامے گریس ایک کونے میں تنہا کھڑی تھی۔ لیکن وہ پارٹی کے ہنگاموں میں کوئی دلچسپی ظاہر نہیں کر رہی تھی۔ اُسے نہ تو موسیقی سے کوئی سروکار تھا اور نہ ہی رقصاں دوستوں سے۔ حتیٰ کہ ایک کونے میں میز پر رکھا ہوا کھانے پینے کا و افر سامان بھی اُسے اپنی طرف متوجہ نہیں کر پایا تھا۔ اُس کی نگاہیں کبھی ایک دیوار پر مرکوز ہو جاتیں تو کبھی دوسری پر۔ پھر اُس نے چھت کا جائزہ لینا شروع کر دیا تھا۔ لاؤنج کی آرائش، تصویریں اور فرنیچر تک اُس کی نگاہوں سے بچ نہ پائے تھے۔ پھر گردن گھما کر اُس نے لاؤنج سے ملحق برآمدے کو دیکھنا شروع کر دیا تھا، جہاں سے ماسٹر بیڈ روم کی جھلک صاف ملتی تھی۔ مَیں سمجھ چکا تھا کہ وہ فلیٹ کی سجاوٹ اور اُس کی ساخت سے کافی متاثر ہو چکی ہے۔ اب اُسے دیکھنے کی آرزو مند ہے۔ مَیں نے اُس کے قریب پہنچ کر کہا:

"رچرڈ یونیورسٹی میں میرے ساتھ تھا، وہ تھوڑا اسٹکی ضرور ہے مگر دوست پیارا ہے۔"

"جانتی ہوں وہ تمھاری بہت تعریف کرتا ہے۔"

"اچھا، کیا کہتا ہے وہ؟"

"یہی کہ تم مقامی لوگوں سے زیادہ مہذب اور زیادہ ذہین ہو۔"

اپنی تعریف سن کر مَیں بہت خوش ہوا۔ پھر فراخ دلی سے کہا:

"آؤ... مَیں تمھیں اپنا فلیٹ دِکھاؤں۔"

ایک پنی تلی مسکراہٹ اس کے ہونٹوں پر اُبھر آئی تھی کہ وہ اسی غرض سے یہاں

حاضر ہوئی ہے۔

آدھ پون گھنٹے بعد رچرڈ پارٹی میں شریک ہوا تو وہ اکیلا نہیں تھا۔ ایک جوان بلانڈ عورت بھی اُس کے ہمراہ تھی۔ معمولی سے لباس میں کسا ہوا بدن، بوٹا قد، رچرڈ کے ساتھ کھڑے ہو کر اس کا قد اور بھی مختصر ہو گیا تھا کہ وہ بلند قامت شخص تھا۔ گٹھیلا بدن، لمبے لمبے بال کندھے پر جھولتے ہوئے۔ یونیورسٹی سے ڈگری حاصل کرنے پر وہ معاشرے کے تضادات، ریاکاری، نظامِ زندگی اور تہذیبی اقدار سے اس قدر مایوس ہوا تھا کہ اُس نے اپنے ہی ڈھنگ سے جینے کا فیصلہ کر لیا تھا۔ اُس شام وہ نہایت ہی خوشگوار موڈ میں تھا۔ اُس کی خمار آلود آنکھیں پتہ دے رہی تھیں کہ وہ تازہ کسی پب کی زیارت کرکے یہاں وارد ہوا ہے۔ بلانڈ کا سب سے تعارف کرانے پر جب اُس نے گریس کے ساتھ اُسے ملانا چاہا تو گریس نے ایک ایسی بے ہودہ حرکت کی جسے مَیں شاید ہی فراموش کر پاؤں گا۔ اُس نے بلانڈ کی طرف ہاتھ بڑھاتے ہوئے چھت کی طرف دیکھنا شروع کر دیا تھا۔ پھر نہایت سرد مہری سے مصافحہ کیا تھا۔ رچرڈ گریس کی بے جا حرکت پر خوش نہیں تھا۔ وہ بلانڈ کو "سوری" کہہ کر کھانے کی میز کی طرف بڑھ گیا۔ لوٹا تو اُس کے ہاتھ میں مچھلی کے قتلوں کی ایک رکابی تھی۔ اُس نے ایک ادائے خاص سے ایک غلام کی طرح جھک کر اُسے عورتوں کی طرف بڑھا دیا۔ دونوں کی آنکھوں میں جھانک کر جاننا چاہا کہ کون پہل کرے؟ بلانڈ نے ایک قتلہ اُٹھا کر دانتوں تلے رکھا ہی تھا کہ گریس بول اُٹھی:

"مچھلی کا کانٹا بڑا خطرناک ہوتا ہے... حلق میں پھنس جائے تو آدمی تڑپ تڑپ کر جان دیتا ہے۔"

بلانڈ کا ہاتھ جہاں تھا وہیں رُک گیا۔ اُس نے شعلہ بار نظروں سے پہلے گریس کو دیکھا پھر رچرڈ کو اور لمبے لمبے ڈگ بھرتی لاؤنج سے باہر چلی گئی۔ مَیں اور رچرڈ حیران رہ گئے کہ چشمِ زدن میں یہ سب کیا ہو گیا؟ لیکن گریس نے رکابی میں سے قتلہ اُٹھا کر اُسے فخریہ

توڑا اور اُس کا ایک حصہ منھ میں رکھ کر اُسے چبانے لگی۔

رچرڈ کو غصہ تو بہت آیا لیکن وہ غصے کو پی گیا۔ ہونٹ کاٹ کر اتنا ضرور کہا:

”گریس تم بہت ظالم ہو… میرے دوستوں کے ساتھ تمھارا سلوک ہمیشہ سے ٹھیک نہیں رہا۔“

لیکن گریس فخریہ نوالہ چباتی رہی۔

وہ چوں کہ ہفتے کی شام تھی، اگلے روز ہر کوئی دفتر سے آزاد تھا۔ پارٹی کا دیر تک چلنا فطری امر تھا۔ چند دوست تو شب بخیر کہہ کر اپنے اپنے ٹھکانے کی طرف بڑھ گئے تھے۔ دیگر صوفوں پر ہی پھیل گئے تھے۔ رچرڈ اور گریس بھی وہیں رُک گئے تھے۔ مَیں نے اپنا بیڈ روم اُن کے حوالے کر دیا تھا اور خود دوسرے کمرے میں منتقل ہو گیا تھا۔ دونوں کمروں کی دیوار مشترک تھی۔ میری عادت رہی ہے کہ سوتے وقت کسی کتاب کا سہارا ضرور لیتا ہوں اور وہ منٹوں میں مجھے نیند کی وادیوں میں لے جاتی ہے۔ مَیں ابھی بستر پر دراز ہی ہوا تھا کہ بغل والے کمرے سے ہلکی ہلکی آوازیں سنائی دیں۔ لیکن وہ آپس میں کیا کہہ رہے تھے؟ کیا سن رہے تھے، میری سمجھ سے باہر تھا۔ مَیں کتاب کی ابھی چند سطریں ہی پڑھ پایا تھا کہ آوازیں اونچا ئیسر اختیار کر بیٹھیں۔ پھر ایک وقت ایسا بھی آیا کہ مَیں اُن کی گفتگو کا ہر جملہ، ہر لفظ صاف صاف سن سکتا تھا۔ رچرڈ کہہ رہا تھا:

”ہاں… اگر مَیں نے کسی سے محبت کی ہے تو صرف تم سے… اور کرتا رہوں گا۔“

”تو پھر اِدھر اُدھر کیوں بھٹکتے رہتے ہو؟“

”اگر تم چاہتی ہو کہ مَیں چوبیس گھنٹے تمھارے ساتھ بندھا رہوں تو تم غلطی پر ہو۔“

”لیکن مجھ میں کیا کمی ہے؟“… میرے پاس کیا نہیں ہے، جو دوسروں

کے پاس ہے؟‘‘

’’تمھارے پاس سب کچھ ہے...صرف ایک شے کی کمی ہے...بار بار مجھ سے کیوں پوچھتی ہو؟‘‘

’’تم دل کھول کر مجھے برا بھلا کہو، مَیں برا نہیں مانوں گی...مگر آج جان کر رہوں گی کہ مجھ میں کیا کمی ہے؟‘‘

پس دیوار خاموشی چھا گئی تھی۔ مَیں سمجھا کہ وہ بستری کی طرف بڑھ گئے ہیں، لیکن یک بارگی رچرڈ کی آواز پھر سے اُبھری اور وہ بھی بلند لہجے میں :

’’تم تم...تمھیں یاد ہوگا جب ہم پہلی بار...جانے کس کی پارٹی میں ملے تھے...کچھ یاد نہیں آرہا...پر تمھاری ہر بات اور ہر خیال میں مَیں نے اپنی سوچ کا عکس پایا تھا۔ تم بے اختیار زمانے کی اونچ نیچ کو کوس رہی تھیں اور مَیں ہر پل تمھاری محبت میں گرفتار ہوا جا رہا تھا...تمھارے ہاں سوچ تھی، منطق تھی، تجزیہ تھا اور سب سے بڑی بات انسانی ہمدردی تھی، جو مجھے جان کی حد تک عزیز ہے...اور....اور...‘‘

ایک مرتبہ پھر خاموشی چھا گئی تھی مگر جلد ہی گریس کی آواز سنائی دی :

’’کیا تم کہہ چکے یا کچھ کہنا باقی ہے؟‘‘

’’ہاں...کہنا چاہتا ہوں...کوئی بھی لڑکی میرے ساتھ ہو، تم اُسے شک کی نگاہ سے دیکھتی ہو...کیوں؟ کس لیے؟ کیا تم کو مجھ پر اعتبار نہیں؟‘‘

’’رچرڈ!‘‘ گریس تمام پردوں کو چاک کرکے بولی: ’’آج شام جو سلٹ (SLUT) تمھارے ساتھ تھی وہ میری ہی ہم ذات ہے۔ ایک عورت دوسری عورت کی آنکھوں سے جان لیتی ہے کہ وہ کیا چاہتی ہے؟ یہ جبلت، یہ خوبی قدرت نے ہم کو دی ہے، مردوں کو نہیں۔‘‘

"تم کچھ بھی کہو، میں نہیں مانتا۔" یہ کہہ کر اُس کا لہجہ مزید اونچا ہوگیا تھا:

"تمھارا رویہ مجھے سوچنے پر مجبور کرتا ہے۔"

"شور مت مچاؤ... لوگ باگ سو رہے ہیں۔"

اس مرتبہ وہ واقعی خاموش ہوگئے تھے۔ لیکن میری نیند اُڑ گئی تھی۔ چند روز پہلے رچرڈ نے ذکر کیا تھا کہ وہ اور گریس اکٹھے رہنے کی سنجیدگی سے سوچ رہے ہیں۔ اگر کسی روز وہ ایک دوسرے سے دور رہیں تو اُن کا دن پورا نہیں ہوتا۔ زندگی ادھوری سی محسوس ہوتی ہے۔ لہٰذا نیا سفر شروع کرنے میں ہی اُن کی عافیت ہے۔ میں پھر سوچنے پر مجبور ہوگیا کہ اگر مرد اور عورت کے درمیان اُن کے مزاج، سوچ اور فطرت میں نمایاں فرق ہو تو اُن کی زندگی کنارے پر نہیں لگا کرتی۔ کوئی ڈوب جاتا ہے تو کوئی تاحیات غوطہ زن رہتا ہے، لیکن پُرسکون ازدواجی زندگی کا کنارا اُن سے دور ہی رہتا ہے۔ یہی سوچتے سوچتے میری آنکھ لگ گئی تھی۔

قدرت نے آدمی کے باطنی نظام میں ایک ایسی گھڑی نصب کر رکھی ہے کہ وہ سدا اپنے مقررہ وقت پر بج اُٹھتی ہے۔ منھ اندھیرے میری آنکھ کھل گئی تھی۔ میرا سر بھاری تھا اور آنکھیں بوجھل، اُٹھنے کو جی نہیں چاہ رہا تھا مگر جب دن تو میری سلامتی کی دعا مانگ رہا تھا۔ لاؤنج کی کایا ہی پلٹ چکی تھی۔ ہر کونہ صاف ستھرا تھا، ہر شے اپنی جگہ قرینے سے دھری تھی۔ جب کہ کل رات پارٹی کے اختتام پر نقشہ ہی الگ تھا۔ میز پر بچا کھچا کھانا بے ترتیبی سے پھیلا تھا۔ ہر طرف استعمال شدہ پلیٹیں دھری تھیں۔ بیئر کے ان گنت ڈبے اِدھر اُدھر بکھرے تھے۔ خالی اور نیم بھرے گلاس کئی میزوں پر رکھے تھے۔ غرض یہ کہ منظر کسی فلم پارٹی جیسا تھا، لیکن یہ سب کیوں کر از خود ہوگیا تھا؟ خیال آیا کہ میرے جو دوست کل رات صوفوں پر پھیل گئے تھے، اپنا حق ادا کرکے چل دیے ہوں گے۔ لیکن میں اُن

کی فطرت سے خوب واقف تھا۔ وہ صبح دم فلیٹ سے یوں چل دیتے گویا رات میں یہاں موجود ہی نہ ہوں۔ کچن میں داخل ہوا تو گریس میرا شب خوابی کا لباس پہنے، کمر پر ایپرین باندھے برتن دھو رہی تھی۔ معمہ ضرور حل ہو چکا تھا مگر میری حیرانی برقرار تھی:

”یہ تم کیا کر رہی ہو؟“

”برتن دھو رہی ہوں“

”مگر تم کو ایسا نہیں کرنا چاہیے، تم میری مہمان ہو۔“

”رات میں نے اور رچرڈ نے جی بھر کر تمھاری شراب پی ... دبا کر کھانا کھایا۔ سوچا پچھ تو قرض چکا دوں۔“

”گریس!“ میں نے مذاقاً کہا: رات کو رچرڈ نے ٹھیک ہی کہا تھا تم بڑی ظالم ہو۔“

”نہیں ایسا نہیں ہے ... میں ہر بات کو انسانی سطح پر پرکھ کر قدم اٹھاتی ہوں۔“

میں نے چائے کے دو مگ تیار کیے اور ہم کھانے کی میز پر رو برو بیٹھ گئے۔ ریڈیو سے بی بی سی بیرونی سروس کی خبریں نشر کی جا رہی تھیں۔ اُن کو سنتے ہوئے اچانک گریس مجھ سے پوچھ بیٹھی:

”تمھارا فلیٹ مجھ کو بہت اچھا لگا۔“

”اچھے وقتوں میں خرید لیا تھا۔ ان دنوں ایسے فلیٹ کہاں ملتے ہیں؟“

”جانتی ہوں ... پھر اِسے تم نے اتنی نفاست سے سجایا سنوارا ہے کہ لگتا ہے تم یونیورسٹی میں قانون نہیں جمالیات کا کورس پڑھ رہے تھے۔“

میں نے خود کو ہمالیہ کی چوٹی پر کھڑے پایا۔

”جانے کون ذکر کر رہا تھا کہ تم یہ فلیٹ بیچنے کی سوچ رہے ہو؟“

”ضرور رچرڈ نے کہا ہو گا۔“

”ہاں! رچرڈ نے ہی ذکر کیا تھا...مگر یہ فلیٹ تو بہت خوبصورت ہے۔
ہوادار بھی ہے۔۔۔تم اِسے بیچ کیوں رہے ہو؟“

مَیں سمجھ سکتا تھا کہ وہ گھما پھرا کر اس نوعیت کے سوال کیوں پوچھ رہی ہے، لیکن
حقیقت بیان کرنا مجھ پر لازم تھا۔

”میری کمپنی مجھے لندن سے ملٹن کینز بھیج رہی ہے۔ انکار میں کر نہیں سکتا کہ
نوکری جاری رہے گی۔“

”اور نئی نوکری ملنا ان دنوں کو آسان نہیں رہا۔“

میری طرح وہ بھی خاموشی سے سگریٹ پھونک کر چائے پیتی رہی لیکن مجھے
احساس ہو چلا تھا کہ وہ گھڑی آن پہنچی ہے جب وہ کسی پل بھی اپنا مقصد بیان کر دے گی۔

”اب تم فلیٹ بیچ ہی رہے ہو تو ہمیں مت بھولنا۔“

میں نے سوالیہ نظروں سے اُسے دیکھا۔

”تم چاہو تو یہ ڈیل (DEAL) ہمارے ساتھ بھی کر سکتے ہو۔“

”کیوں نہیں۔ تم لوگوں کے ساتھ سودا کرنے میں مجھے خوشی ہو گی۔“

ابھی مَیں اُس کا ردِعمل جاننے کا منتظر ہی تھا کہ رچرڈ کچن میں داخل ہوتا دکھائی
دیا۔ وہ رات کے لباس میں اچھا خاصا کارٹون لگ رہا تھا۔ پاجامہ ٹخنوں سے اونچا، ڈھیلی
ڈھالی قمیص اس کی ناف کو چھوتی ہوئی۔ آستین کہنیوں کو چھو رہی تھیں، لگتا تھا سرکس کے
کسی مسخرے کو کپڑے پہنا دیے گئے ہوں۔ مَیں ہنسی ضبط نہ کر سکا۔ گریس کا بھی کم و بیش یہی
حال تھا۔ لیکن رچرڈ ہماری ہنسی نظر انداز کیے خوشگوار لہجے میں مجھ سے مخاطب ہوا:

”کہیں تم میری پارٹنرز کو مجھ سے الگ کرنے کی کوشش تو نہیں کر رہے ہو؟“

ہماری ہنسی قہقہوں کی صورت اختیار کر بیٹھی تھی لیکن مَیں نے اُسی موڈ کو برقرار رکھنا

چاہا:

”فی الحال تو ایسا کوئی ارادہ نہیں ہے... مگر کون جانتا ہے وقت کے ساتھ بہت کچھ بدل جاتا ہے.... بہت سے انقلاب آیا کرتے ہیں.“

”اسی واسطے مَیں تم کو پسند کرتا ہوں... تمھاری ہر بات میں منطق ہوا کرتی ہے اور حقیقت بھی.“

گریس نے جوس کا گلاس تیار کر کے رچرڈ کی طرف بڑھا دیا.

”ہم فلیٹ کے بارے میں بات کر رہے تھے.“

رچرڈ نے گہری نظروں سے گریس کو دیکھ کر جاننا چاہا کہ اُس نے کیا فیصلہ کیا ہے.

”یہ جگہ مجھے پسند ہے.“

”اگر ایسا ہے تو یہ جگہ ہمیں مبارک ہو. مَیں نے پہلے ہی کہہ دیا تھا کہ فلیٹ بہترین ہے. تم کو ضرور پسند آئے گا.“

پھر اُس نے پلٹ کر مجھ کو سنجیدگی سے دیکھا. برسوں کی رفاقت میں پہلی بار مَیں نے اُسے اتنا سنجیدہ پایا تھا. وہ بولا:

”دیکھو آنند، دوستی ایک طرف... یہ معاملہ بزنس کا ہے، پیسوں کا ہے... گریس تمھارے ساتھ ہر بات طے کر لے گی... مَیں لین دین کے سلسلے میں بالکل زیرو ہوں. اُمید کرتا ہوں تم دونوں مایوس نہیں کرو گے.“

۲

دو ماہ میں میرا فلیٹ ایک ہاتھ سے دوسرے میں منتقل ہو گیا تھا. اب وہ گریس اور رچرڈ کی مشترکہ ملکیت تھا. پوری کارروائی بڑی خوش اسلوبی سے انجام پائی تھی، سوائے گریس کی ایک اوچھی حرکت کے، جس نے مجھے سوچنے پر مجبور کر دیا تھا کہ یہ سودا

کروں یا نہ کروں؟ مگر اس نازک گھڑی میں رچرڈ اپنے پورے قد و قامت کے ساتھ میرے سامنے آن کھڑا ہوا تھا اور مَیں انکار نہ کر پایا۔ ہوا یہ تھا کہ فلیٹ کی جو قیمت طے پائی تھی اُس میں فلیٹ کے تمام پردے، قالین، لیمپ شیڈز، قدِ آدم آئینہ، فرج اور گیس ککر بھی شامل تھے۔ یہ فہرست گریس نے سوچ سمجھ کر تیار کی تھی اور مَیں نے خندہ پیشانی سے اُسے قبول کر لیا تھا لیکن ابھی کنٹریکٹ۔ اکسچینج کرنے میں دو چار دن باقی تھے کہ گریس کا غیر متوقع فون آیا:

”تم سے ایک چھوٹی سی گزارش ہے ... انکار مت کرنا۔“ مَیں خاموش رہا۔

”تمھیں یاد تو ہو گا کہ فلیٹ چھوڑتے وقت تم کو کیا کیا چھوڑ کر جانا ہے ۔“

”ہاں ... خوب یاد ہے ۔“

”غلطی میری تھی جو فہرست مَیں نے تیار کی تھی وہ مکمل نہیں تھی ۔“

میرا ماتھا ٹھنکا، خطرے کی گھنٹی بج اُٹھی تھی۔

”تمھاری واشنگ مشین بڑی عمدہ ہے ۔“

پیغام مجھ تک پہنچ گیا تھا۔

”تم چاہو تو مشین خرید سکتی ہو ... قیمت ادا کرنی ہو گی ۔“

”فی الحال تو ہمت نہیں ہے ۔ ۔ ۔ ناک تک دھنسے ہوئے ہیں ... مگر تم اُس کو ہمارے واسطے ضرور چھوڑ کر جانا۔“

”اور اگر مَیں انکار کر دوں تو ...؟“

خاموشی اس نوعیت کی چھا گئی تھی کہ فاصلوں پر بیٹھے ہوئے ہم ایک دوسرے کا

۱۔ مکان کی خرید و فروخت کے سلسلے میں دونوں پارٹیاں ایک معاہدے پر دستخط کرتی ہیں لیکن کوئی بھی پارٹی دستخط کرنے سے پہلے اپنا ارادہ بدل سکتی ہے۔

ذہن پڑھ کر فیصلہ کر سکتے تھے کہ ان حالات میں ہم کو کون سا قدم اُٹھانا ہوگا۔ اچانک اُس کی آواز آئی۔ لہجہ یکسر بدلہ ہوا تھا:

”ابھی کنٹریکٹ پر ہم نے دستخط نہیں کیے...سوچ لو۔“

بھلا مَیں کیا سوچ سکتا تھا۔ مَیں تو اگلے شہر میں پیشگی رقم ادا کر کے اپنی رہائش کا بندوبست کر چکا تھا۔ مجھے بہر حال وہاں پہنچنا تھا، لیکن مَیں نے ہتھیار ڈالنے سے پہلے تُرپ کا پتہ استعمال کیا:

”مَیں تو ضمیر کے سہارے زندہ ہوں...اسی نے مجھے برباد بھی کیا ہے اور آباد بھی...مگر تم اپنی کہو۔ تم کہاں کھڑی ہو؟“

سوال براہِ راست اُس کی ذات پر تھا لیکن میرا نشانہ چوک گیا۔ اُس کا لہجہ بدلہ بدلہ سا تھا:

”تم اس وقت PHILOSOPHICAL ہو رہے ہو...مَیں سمجھ سکتی ہوں کہ ایک عزیز شے تم سے چھوٹی جا رہی ہے اور اُس کا دُکھ تم کو ابھی سے ہو رہا ہے۔“

”دُکھ تو مجھے اُس سے ہوگا جب اُس کی قیمت مجھ تک نہیں پہنچے گی۔“

”فکر مت کرو آنند...ہم ابھی کافی جوان ہیں...زندگی کے کسی موڑ پر نہ کسی صورت میں قیمت ضرور ادا کر دی جائے گی...یہ میرا وعدہ رہا۔“

"BLOODY BITCH" میرے دماغ نے مجھ سے کہا، لیکن ریسیور میرے کان سے چپکا رہا۔

”رچرڈ سے مَیں کہہ دوں گی کہ تم مان گئے ہو“

یہ کہہ کر اُس نے ریسیور اطمینان سے رکھ دیا۔ گویا مَیں نے واقعی اُس کا فرمان تسلیم کر لیا ہو۔ ایک بار تو من میں آیا کہ یہ سودا ہی منسوخ کر ڈالوں لیکن مَیں پا بجولاں تھا۔

مَیں نے ریسیور پٹک ڈالا، زور کا چھنا کا ہوا،لیکن میرے حلق میں اٹکا ہوا کانٹا اتنی شدت سے چبھا کہ مَیں نے فوراً ہی انتقام لینے کی ٹھان لی، لیکن گریس میرے ارد گرد کہیں موجود نہ تھی۔

جس روز مجھے فلیٹ خالی کر کے اگلے شہر ملٹن کینز کو روانہ ہونا تھا۔میرے باطن میں واقعی اُتھل پتھل مچ اُٹھی تھی۔سامان ٹرک میں لاد دیا گیا تھا۔قدم اُٹھانے سے پہلے مَیں نے سگریٹ سُلگایا، بھرپور نظروں سے گھر کو دیکھا، پانچ برسوں تک اُس میں قیام کر کے اور اُسے اپنی روز مرہ کی زندگی کا اہم حصہ بنا کر میرا اندرون مجھ سے ہمکلام تھا کہ تم جہاں بھی رہو گے یہ ٹھکانا، یہ بسیرا، یہ علاقہ تمہارا پیچھا نہیں چھوڑے گا۔ بلکہ تم کو ہانٹ کیا کرے گا۔مَیں نے سگریٹ کو جوتے سے مسلا، چنگاریاں اور گل قالین پر پھیل گئے۔ لیکن مجھے قطعاً افسوس نہیں ہوا۔ بلکہ سکتے بٹ کو انگلیوں میں تھام کر میں کچن میں چلا آیا اور اُسے واشنگ مشین کے عین وسط میں رکھ کر فلیٹ سے چلا آیا۔

نیا شہر پُرانے کے مقابلے میں نہایت مختصر تھا لیکن وہاں کی زندگی میں ٹھہراؤ تھا، سکون تھا، اطمینان تھا۔ بھاگتے دوڑتے لوگ دکھائی نہیں دیتے تھے۔ٹریفک بھی کم تھا۔خوشگوار ماحول میں عوام ایک دوسرے کی خبر رکھتے تھے۔ یہ تجربہ میرے لیے بالکل نیا تھا۔لیکن ان تمام مثبت پہلوؤں کے باوجود میرا دل وہاں نہیں لگتا تھا۔ وہ تو لندن جیسے مہانگر میں اٹکا ہوا تھا۔ جہاں دوست احباب تھے، اپنا گھر تھا، دیکھا بھالا علاقہ تھا، روشنیاں تھیں، خوبصورت چہرے تھے۔ پھر سب سے بڑی کشش تو اب گریس کے اُن جملوں کی تھی جو اُس نے فون پر ادا کیے تھے :

’’فکر مت کرو آنند، ابھی ہم کافی جوان ہیں۔۔۔ زندگی کے کسی موڑ پر کسی نہ کسی صورت میں قیمت ضرور ادا کر دی جائے گی۔۔۔ یہ میرا وعدہ رہا‘‘

وہ جملے میری سائیکی میں اتنی گہرائی تک اُتر چکے تھے کہ مَیں اُٹھتے بیٹھتے چلتے پھرتے اسی خیال میں رہتا کہ اُن کو ادا کرتے وقت گریس کے من میں کیا تھا؟ اُس کی منشا کیا تھی؟ اور وہ کیا چاہتی ہے؟ کیا وہ اُس وقت وہی سوچ رہی تھی جو اِس پل مَیں محسوس کر رہا ہوں؟ پھر اس میں ہرج ہی کیا ہے؟ مَیں کون سا گنگا پُتر بھیشم ہوں جس نے لوک پرلوک کے سبھی دیوتاؤں کو ساکشی مان کر پرتگیا اُٹھائی تھی کہ وہ جیون بھر کسی استری کے پاس نہیں جائے گا۔ یہی کڑوا سچ مجھے ایک ویک اینڈ پر لندن لے آیا تھا۔ مَیں نے سورج ڈھلنے پر گریس اور رچرڈ سے ملاقات کرنے کی ٹھان لی تھی۔ اُس سہ پہر کو مَیں رچمنڈ کے مقامات سے اُس دیوانے کی طرح گزرتا رہا جس سے ٹیوڈر عہد کی گلیاں چھین لی گئی ہوں اور وہ انھیں دیکھنے کو ترس اُٹھا ہو۔ بعض مانوس چہروں کو دیکھ کر بھی میری آنکھ بھر آتی اور کبھی دل بوجھل ہو جاتا۔

شام کی لالی آخری دموں پر تھی، جب مَیں رچمنڈ کی پُتلیوں سے ہوتا ہوا دریائے تھیمز کے کنارے پر چلا آیا۔ مجھے سورج ڈوبنے کا انتظار تھا کہ مَیں گریس اور رچرڈ کے در پر دستک دوں۔ مَیں رچرڈ کی عادت سے واقف تھا کہ وہ سورج غروب ہونے پر ہی گھر سے نکلتا ہے اور رات دیر سے لوٹتا ہے۔

انٹرکام پر میرا نام سن کر گریس یوں چونکی، جیسے برقی رو نے اُسے چھو لیا ہو۔ اُس کا سکتہ تب ٹوٹا جب مَیں عمارت کا صدر دروازہ داخلہ کھلنے پر سیڑھیاں پھلانگ کر اُس کے سامنے کھڑا تھا۔

"عجیب آدمی ہو تم... لندن آنے سے پہلے فون کیا ہوتا کہ شام میں ہم سے ملنے آ رہے ہو؟"

لیکن مَیں دم بخود اُس کے بھرے بھرے بدن کو دیکھتا اُس کے ہر انگ کو سراہتا رہا۔ اُس نے فوراً پاؤں بدل کر گردن گھما لی۔ فلیٹ میں داخل ہوتے سمے ایک پل کو

کو مَیں بالکل اُس کے قریب کھڑا ہوگیا۔ اتنے قریب کہ ہم ایک دوسرے کی سانسیں تک
گن سکتے تھے۔ مَیں نے اُس کی آنکھوں میں جھانک کر جاننا چاہا کہ وہ کون سی زبان
بولا کرتی ہیں اور کس تہذیب کی پروردہ ہیں؟ مگر وہاں بے گانگی تھی، لاتعلقی تھی۔ رچرڈ
جانے کو تیار کھڑا تھا۔ مجھ کو دیکھ کر بے حد خوش ہوا۔

”ٹھیک وقت پر آئے ہو... ہم باہر جانے ہی والے تھے۔“

”جانتا ہوں... تمھیں اندھیرا اچھا لگتا ہے... مگر اندھیرا ابھی اتنا گہرا نہیں
ہوا کہ تم گھر سے گئے ہوتے۔“

”مائی گڈنس... مَیں حیران ہوں کہ کئی سال بیت جانے پر بھی تم یونیورسٹی
اور ہوسٹل کے دن بھول نہیں پائے۔“

”تمھارے ساتھ ایک عرصہ گزرا ہے... اور مَیں سمجھتا ہوں ماضی ہمیں
پریشان بھی کرتا ہے اور خوشی بھی دیتا ہے۔“

”تمھاری ہر بات میں منطق ہوا کرتی ہے... اور تم کو پسند کرنے کی وجہ بھی
یہی ہے۔“

مَیں نے گریس کا ردِعمل جاننا چاہا، مگر وہ ہم سے الگ ہو کر لباس تبدیل کرنے
کو چلی گئی تھی۔

اندھیرا دنیا کو اپنی گرفت میں لے چکا تھا۔ اسکاچ کا دوسرا پیگ مجھ پر اپنا اثر
چھوڑ چکا تھا۔ رچرڈ کو علم تھا کہ مَیں اسی مخصوص مشروب سے سینہ گرماتا ہوں۔ جب کہ وہ اور
گریس ریڈ وائن پی رہے تھے۔ وہ بڑے صوفے پر میرے مقابل بیٹھے ہوئے تھے اور
اُن کے درمیان اُن کا پالتو کتا بلکی بیٹھا مجھے خطرناک نظروں سے گھور رہا تھا۔ حالاں کہ ابتدا
میں اُس کے سر پر ہاتھ پھیر کر میں نے اُسے یقین دلانا چاہا تھا کہ میں کوئی غیر نہیں، گھر کا
آدمی ہوں، لیکن جانور تو پھر جانور ہے۔ ازل سے ایک چوپائے اور ایک دو پائے میں

فرق رہا ہے۔

خوش گپیاں دیر تک جاری رہیں۔ بے ضرر باتوں کا سلسلہ چلتا رہا لیکن میرے یہاں گریس کے متعلق جو سوالات، شکوک اور خیالات پیدا ہوئے تھے وہ اپنی جگہ سر اُٹھائے کھڑے تھے۔ لیکن یہ خیال بھی بار ہا میرے ذہن سے گزرتا رہا کہ میرا سوچنا بے بنیاد بھی ہوسکتا ہے۔ میں گریس کو دیکھتا تو وہ بلیکی کی پیٹھ سہلا کر رچرڈ کو دیکھا کرتی گویا وہ اُس کی زندگی کا محور ہو اور وہ اُس سے شروع ہو کر اُسی پر ختم ہوتی ہو۔ لیکن جانے کیوں مجھے انگریزی زبان کا ایک مقولہ یاد آگیا۔ (EVERY WOMAN HAS A JUNGLE IN HER HEART) اور وہ جنگل بھی اتنا گھنا اتنا گہرا کہ اُس کے ایک پتے کے پیچھے چھپا ہوا دوسرا پتہ دِکھائی نہ دے۔ میں اس طرز کے متضاد خیالات سے دو چار تھا کہ ایک نیا موضوع میرے لبوں پر اُبھر آیا۔

"تم لوگ میرج کب کر رہے ہو؟"

وہ اس سوال کے لیے بالکل تیار نہ تھے۔ حالاں کہ سچ تو یہ ہے کہ میں بھی ذاتی طور پر تیار نہیں تھا۔ بے ساختہ میرے منھ سے یہ سوال نکل گیا تھا لیکن گریس کے چہرے پر ایک دوشیزہ کی طرح حیا کی لکیریں دوڑ گئی تھیں۔ اُس نے فوراً پہلو بدلا اور بلیکی کو اُٹھا کے اپنے گود میں بھر لیا تھا لیکن رچرڈ جوں کا توں اطمینان سے بیٹھا رہا۔ اُس نے ہاتھ بڑھا کر وائن کی بوتل اُٹھائی، گلاس بھر کر ایک دو مختصر گھونٹ بھرے اور انتہائی شائستہ انداز میں مخاطب ہوا:

"یہ سوال اپنی جگہ خاصا اہم ہے۔ اکثر میں اس بارے میں سوچا کرتا ہوں لیکن میں تم سے کچھ جاننا چاہوں گا؟"

میرا نشہ قدرے گھٹ گیا تھا۔

"گریس میری پارٹنر ہے...ہم میاں بیوی کی طرح زندگی جی رہے ہیں،

لیکن ہمارے پاس وہ کاغذ نہیں ہے جو چرچ یا رجسٹرار کے آفس میں چند جملے بول کر حاصل ہوتا ہے۔“

”مَیں سمجھتا ہوں اب وہ وقت آ گیا ہے کہ تم لوگ وہ کاغذ بھی حاصل کر لو۔“

”اس کے بارے میں گریس اور مَیں بار ہا بات کر چکے ہیں...لیکن تم یہ بتاؤ، کیا اس کاغذ کے بغیر ہم زندگی نہیں گزار سکتے؟“

”ضرور گزار سکتے ہو کوئی پوچھنے والا نہیں۔“

”تو پھر مسئلہ کیا ہے؟“

مَیں نے خاموش رہ کر موضوع کو گول کرنا چاہا۔ مگر دل راضی نہ ہوا۔ جوانی اور یونیورسٹی کا ایک قریبی دوست رو برو تھا:

”صدیوں سے ایک روایت چلی آ رہی ہے، اُس کا احترام ہر اُبھرتی یا مٹتی تہذیب نے بھی کیا ہے۔ دنیا اس روایت سے بندھی ہوئی ہے۔... ورنہ ہر تہذیب کا دیوالیہ نکل جائے گا۔“

جملے کا آخری ٹکڑا مَیں نے گریس کو دیکھ کر ادا کیا تھا۔ فوری طور پر اُس کے لب وا ہو گئے:

”مَیں بھی یہ محسوس کرتی ہوں مگر رچرڈ کی سوچ الگ ہے۔“

اس کا کہنا ٹائم بم کے قریب تھا۔ رچرڈ نشست سے اُچھل سا پڑا۔

”گریس، ہمیں اکٹھے رہتے ہوئے ایک عرصہ گزرا ہے...کیا تم نے محسوس کیا ہے کہ مَیں تمھارا شوہر نہیں ہوں؟“

”ہاں...یہ سچ ہے۔“

”کیا مَیں نے ایک شوہر کی طرح اپنی ذمہ داریاں نبھانے میں کبھی کوتاہی کی ہے؟“

"نہیں"

"تو پھر مسئلہ کیا ہے؟"

"رچرڈ!"

یہ کہہ کر اُس نے بلیکی کو قالین پر اُچھال دیا۔ وہ مڑ مڑ کر مالکن کو دیکھتا بالکونی کی طرف بڑھ گیا۔ گریس نے اپنی بات کو آگے بڑھایا:

"مانا کہ ایک عرصے سے اکٹھے رہ کر ہم نے ایک دوسرے کو سمجھا ہے، محسوس کیا ہے۔ یہ بھی صحیح ہے کہ ہم میاں بیوی کی طرح زندگی جی رہے ہیں، لیکن سوسائٹی اس حقیقت کو قبول نہیں کرتی...اُس کی نظر میں ہم غیر شادی شدہ ہیں اور رہیں گے۔"

"سوسائٹی کی کون پرواہ کرتا ہے۔ اس نے ہم کو دیا ہی کیا ہے؟ سوائے اس کے کہ کھینچے ہوئے دائروں میں زندہ رہ کر سانسیں بھرو، ورنہ برادری سے خارج کر دیے جاؤ گے۔"

میرا ہاتھ گلاس کی طرف بڑھ گیا تھا۔

"گریس، ہم نے مل کر جینا ہے...تم مجھ سے زیادہ سیانی ہو، زندگی ہمیشہ وفاداری اور ایمانداری کے سہارے آگے بڑھا کرتی ہے۔"

"اسی لیے میں آج بھی تمہارے ساتھ ہوں...مگر جو بات مجھے پریشان کرتی ہے وہ بالکل الگ ہے...اور تم اُس سے ہمیشہ دور بھاگتے ہو۔"

فضا بوجھل ہوتی جا رہی تھی۔ تناؤ کے بڑھتے ہی گریس کا رویہ جارحانہ ہوا جا رہا تھا۔ رچرڈ مزید اپنے حق میں کچھ کہنے کا مشتاق تھا، لیکن مجھ پر نظر ڈال کر خاموش رہا۔ میں کچھ سمجھ نہیں پا رہا تھا کہ اس موقع پر خاموش رہوں یا زبان کھولوں۔ گریس اُکھڑ چکی تھی۔ اس کے چہرے کا بدلتا رنگ شاہد تھا کہ وہ اپنے مستقبل کے بارے میں فکرمند ہے۔ ایک عورت

کے ناتے کبھی اُسے اپنی تکمیل بھی کرنی ہے اور اپنے گوشت پوست میں اپنی شکل بھی دیکھنی ہے۔لہٰذا اُسے معاشرے کی قدیم روایات کا پاس بھی ہے اور احترام بھی۔اُس ملاقات کے تیسرے روز شام کو مَیں گھر پہنچا تو روزمرہ کی طرح مَیں نے ڈاک دیکھنا چاہی۔ایک خط گریس کی طرف سے بھی آیا تھا۔مَیں چونکا، دھڑکتے دل کے ساتھ مَیں نے لفافے کی گردن چاک کی۔اندر خط کے ساتھ ایک چیک بھی ملفوف تھا۔

"مسٹر آنند، مَیں تمھاری واشنگ مشین کی قیمت چیک کی صورت میں چکا رہی ہوں۔اس میں کوئی شک نہیں کہ ہر بات کی تہہ میں کئی معنی ہوتے ہیں۔اگر آدمی میں سوچنے سمجھنے کی صلاحیت کم ہو تو وہ اُس کی روح کو چھو نہیں پاتا بلکہ وہ ہر بات کا مطلب اُلٹا ہی نکال بیٹھتا ہے۔یقین ہے میری بات تم تک پہنچ گئی ہو گی۔"

مَیں گزوں زمین میں دھنس گیا تھا اور وہاں سے نکلنے اور آزاد ہونے میں مجھے وقت لگا تھا۔

ابھی چند ماہ بھی نہ گزرے تھے کہ رچرڈ اور گریس کے درمیان ایک ایسا انقلاب رونما ہوا کہ وہ خود بھی ششدر رہ گئے۔لیکن اس فطری تبدیلی میں اُن کا ذاتی غرور بھی در آیا تھا اور غیر ازدواجی زندگی کی مسرت بھی۔ایک سہانی شام دونوں دفتر سے گھر لوٹے تو اُن کا خیر مقدم بلّی نے کیا۔رچرڈ چائے بنا رہا تھا جب گریس داخل ہوئی۔اُسے نہایت خوش پا کر رچرڈ پوچھ بیٹھا:

"کہو دن کیسا گزرا؟"

"گریٹ...ریلی گریٹ۔"

"جاب پرموشن...یا کچھ اور؟"

”نہیں رچرڈ... ڈارلنگ آج وہ دن ہے جسے ہم عمر بھر بھلا نہیں پائیں گے ...خاص طور پر مَیں ۔ قدرت نے آج کی تاریخ مجھ پر لکھ چھوڑی ہے ۔“

رچرڈ حیرت کا مارا اُس کا منھ دیکھتا چلا گیا،لیکن جلد ہی جبلی طور پر جو اُس کی سمجھ میں آیا وہ اُس کی زبان پر تھا:

”کہیں ہم دو کی بجائے تین تو ہونے نہیں جا رہے ہے؟“

گریس دیوانہ وار اُس کے گلے سے چمٹ کر اُسے چومنے لگی ۔رچرڈ بھی اتنا ہی خوش تھا جتنی کہ گریس ...اور بقول رچرڈ اُس سے اُس نے گرجا گھر کی بجتی ہوئی گھنٹیاں سنیں اور نو زائیدہ بچے کی تو تلی زبان بھی ۔اُس نے گریس کو اُٹھا کر وحشیانہ انداز میں ناچنا شروع کر دیا۔وہ گرتے گرتے بچی،لیکن اُسے کوئی غم نہ تھا بلکہ وہ قہقہے لگاتی ایک الگ ہی عورت دکھائی دے رہی تھی ۔انجام کار جب اُس نے گریس کو اپنی گرفت سے آزاد کیا اور جب سانسیں معمول پر آ گئیں تو وہ بولا:

”جانتی ہوں تم میری طرح بہت خوش ہو ... پر اب تم کو میرا کہا ماننا ہو گا؟“

”مَیں آنے والے بچے کی خاطر کچھ بھی سننے کو تیار ہوں ...کہو کیا کہنا چاہتی ہو؟“

”مجھ سے قانونی شادی کرنی ہو گی ۔“

یہ سننا تھا کہ اُس کی تمام خوشیاں ہوا میں اُڑ گئیں ۔وہ تقریباً چیخ اُٹھا:

”ایک کھوکھلا بے معنی کاغذ تمھارے نزدیک اتنا اہم ہے کہ اُسے حاصل کرنے کو تم مجھ کو بھی مجبور کرتی رہتی ہو ۔لیکن مَیں اُس کی شکل دیکھنا بھی پسند نہیں کرتا ۔“

"تو پھر مجھے سنجیدگی سے سوچنا ہوگا۔ مجھے کون سا قدم اٹھانا ہے؟"

"مطلب؟"

"مطلب صاف ہے۔ مَیں چاہوں نہیں چاہوں گی کہ میری اولاد کو کوئی ناجائز بچہ، باسٹرڈ یا LOVE CHILD کہے... مَیں چاہوں گی وہ سر اٹھا کے سوسائٹی میں گھومے پھرے اور کوئی اُس سے اُلٹا سوال نہ کرے۔"

"یوں کہو کہ تم اب سوسائٹی سے خوف کھانے لگی ہو... تم میں اب وہ ہمت نہیں رہی جو کبھی ہوا کرتی تھی۔"

"نہیں رچرڈ نہیں... مَیں آج بھی سوسائٹی کی جھوٹی قدروں کے سخت خلاف ہوں... لیکن مَیں نہیں چاہتی کہ میری اولاد ہماری سوچ کا شکار ہو ... مَیں اُسے زندگی کے تمام حقوق دینے کے حق میں ہوں... تاکہ وہ خود کو کسی سے کم تر نہ سمجھے اور نہ ہی اُسے کسی موڑ پر محرومیت کا احساس ہو۔"

بے بس رچرڈ کچھ کہنے کو الفاظ تلاش کر رہا تھا۔ مگر الفاظ اس سے دور ہوئے جا رہے تھے۔ گریس نے اُسے سمجھانا چاہا:

"مَیں تمہارے باغی پن سے خوب واقف ہوں... لیکن تم کو اپنی اولاد کی خاطر مجھ سے شادی کرنی ہو گی۔"

"اور اگر مَیں ایسا نہ کروں تو...؟"

"پھر مَیں بچے کو جنم نہیں دوں گی۔"

اُس کی آواز میں اعتماد تھا، یقین تھا۔ رچرڈ کی دنیا تہ و بالا ہو گئی تھی۔ اُسے قطعاً امید نہ تھی کہ گریس اِس انتہا کو پہنچ کر اُسے دیوار کے سامنے اُلٹا کھڑا کر دے گی۔ وہ تلملا اٹھا۔

"تم مجھ کو بلیک میل کر رہی ہو؟"

”ہرگز نہیں بلکہ تم کو حقیقت سے آگاہ کر رہی ہوں۔“

دونوں ایک دوسرے کو یوں گھور رہے تھے کہ وہ آنے والے بچے کے ماں باپ نہ ہوں بلکہ حریف بنے میدانِ کارزار میں کھڑے اگلے وار کا انتظار کر رہے ہوں۔ رچرڈ کی آنکھیں سُرخ ہو چکی تھیں۔

”اب تم غور سے سنو... مَیں آخری سانس تک اپنے بچے کا باپ کہلاؤں گا ...لیکن اگر تم نے اُسے ضائع کر دیا تو مائی گاڈ تمہارے باون ٹکڑے کر ڈالوں گا۔“

یہ کہہ کر وہ تیزی سے گریس کی طرف بڑھا مگر وہ جہاں کھڑی تھی وہیں کھڑی رہی۔ اُس کی آنکھوں کا زاویہ ضرور بدل گیا تھا، لیکن وہ بے خوف و خطر بولی:

”اب تم بھی غور سے سنو... آنے والے پر تمہارا حق بھی ہے، مگر میرا زیادہ ...ہم نے ابھی تک میرج نہیں کی... اس لیے جو فیصلہ مَیں کروں گی، تم کو ماننا ہوگا۔“

گریس میں اتنی ہمت نہیں تھی کہ وہ اپنی آنت کو شکل دینے سے پہلے اُسے خود سے الگ کر بیٹھے۔ اُس کے تحت الشعور میں یہ خوف سما چکا تھا کہ ایسا قدم اُٹھانے سے ممکن ہے کہ قدرت اُسے آئندہ ماں بننے کا شرف ہی نہ بخشے اور وہ بنجر زمین ہی قرار دی جائے۔ اس خیال کے ساتھ اُسے ہَول اُٹھا کرتا تھا۔ رچرڈ اُس کا خوف جان کر بے حد خوش تھا۔ اُس کے موقف میں کوئی تبدیلی نہ آئی تھی۔ گریس ہی ہر بات کو شدت سے محسوس کیا کرتی تھی، لیکن اپنی تکمیل کی خاطر وہ سب کچھ برداشت کیے جا رہی تھی۔

کیرولین ماں باپ کی آنکھوں کی جوت کیا بنی، رچرڈ اور گریس نہال ہو گئے۔ وہ ہر دم اس کے آگے پیچھے ہوا کرتے۔ انھوں نے اُس کی آمد میں کئی شاندار پارٹیاں بھی دی تھیں۔ اپنے تمام یار دوستوں اور رشتہ داروں کو پارٹیوں میں شرکت کی دعوت بھی دی تھی، سوائے میرے۔ جانے کیوں مجھے کیوں نظر انداز کر دیا گیا تھا کم از کم میری سمجھ سے بالا تھا۔ میں اکثر سوچتا کہ آخر میرا کیا قصور تھا؟ کوئی نہ کوئی تو جواز ضرور ہو گا کہ مجھے کیوں فراموش کر دیا گیا تھا؟ لیکن جب کبھی مجھے سابق ملاقات کا خیال آتا کہ گریس کس طرح میری جسمانی حرکات اور میرے چہرے کے اُتار چڑھاؤ سے جان گئی تھی کہ میں اُن کے گھر میں کس غرض سے وارد ہوا ہوں؟ میرا منشا کیا تھا؟ اخلاقی گراوٹ کا احساس اُبھرتے ہی میرا قد اپنی ہی نظر میں کم ہو کر رہ جاتا، لیکن افسوس اس بات کا تھا کہ میں نے لندن شہر کیا چھوڑا، یار دوستوں نے مجھے یکسر فراموش کر ڈالا تھا۔ رچرڈ اور گریس کے متعلق میرا نظریہ قائم تھا کہ وہ جس قسم کے کھیل مبتلا ہیں وہاں ماں باپ اور بیٹی کی زندگیوں میں جلد یا بدیر بحران پیدا ہو گا لیکن سب سے زیادہ دُکھ بیٹی کو اُٹھانا ہو گا۔

اور جب کیرولائن کی چھوٹی چھوٹی ماں باپ میں تمیز کرنے لگیں اور جب وہ اُن کی اُنگلی تھام کر قدم اُٹھانے لگی تو رچرڈ آسمان میں اُڑنے لگا۔ پھر جب ننھی سی جان بھاگ دوڑ کر اودھم مچانے لگی اور جب رچرڈ ہر شام کیرولین کے ساتھ چور سپاہی اور ویڈیو گیم کھیلنے لگا تو گریس کو پختہ یقین ہو گیا کہ رچرڈ اپنی بیٹی کے ساتھ روحانی طور پر اس حد تک جُڑ چکا ہے کہ کیرولین کی ایک دن کی دوری بھی اُس سے برداشت نہیں ہوئی۔ بلکہ وہ رچرڈ کے لیے موت کا پیغام لے کر آئے گی تو اُس نے راحت کا گہرا سانس بھرا تھا۔

اُسے برسوں سے اس خاص دن کا انتظار تھا۔ وہ اُس رات اپنے IVORY TOWER سے باہر نکلی۔ اپنا بہترین لباس پہنا، خود کو سجایا سنوارا، اپنا رنگ روپ اور

بناؤ سنگھار اس ڈھنگ سے اختیار کیا کہ ہر دیکھنے والا اُس کا بھرپور حسن دیکھ کر تڑپ اُٹھے۔ پھر رچرڈ تو اُس کا عاشق تھا، اس کا غیر قانونی شوہر بھی اور اُس کی پہلوٹھی کا باپ بھی۔ وہ گریس کی جھلک پا کر برسوں پیچھے کو لوٹ گیا تھا، جن دنوں گریس کے حسن کے چرچے عام تھے اور دیوانے اُس کی صحبت پانے کو مشتاق رہا کرتے تھے۔ اُس نے خود کو گزرے زمانے کی طرح جوان پایا۔ فوراً اُٹھا اور گریس کو بانہوں میں بھر کر اُسے بے اختیار چومنے لگا۔ اُس نے کوئی مزاحمت نہ کی بلکہ ہونٹوں کا جواب ہونٹوں سے دیتی رہی۔ پھر اُس نے رچرڈ کا بدن اتنی گرم جوشی سے گرمایا کہ اُس کے بدن کا سارا خون ایک مرکز پر آن کر اِکٹھا ہوا۔ وہ گریس کو بے تحاشا پیار کیے جا رہا تھا۔ مردانگی اپنے شباب پر تھی اور رچرڈ اپنے تن سے ایک کے بعد دوسرا کپڑا الگ الگ کیے جا رہا تھا۔ اُسی نے گریس کو بھی بے لباس کرنا چاہا۔ وہ کچھ دیر تو رچرڈ کی آنکھوں میں اپنے پورے جوبن کے ساتھ اُترتی رہی۔ لیکن رچرڈ کے ہاتھ پاؤں مزید بڑھے تو اُس نے پوری قوت کے ساتھ رچرڈ کو دھکا دے کر خود سے الگ کر دیا۔ وہ لڑکھڑا کر گرتے گرتے بچا۔ وہ حیران تھا کہ آن کی آن میں یہ سب کیا ہو گیا ہے؟ گریس نے حتمی انداز میں کہا:

”آج سے مَیں نے تمہارے واسطے ایک حد مقرر کر ڈالی ہے؟“

”کس بات کی؟“

”تم مجھ کو صرف ہونٹوں تک چھوا کرو گے۔“

اُس کے خطرناک تیوروں کو دیکھ کر رچرڈ مزید پریشان ہو گیا تھا۔

”یہ تمہارا کوئی نیا کھیل ہے جو آج تم میرے ساتھ کھیل رہی ہو؟“

”نہیں قصہ پرانا ہے، اگر تمہیں یاد ہو؟“

”مطلب ... مَیں تو بس اتنا جانتا ہوں کہ مَیں اور تم لائف پارٹنر ہیں اور کیرولائن ہماری بیٹی ہے۔“

"ہاں! لیکن ہم تینوں کے درمیان کہیں کسر رہ گئی ہے ...آج میں اُسے پورا کرنا چاہتی ہوں ۔"

رچرڈ کو علم ہو چکا تھا کہ گریس گھما پھرا کر اپنا مدعا بیان کرنا چاہتی ہے ۔وہ بولی:

"میرا پورا جسم پانے سے پہلے اب تم کو مجھ سے باقاعدہ شادی کرنی ہو گی ۔"

یہ کہہ کر اُس نے جاندار قہقہہ لگایا ۔ بدحواس رچرڈ ناقابلِ اعتبار نظروں سے اُسے دیکھے جار ہا تھا ۔گریس کا ہتک آمیز قہقہہ اُسے احساس دِلا رہا تھا کہ وہ گریس کے در پر بھکاری بنا اُس کے بدن کا آرزومند ہے ۔مگر گریس نے اُسے دھتکار ڈالا ہے ۔وہ خود کو بے حد حقیر محسوس کر رہا تھا ۔اُسے یقین ہو چلا تھا کہ گریس ارادۃً اُسے ذلیل کرنے پر تلی بیٹھی ہے ۔گریس نے ہونٹ کاٹ کر بے حد تلخ ہو کر کہا:

"آج سے ہم الگ الگ کمروں میں سویا کریں گے ...تم کیرولائن کے باپ ضرور رہو گے ،مگر میرے پارٹنر اور شوہر تب جب مجھ سے قانونی شادی کرو گے ۔"

رچرڈ کے بُت بننے میں کوئی کسر نہیں رہ گئی تھی ۔

وہ رات رچرڈ پر بڑی بھاری گزری تھی ۔وہ اس خیال میں تھا کہ گریس مدتوں پہلے خود سے سمجھوتا کر چکی ہے ۔اپنی بے جا مانگ کو کب کی فراموش کر چکی ہے اور اِن دنوں وہ پہلے جیسی زندگی جی رہی ہے ،لیکن آج اُس کا چھوڑا ہوا نیا شوشہ ٹائم بم سے کم نہ تھا ۔اُس نے رچرڈ کو بلاسٹ (BLAST) کر ڈالا تھا ۔بلکہ یہ علیحدگی کا پیش خیمہ بھی تھا ۔اُسے سخت ذہنی اذیت ہوئی تھی اور اُسے غصہ بھی اتنا آیا تھا کہ وہ گریس کے ٹکڑے ٹکڑے کر ڈالے ،مگر وہ بے بس تھا ۔کیرولائن باز و پھیلائے اُس کے سامنے کھڑی تھی ۔وہ اپنی پیدائش کے روزِ اول سے اُس کی ذات میں شامل ہو چکی تھی ۔مگر گریس کے ساتھ سمجھوتا کرنا اُس کی سوچ کے خلاف تھا ۔اُسے اپنا ضمیر ،انا اور اُصول بہت عزیز تھے ،لیکن گریس

کے برتاؤ نے اُسے چھلنی کر ڈالا تھا۔ پھر سب سے اہم بات جو اُس کے مزاج کے خلاف جاتی تھی، وہ کسی عورت کے آگے سر جھکانا تھا۔

ایک ہی چھت تلے رہتے ہوئے لیکن الگ الگ کمروں میں راتیں بسر کرکے رچرڈ اپنے ہی گھر میں ایک کرائے دار کی حیثیت سے مقیم تھا۔ اُسے گھر میں گھومنے پھرنے اور کھانے پینے کی مکمل اجازت تھی مگر شام ڈھلتے ہی اُسے اپنے ٹھکانے کا رخ کرنا پڑتا۔ بظاہر کچھ بھی نہ بدلا تھا۔ زندگی جاری و ساری تھی، لیکن اُن کے درمیان کھنچی ہوئی حدِ فاصل اپنا رول ادا کر رہی تھی۔ دونوں وقت کے دھارے میں بہہ رہے تھے۔ رچرڈ شام میں دیر تک کیرولائن کے ساتھ اُس کے اَن گنت کھلونوں کے ساتھ کھیلتا رہتا۔ اُس سے وہ اپنا دُکھ درد، اپنی ذات اور اپنی محرومیت کو بھول جایا کرتا لیکن اکیلا ہونے پر تنہائی کا بوجھ اور اجنبی ماحول اُسے کاٹا کرتے۔

ایک رات اچانک میرا ٹیلی فون بج اُٹھا۔ مَیں گہری نیند میں غرق تھا۔ دنیا سے بے خبر۔ گھنٹی بجتی رہی، بجتی رہی۔ مَیں ہڑبڑا کر اُٹھا۔ چونکا اُٹھایا تو دوسری طرف رچرڈ تھا۔ اُس نے دیر تک مجھ سے گریس کے متعلق بات کی۔ وہ بہت زیادہ پریشان تھا۔ گفتگو بھی یک طرفہ تھی۔ مَیں محض اُوں ہاں کیے جا رہا تھا۔ سالوں پہلے ان دونوں کے میرج کے بارے میں نظریات جان کر مجھے خدشہ تھا کہ اِس کھیل کا انجام یقینی طور پر علیحدگی ہوگی۔ آخرش اُس نے کہا:

”کیا یہ ممکن ہے کہ اِس ویک اینڈ پر یا اگلے ویک اینڈ پر مَیں تمہارے پاس آؤں... تمام واقعات تفصیل سے بیان کروں اور تمہارا مشورہ پاؤں؟“

”تم کبھی بھی چلے آؤ... لیکن مجھے افسوس ہے کہ تین چار سال خاموش رہ کر

"آج تم نے مجھ کو اچانک یاد کیا ہے؟"

"مَیں مجبور تھا۔"

"وجہ؟"

"وجہ گریس تھی، مَیں نہیں۔"

یہ جملہ تیزاب بن کر میرے اندر اُتر گیا تھا۔ ایک بار پھر مَیں نے گریس کو اپنے ارد گرد تلاش کیا مگر وہ اس مرتبہ بھی بچ نکلی تھی۔

مقررہ دن کے مقررہ وقت پر رچرڈ سے مل کر مَیں بہت خوش ہوا تھا لیکن وہ بہت اداس تھا۔ اُترا ہوا چہرہ لیے میرے سامنے بیٹھا تھا۔ چائے کا پیالہ مَیں نے اُس کی طرف بڑھا دیا۔ ہم خاموشی سے چائے پیتے رہے۔ پھر اُس نے گلا صاف کر کے خود کو ذہنی طور پر تیار کیا اور اپنے موجودہ حالات، بیتتے ہوئے تمام واقعات اور اُن کے درمیان اختلافات بیان کیے۔ لیکن جب وہ اُس مقام پر پہنچا کہ کس طرح گریس نے سوانگ بھر کے اُسے ذلیل کیا تھا اور اب وہ الگ الگ کمروں میں شب بسری کیا کرتے ہیں تو اُس کی آواز بھرّا گئی تھی۔ مَیں نے از راہِ ہمدردی اُس کے کندھے پر ہاتھ رکھ دیا، مگر دل میں سوچ رہا تھا کہ گریس نے جو قدم اُٹھایا ہے اُس کے پس پشت اُس کی بیٹی اور اُس کا مستقبل ہے۔ مَیں اُس سے کہنا چاہتا تھا کہ جب تم دونوں ایک دوسرے کو اتنی شدت سے چاہتے ہو تو باقاعدہ میرج کرنے میں ہرج ہی کیا ہے؟ میرج سرٹیفکٹ تمہارے نزدیک کاغذ کا ایک بے کار ٹکڑا ہی کیوں نہ ہو؟ کوئی اہمیت بھی نہ رکھتا ہو؟ لیکن حقیقت اس کے برعکس ہے۔ اُس کاغذ میں ازدواجی زندگی کا سُکھ، سکون اور خوشی چھپی رہتی ہے۔ وہ بھی دائمی۔ پھر دنیا کی کون سی عورت ہے جو اپنی اولاد کا تحفظ نہیں چاہتی؟ لیکن مَیں اُس سے کچھ بھی نہ کہہ پایا۔ وجہ گریس تھی۔ مَیں اُس سے سخت نفرت کرنے لگا تھا۔

"اب کیا سوچا ہے تم نے؟"

"اسی واسطے تمہارے پاس آیا ہوں۔"

"بھلا میں کیا کہہ سکتا ہوں... یہ تمہارا ذاتی معاملہ ہے۔"

"تم مشورہ تو دے ہی سکتے ہو؟"

"ہاں!... یقیناً۔"

صوفے سے اُٹھ کر میں نے لاؤنج کے ایک سرے سے دوسرے سرے تک کئی چکر کاٹ ڈالے، چند سگریٹ بھی پھونکے اور اِس نتیجے پر پہنچا کہ گریس اور رچرڈ کی زندگی ہر اعتبار سے میرے ہاتھوں میں ہے۔ میں اُنھیں کوئی بھی رُخ دے سکتا ہوں۔ کوئی مجھ سے پوچھنے والا نہ ہوگا۔ سگریٹ کو بجھاتے ہوئے میں نے رچرڈ سے کہا:

"ایک مشہور قول ہے :۔... کچھ پانے کو کچھ کھونا پڑتا ہے... کیا تم اس کے لیے تیار ہو؟"

اُس کی آنکھوں میں چمک پیدا ہوتے ہی اُس کی شخصیت بدل گئی تھی۔ بجھا ہوا رچرڈ زندہ ہو گیا تھا۔

"وقتی طور پر گریس سے الگ ہو جاؤ... اُس کے ہوش ٹھکانے آ جائیں گے... دوڑتی ہوئی تمہارے پاس آئے گی۔"

"یقین جانو پچھلے ایک ماہ سے میں یہی سوچ رہا ہوں۔"

"تو پھر دیر کس بات کی ہے۔"

کہنے کو تو میں نے یہ سب کہہ ڈالا تھا لیکن مجھے خود پر سخت تعجب ہو رہا تھا کہ میں نے اُسے صحیح مشورہ دینے کی بجائے گمراہ کیوں کیا ہے؟ اور وہ بھی آخری حد تک؟ یہ احساس پیدا ہوتے ہی میرے اندر تیزابی بھبھکا سا اُٹھا جو درجہ بدرجہ تقے کی کیفیت اختیار کر بیٹھا۔ میں نے جھٹ سے منہ پر ہاتھ رکھا اور سید ھا واش روم کی طرف بڑھ گیا۔ میں

نے اپنا پیٹ تو صاف کر لیا مگر اپنا ضمیر صاف نہ کر پایا۔

اگلے روز رچرڈ نے گریس کے گھر لوٹنے سے پہلے اپنا مختصر سا سامان باندھا اور ایک رقعہ بلکی کے گلے میں ڈال کر گھر چھوڑ کر چلا گیا۔

"ڈارلنگ!

مَیں جا رہا ہوں۔ اس قسم کی ذلت آمیز زندگی برداشت کرنا اب میرے بس میں نہیں رہا۔ میرا ضمیر مجھے شرما بھی رہا ہے اور لعنت ملامت الگ سے کر رہا ہے ـــــ مَیں ہر سنیچر کی صبح ٹھیک گیارہ بجے کیرولائن کو لینے آیا کروں گا، اُسے تیار رکھنا۔ وہ شام تک میرے ساتھ رہا کرے گی۔ انکار مت کرنا، ورنہ زبردستی مجھے قانون کا سہارا لینا ہوگا ـــــ جو مجھے پسند نہیں۔"

رچرڈ

یہ پڑھ کر گریس کے دماغ کا فیوز اُڑ گیا تھا۔ اُسے قطعاً اُمید نہ تھی کہ رچرڈ اُس کے تیار کردہ منصوبے کو خاک میں ملا کر اُسے پتتی ہوئی زمین پر اکیلا چھوڑ کر چل دے گا۔ اُسے صدمہ تو گہرا ہوا، لیکن وہ سخت اعصاب کی عورت تھی۔ اپنے حواس بحال کرنے میں اُسے زیادہ وقت نہ لگا۔ اُس نے کاغذ کا وہ ٹکڑا احتیاط سے تہہ کر کے وینٹی بیگ میں رکھا اور کیرولائن کو بازوؤں میں بھر کر اتنی شدت سے بھینچا کہ ماں بیٹی یک بدن ہو کر رہ گئیں۔ گریس کی آنکھیں نم ہو چکی تھیں، لیکن وہ بے تحاشا کیرولائن کو چومے جا رہی تھی۔ ایسا کرتے ہوئے وہ یقینی طور پر رچرڈ کو یاد کیے جا رہی تھی۔

گھر سے دور رہ کر چرڈ خود کو اُس پنچھی کی طرح محسوس کر رہا تھا جس کے پاؤں میں کبھی رسّی ڈال دی گئی تھی اور وہ محض پنکھ پھڑ پھڑا نے کو رہ گیا تھا،لیکن موقع پاتے ہی وہ رسّی تڑا کر بھاگ نکلا ہو اور اب وہ آکاش کی وسعتوں میں اُڈاریاں مارتا پھرتا ہو لیکن وقت کی سوئیاں جب اپنے دائرے میں گھومنے لگیں تو اُسے اطراف میں پھیلی ہوئی دنیا بدلی بدلی سی لگی۔ اُسے عوام کے اصلی نقلی چہرے دیکھنے کا اتفاق ہوا۔ یوں تو جن دنوں وہ یونیورسٹی میں زیرِ تعلیم تھا،شعور کے بڑھنے پر اُسے احساس ہو چلا تھا کہ ہر بشر اپنی خاطر ہی جیتا ہے۔ اُس کا اگر دوسروں کے ساتھ واسطہ ہے بھی تو وہ محض برائے نام ہی ہے، ورنہ نہیں۔ اُس کی زندگی اُس سے شروع ہو کر اُسی پر ختم ہوتی ہے۔لیکن جب گریس اچانک اُس کی زندگی میں وارد ہوئی تھی تو اُس کے نجی نظریات میں واضح تبدیلیاں آ پلی تھیں۔ گریس اُس کی قدر کرتی تھی،محبت اور عزت بھی۔ پھر کیرولائن کی پیدائش پر تو وہ نہال ہی ہو گیا تھا۔ وہ اپنی ذات کو مکمل پا رہا تھا۔ بلکہ فیملی یونٹ کا بھی اُسے احساس ہو چلا تھا۔ وہ گریس اور کیرولائن کو اپنے جیون کا اٹوٹ انگ تصور کرتا تھا۔لیکن صورتِ حال اب وہ نہیں رہی تھی جو کبھی تھی۔ ماں بیٹی سے دوری اب اُس پر گراں گزرنے لگی تھی۔خالی پن کا گہرا احساس اُس کے یہاں جڑ پکڑ بیٹھا تھا۔ مگر وہ حالات سے سمجھوتا کرنے پر آمادہ نہیں تھا۔کسی کی مرضی کے تحت زندگی جینا اُس کی فطرت کے خلاف تھا۔ وہ اپنے بیڈ سٹر میں اکیلا بیٹھا وہسکی پی رہا تھا۔ اچانک کیرولائن اپنی معصوم مسکراہٹ کے ساتھ اُس کے سامنے آن کھڑی ہوئی تھی۔ وہ اُسے بے حد و حساب یاد آئی۔ اُسے ہر ہفتے سپیچر کے دن کا یوں انتظار رہنے لگا گویا پورے ہفتے میں لے دے کے وہی ایک دن ہو جو اُس کے نزدیک اہمیت رکھتا ہو، ورنہ دیگر دن بے رنگ، بے نور اور بے معنی ہوں۔

گریس کے آگے پورا گھر تھا۔ کیرولائن تھی، تعلیم کے ساتھ اُس کی کفالت بھی تھی۔

یہ تلخ حقیقت اُسے کاٹا کرتی کہ رچرڈ اُسے چھوڑ کر چلا گیا ہے اور اب وہ کسی دوسری دنیا کا باشندہ بن گیا ہے۔ معاشی ذمہ داریاں جب اعصاب پر سوار ہو کر اُسے پریشان کرتیں تو رچرڈ اُسے بے طرح یاد آتا مگر وہ اُس کی پرواہ کیے بغیر غیظ و غضب کے عالم میں رچرڈ کے ساتھ مرد ذات کو بھی جی بھر کر کوستی۔ مردوں کے بارے میں اُس کے خیالات ابتدا سے یہ رہے تھے کہ یہ مردوں کی دنیا ہے۔ ہر معاشرہ مرد مسلط معاشرہ ہے۔ عورت کا مقام ثانوی ہے۔ مردوں نے جمہوری نظام کے جو قوانین وضع کیے ہیں وہ یکسر اپنی بہتری کے واسطے کیے ہیں۔ لیکن اُسے یہ بھی احساس تھا کہ وہ ان بحران زدہ حالات میں اکیلی نہیں ہے۔ اُس کے ساتھ کیرولائن ہے، قانون ہے، ریاست کا معاشی تحفظ ہے۔ رچرڈ کے پاس تو کچھ بھی نہیں ہے۔ اُس نے تو خود کو ایک کمرے میں بند کر لیا ہے۔ وہ اپنی بیٹی اور اپنی نصف بہتر کو کھو چکا ہے۔ یہ خیالات اُسے تقویت ضرور دیتے لیکن رات کو نیند میں وہ اکثر کوئی ڈراؤنا خواب دیکھ کر جاگ اُٹھتی اور رچرڈ کو بستر اور گھر میں نہ پا کر پریشان ہو جاتی۔ گھنٹوں کمرے میں سگریٹ پہ سگریٹ پھونک کر چکر کاٹا کرتی۔

سنیچر کا دن تھا۔ پانی صبح سے برس رہا تھا۔ موسلادھار بارش جاری تھی۔ رچرڈ ٹیکسی میں مقررہ وقت سے کچھ دیر بعد وہاں پہنچا۔ کیرولائن سڑک کو ایک سرے سے دوسرے تک دیکھ رہی تھی۔ ٹیکسی رُکی اور رچرڈ اُتر کر عمارت کی طرف بڑھا تو بالکونی سے کیرولائن چلائی:

"ڈیڈ... ڈیڈ"

اور رچرڈ وہیں بیچ سڑک کے کھڑا رہ گیا۔ وہ بارش میں شرابور ہوا جا رہا تھا۔ لیکن بیٹی کو دیکھ کر آنند پار ہا تھا۔ بالکونی میں کھڑی گریس تماشا دیکھ رہی تھی، مگر پتھرائی ہوئی۔

ایک بڑے اسٹور سے رچرڈ نے کیرولائن کے واسطے برساتی خریدی اور ہمیشہ کی طرح اُسے ایک ریسٹورنٹ میں لے گیا۔ خدمت گار نے پسند کیے گئے کھانے اُن کے آگے چُن دیے۔ پلیٹوں سے دھواں اُٹھ رہا تھا اور جب رچرڈ نے کیرولائن سے کھانا شروع کرنے کو کہا تو وہ بولی:

”ڈیڈ... تم ہم سے دور کیوں چلے گئے ہو؟“

”کھانا کھاؤ... ٹھنڈا ہو رہا ہے۔“

لیکن کیرولائن کسی پلیٹ کو چھوئے بغیر بولی:

”ڈیڈ... تم واپس کب آؤ گے؟“

رچرڈ میں اتنی ہمت نہیں تھی کہ وہ اپنے خون سے آنکھ ملا پائے۔ اُس نے منھ پھیر لیا لیکن بیٹی کو تسلی دینے کی خاطر کہا:

”بہت جلد... بہت جلد... مگر تم ایسا مت سوچا کرو... کھانا کھاؤ۔“

”مام کہتی ہے، تم واپس نہیں آؤ گے۔“

رچرڈ کو خوشی ہوئی کہ اُس کا گھر چھوڑنا اپنا کام کر گیا ہے۔ گریس پریشان ہے اور اُس کی کمی کو شدت سے محسوس کر رہی ہے۔ اُس نے فوراً چُھری کانٹا اُٹھا کر کیرولائن کے ہاتھ میں تھما دیے:

”تم کھانا کھاؤ... تم نہیں کھاؤ گی تو مَیں کیسے کھاؤں گا؟“

”ڈیڈ... آئی لو یو۔“

رچرڈ نے اُس کا گال تھپتھپایا۔ خود میں اُتر کر سوچنے لگا کہ اس کھیل کا انجام کیا ہوگا؟ کیرولائن کا کیا بنے گا؟ اُس پر کیا بیتے گی، اگر ہم نے مستقل علیحدگی اختیار کر لی تو؟ ہم اس کو بے وجہ سزا کیوں دے رہے ہیں؟ جوان ہونے پر وہ کس کو زیادہ قصوروار ٹھہرائے گی؟ اُسے یا اپنی ماں کو؟ اِس قسم کے سوالات اُسے پریشان کر رہے تھے کہ کیرولائن کی

آواز نے اُس کی وچار دھارا کو روک ڈالا۔

’’ڈیڈ... یہ لَو چائلڈ (LOVE CHILD) کیا ہوتا ہے؟‘‘

رچرڈ کے سر میں تیز آندھیاں چلنے لگیں، چوٹتے ہی بولا:

’’کس نے کہا تم سے؟‘‘

’’مام کے سبھی فرینڈز کہتے ہیں کہ مَیں لَو چائلڈ ہوں ۔‘‘

رچرڈ کے من میں آیا کہ وہ تمام دوستوں کا اپنے گھر میں آنا جانا بند کر دے، مگر وہ تو گھر چھوڑ چکا تھا، کشتیاں جلا چکا تھا۔ اُس نے مٹھیاں بھینچ کر اُسی عالم میں کیرولائن کو دیکھا، لیکن اُس نے ابھی تک کھانا شروع نہیں کیا تھا۔ رچرڈ کا سارا غصہ بھاپ کی طرح اُڑ گیا۔ اُس نے کیرولائن کے ہاتھ زبردستی اُس کے من پسند کھانے کی پلیٹ پر رکھے اور گویا ہوا:

’’ڈیڈ بھی تم سے بہت پیار کرتا ہے اور ہمیشہ کرتا رہے گا۔‘‘

کیرولائن مارے خوشی کے جھوم اُٹھی اور اُس کے ہاتھ تیزی سے پلیٹوں پر چلنے لگے۔

برسات تھم گئی تھی۔ باپ بیٹی دن بھر گھومتے رہے۔ شام میں رچرڈ کیرولائن کو چھوڑنے گھر پہنچا تو گریس اپنی بیٹی کے لباس میں تبدیلی پا کر خوش ہوتے ہوئے بھی سنجیدہ رہی۔ رین کوٹ کیرولائن کے بدن پر بڑا ایچ ہو رہا تھا۔ اُس کا سر بھی ہوڈ (HOOD) سے ڈھکا ہوا تھا۔ وہ ڈیڈ کو چوم کر ماں کی طرف بڑھی تو آبدیدہ تھی۔ رچرڈ نے کہا:

’’بہت جذباتی ہو گئی ہے ... ہم دونوں کو مس کرتی ہے ۔‘‘

’’جانتی ہوں ... یہ کہو، آگے کیا سوچا ہے؟‘‘

’’ہاں! اِس سلسلے میں بات کرنا چاہتا تھا۔‘‘

گریس نے بیٹی سے کہا:

"کیرو ڈارلنگ! تم اندر جاؤ…مَیں ابھی آتی ہوں۔"

اس کے چلے جانے پر رچرڈ نے کہا:

"کیرو نے بنیادی سوال پوچھنے شروع کر دیے ہیں…مَیں جواب دینے سے ڈرتا ہوں۔"

گریس کا چہرہ نرم پڑ گیا تھا۔ وہ آنکھیں نیم وا کیے قدرے فکر مندی سی نظر آئی۔

"کبھی کبھی وہ مجھ سے بھی سوال کرتی ہے۔ مَیں اکثر اُسے ٹال جاتی ہوں …مگر جب وہ ضد پر اُتر آتی ہے تو کبھی مَیں جھوٹ کا سہارا لیتی ہوں اور کبھی سچ بولنا پڑتا ہے۔"

چہروں کے تاثرات بدلے، پُرانی محبت نے رنگ دِکھایا، مگر جلد ہی لاتعلقی کا عنصر اُبھرا اور اجنبیت کی دیوار حائل ہو گئی۔ گریس نے دل کڑا کر کے جاننا چاہا:

"یہ نہیں بتایا آگے کیا سوچا ہے؟"

"وہی، جو تم نے سوچا ہے۔"

"تمھارا اسالی سٹر (وکیل) کون ہے؟"

"تم جانتی ہو، مجھے قانون سے سخت نفرت ہے۔"

"پھر ہم کب تک زندگی یوں جئیں گے؟…کوئی فیصلہ تو ہم کو کرنا ہو گا؟"

لفظ "فیصلہ" اُن کے دماغوں میں گونج اُٹھا۔ دونوں نے محسوس کیا کہ یہ لفظ اتنا طاقت ور ہے کہ وہ اُن کا جیون سنوارنے بگاڑنے کی پوری قوت رکھتا ہے۔ رچرڈ نے سنجیدہ ہو کر قدرے بھاری دل کے ساتھ کہا:

"تم اور مَیں تو فیصلہ کر ہی چکے ہیں …آج ہمارے درمیان کیرو ہے اور یہ فلیٹ…باقی کچھ بچا نہیں؟"

"ایسا مت کہو…ابھی کچھ نہیں بگڑا…اگر تم غور سے سوچو تو؟"

آنکھیں چار ہوئیں تو انہوں نے اپنے اپنے دل کی آواز سنی، وہ کہہ رہے تھے کہ جو حصار تم نے اپنی اپنی ذات کے گرد کھینچ رکھے ہیں وہ وقتی بھی ہو سکتے ہیں اور مستقل بھی، اُن کو عبور بھی کیا جا سکتا ہے اور فراموش بھی، لیکن اِس سلسلے میں تم میں سے پہل کون کرے گا؟ اپنی زمین کون چھوڑے گا؟ وہ دیر تک بے حرکت خاموش کھڑے رہے۔ پھر رچرڈ کے دل میں کیا سمائی کہ وہ بول اُٹھا:

”تمہاری بے جا مانگ نے ہم کو کتنا دور کر دیا ہے؟“

”ہم کو اگر کسی نے دور کیا ہے تو وہ تمہاری سوچ ہے، تمہاری اَنا ہے اور تمہاری ضد ہے۔“

رچرڈ نے پلٹ کر قدم اُٹھانا چاہا تو گریس کی آواز نے اُسے روک لیا:

”تم نے اپنے سالی سٹر کا نام اور پتہ نہیں بتایا؟“

”میرے سالی سٹر کو تم جانتی ہو، اُس کا نام آنند ہے۔ اُس سے ہم یہ فلیٹ خریدا تھا۔“

”ہاں! مَیں اُسے خوب جانتی ہوں۔“ گریس نے طنزیہ کہا:

”وہ سفید بدن کا دیوانہ، تم جانتے ہو وہ پچھلی بار ہمارے گھر پہ کیوں آیا تھا؟“

”یاد نہیں آرہا۔“

”لیکن مجھ کو خوب یاد ہے۔“

اُس کے لہجے میں حقارت ہی حقارت تھی۔

”مناسب سمجھو تو مَیں کسی روز اُسے گھر پر بلالوں... وہ ہمارا ہر مسئلہ حل کر دے گا... اُس کی فیس مل کر چکا دیں گے... وہ ہمیں ٹھیک صلاح دے گا۔“

''یہ تمھارا خیال ہے۔''

اُس نے رچرڈ کی آنکھوں میں اُتر کر اُسے یقین دِلانا چاہا کہ وہ عظیم غلطی کرنے جا رہا ہے۔ بولی:

''تم کیا جانو آدمی کے دل میں کیا چھپا ہوتا ہے اور وہ کیا چاہتا ہے، کوئی نہیں جانتا۔''

رچرڈ نے پلٹ کر قدم اُٹھانا چاہا تو گریس کی آواز نے اُسے پھر سے روک لیا:

''سنو رچرڈ... مَیں اور کیرو تمھاری زندگی کے پہیے ہیں...ویسے ہی تم بھی ہم دونوں کی زندگی کے پہیے ہو...کہیں کوئی پہیہ ٹوٹ جائے یا چلنے سے انکار کر دے تو سب کو تکلیف ہوتی ہے۔''

''ہاں، مَیں بھی وقت بے وقت اِس سٹیج پر کچھ کچھ محسوس کیا کرتا ہوں۔''

''تو پھر تمھاری یہ غیر فطری سوچ ...؟ میرج سرٹیفکٹ کاغذ کے ایک ٹکڑے سے زیادہ اہمیت نہیں رکھتا؟''

کچھ دیر تو رچرڈ بت بنا زمین میں گڑا رہا، پھر منھ پھیر کر تیزی سے چل دیا، لیکن گریس کا ادا کردہ جملہ دیر تک اُس کا تعاقب کرتا رہا:

''رچرڈ تم MALE CHAUVINIST ہو۔ مَیں تم سے نفرت کرتی ہوں۔ مَیں کبھی تم سے سمجھوتا نہیں کروں گی۔''

رچمنڈ آگیا تھا۔ علاقے میں داخل ہوتے ہی مجھے وکٹورین ڈیٹور اور جدید عہد کے تعمیر کردہ مکانات اور فلیٹ دِکھنے شروع ہو گئے۔ رچرڈ اور گریس کا پورا قصہ دُہرا کر مَیں اس نتیجے پر پہنچا تھا کہ ''وقت'' آدمی کے جیون میں کتنا نمایاں رول ادا کرتا ہے حالات کے بدلنے پر اُس کی ذات یکساں نہیں رہتی۔ کوئی وقت تھا کہ رچرڈ اور گریس ایک

دوسرے سے نہ جدا ہونے والے پرندے تھے لیکن اب مستقل علیحدگی اُن کا مقدر بن چکی ہے لیکن آج ملٹن کینز سے چلتے وقت میرا دل میری سوچ سے الگ ہو چکا تھا۔ اُس کا تقاضا سیدھا سادہ تھا کہ آج مَیں گریس اور رچرڈ کو جو مشورہ دوں وہ سر بسر پیشہ ورانہ ہو۔ اُس میں دوستی، شناسائی اور ذاتی جذبات کا کوئی عمل دخل نہ ہو۔ بلکہ گریس کا نقطہ نظر جان کر بھی خود کو قابو میں رکھوں۔ معاً میرا موبائل بج اُٹھا۔ مَیں چونکا، ایک دوسرے کی آواز جان کر رچرڈ نے کہا:

”آنند، تم جہاں بھی ہو فلیٹ پر مت جانا۔ ہم بامبے پلیس ریسٹورنٹ میں پہنچ چکے ہیں... تم وہیں آ جاؤ... تمھارا انتظار رہے گا۔“

رُخ بدلتے ہی میری کار رچمنڈ ہل کی طرف دوڑنے لگی۔

ریسٹورنٹ قریب قریب بھرا ہوا تھا۔ اُس کی آرائش، ماحول اور کھانا تینوں معیاری تھے۔ یہ شرف مَیں بار ہا حاصل کر چکا تھا۔ دائیں ہاتھ پر رچرڈ، گریس اور کیرولائن ایک گول میز کے ارد گرد براجمان تھے۔ مَیں پہلی بار کیرولائن کو دیکھ رہا تھا۔ اُس کا معصوم چہرہ نہایت دلکش تھا۔ مَیں نے اُس سے ہاتھ ملایا۔ اُس کے سر پر ہاتھ پھیر کر اُسے پیار بھی کیا۔ پھر سوچنے پر مجبور ہو گیا کہ وہ کون سے ماں باپ ہوں گے جو ایسی پیاری بچی سے دور رہنا پسند کریں گے؟ ایسی بچی کو دیکھ کر تو بے ساختہ پیار اُمڈ آتا ہے اور فرشتے بھی مسکرا دیتے ہیں۔ رچرڈ اور گریس مہر بہ لب آنکھ تک نہیں ملا رہے تھے۔ وائن کی ہلکی ہلکی چسکیاں بھر کر وہ خود میں کھوئے ہوئے تھے۔ رچرڈ کے کہنے پر ویٹر میرے لیے اسکاچ لے آیا۔ فضا میں تناؤ تھا اور وہ بھی حد درجہ۔ رچرڈ اور گریس رو برو ہوتے ہوئے بھی میلوں دور تھے۔ آخر مجھ سے رہا نہ گیا۔ ایک دو گھونٹ بھر کر مَیں نے زبان کو جنبش دی:

”مَیں تم دونوں کے حالات اور نظریات سے کافی حد تک واقف ہوں... سالی سیٹر ہونے کے ناتے میرا فرض ہے کہ تم دونوں کو صحیح مشورہ اور

نصیحت دوں کہ مستقل علیحدگی سے خاندان برباد ہو جاتے ہیں ۔ گھر اجڑ جاتے ہیں، زندگیاں تباہ ہو جاتی ہیں ...اور بچے خاص طور پر کہیں کے نہیں رہتے ۔ وہ نفسیاتی مریض بھی بن جایا کرتے ہیں، اُن کی شخصیت بھی پروان نہیں چڑھا کرتی ۔ ''

لیکن میرے انکشافات نے اُن پر کوئی بھی اثر نہ چھوڑا ۔ وہ دم بخود، لاتعلق مجھ کو برابر دیکھتے رہے گویا کہہ رہے ہوں کہ تمہارے پاس کہنے کو کچھ نیا ہو تو کہو، ورنہ خاموش رہو ۔ معاً چرڈے کے ہونٹوں میں ہلکی سی تھرتھراہٹ ہوئی تو مَیں چونکا ۔ ایک سخت نظر ڈال کر وہ مجھ سے مخاطب ہوا:

''تمہارا کہنا اپنی جگہ ۔۔۔ لیکن مَیں بھی کچھ کچھ ایسا محسوس کرتا ہوں ۔''

پھر وہ چپ ہو گیا ۔ اُس کا چپ سادھنا میری سمجھ سے بالاتر تھا ۔

''دنوں سے ایک خیال مجھے گھیرے بیٹھا ہے ۔ خاص طور پر اُس کی شدت راتوں میں بڑھ جاتی ہے جب مَیں اکیلا اپنے کمرے کی دیواروں میں بند ہوتا ہوں ...وہ لوگ کہاں چلے گئے میرے جو کبھی میرے وجود کا دم بھرا کرتے تھے؟''

''وہ خیال کیا ہے؟'' مَیں نے محتاط ہو کر پوچھا ۔

''یہی کہ آدمی کا گھر اُس کا کعبہ ہوتا ہے ۔ اگر کعبہ اُس سے دور ہو جائے یا وہ کعبے سے دور ہو جائے تو اُسے روحانی تکلیف ہوتی ہے ۔''

لیکن جانے کیوں مجھ کو ایسا لگا کہ ابھی اُس نے اپنی بات مکمل نہیں کی ۔ بلکہ اُس کی بنیاد اُس کے دماغ میں کہیں اٹک کر رہ گئی ہے ۔ اور میرا سوچنا صحیح ثابت ہوا، جب اُس کے لب وا ہوئے:

''یہی وجہ ہے کہ آدمی کی زندگی میں فیملی یونٹ کا ہونا نہایت ضروری سمجھا

جاتا ہے۔"

گریس کی شخصیت اُس پودے کی طرح کھل اُٹھی جس کے پتے سرنگوں ہوں، لیکن باغبان کے ہاتھ لگتے ہی اُن میں ازسرِ نو حرارت آجائے۔ وہ خوش ضرور تھی، لیکن محتاط۔ اُسے رچرڈ پر زیادہ اعتبار نہیں رہا تھا۔ مَیں بھی اُس کی قلب ماہیت پر حیران تھا۔

"اور کمرے میں اکیلے بیٹھے اکثر یہ خیال مجھے آتا ہے کہ ہر شخص کا فیملی یونٹ سب سے پہلے آتا ہے...اُس کے اصول، نظریات، آدرش اور سوچ بعد کی باتیں ہیں۔"

گریس اُسے اپنے دل کے میزان میں تول کر جان گئی تھی کہ رچرڈ کے ہاں جو تبدیلی آئی ہے اُس کے پیچھے اُس کا اکیلا پن، آرام دہ گھر، کیرولائن کی دوری اور اُس کی ذاتی محبت جیسے عناصر کام کر رہے ہیں۔ رچرڈ نے پدرانہ شفقت سے کیرولائن کو دیکھا۔

"کیرو ڈارلنگ...تمھیں پتہ ہے؟ تھاری ممی مجھ سے کیوں ناراض ہے؟"

"نہیں ڈیڈ۔"

"وہ تھاری خاطر مجھ سے ناراض ہے۔"

"میری خاطر؟"

"ہاں...مگر اب جلد اُس کی ناراضگی دور ہو جائے گی۔"

"وہ کیسے ڈیڈ؟"

"ہم باقاعدہ شادی کریں گے۔"

گریس کرسی سے اُچھل سی پڑی۔ شیرنی کی طرح رچرڈ کی طرف لپکی۔ پھر دیوانوں کی طرح اُسے چومنے لگی۔ اُسے دیکھ کر گمان گزرا کہ وہ تمام حدود کو پھلانگ کر خدا کے دربار میں اُس کا شکریہ ادا کر رہی ہے کہ اُس کا بچھڑا ہوا محبوب اُسے مل گیا ہے۔

دونوں لبوں کی مدد سے گلے شکوے مٹانے لگے ۔ مہینوں کی مسلسل جدائی، دوری اور ذہنی فاصلے دور کرنے لگے کیرولائن اپنے ننھے ننھے ہاتھوں سے تالیاں پیٹنے لگی میرے اندر کی ساری خباثت گویا دھل سی گئی تھی اور مَیں اونچے لہجے میں خدمت گار کو پکار رہا تھا:

"ویٹر... شمپیین... شمپیین ۔"

AF482453